AF140173

Zum Autor:

Rejo J. Ott ist das Synonym, unter dem der Autor seinen ersten Roman veröffentlicht.

Der Autor wurde im Jahr 1949 in Bayern geboren, hat nach seinem Abschluss zum Diplom-Bauingenieur bis zu seinem Rentenbeginn im Bereich Wasserwirtschaft gearbeitet. Intensive Beschäftigung mit der Glaubensbewegung der Katharer haben ihn bewogen über einen Kriminalroman diese fast vergessene Glaubensbewegung wieder neu ins Gedächtnis der Menschen zu rufen.

Copyright © 2015 by Rejo J. Ott
Herstellung und Verlag:
BoD - Books on Demand, Norderstedt

ISBN: 978-3-7347-5516-3

Rejo J. Ott

Montségur

Für meine Frau,

die Sonne in meinem Leben.

Für meine Kinder,

die Sterne an meinem Himmel.

Vorwort

Die Glaubensbewegung, die sich ca. ab dem Jahr 1000 nach Christus bildete und sich in nur wenigen Jahrzehnten bis nach England, Flandern, dem Rheinland, Sachsen, Burgund, in die Schweiz, Frankreich (vor allem Südfrankreich im Languedoc) und Italien ausbreitete, wurde von der katholischen Kirche als Häresie verfolgt. Die Angehörigen dieses Glaubens selbst bezeichneten sich als > gute Christen <, > Freunde Gottes < oder nur als > Christen <. Sie sind der Allgemeinheit heute als Katharer bekannt, wobei dieser Begriff der Feder eines Mönches entstammt und von den Angehörigen dieses Glaubens nie benutzt wurde. Die Bezeichnungen der Menschen, deren Glaube in dieser Zeit vom Katholizismus abwich, sind vielfältig: Patarener, Manichäer, Piphles, Tisserands, Poplicains, Bogomilen oder die der Waldenser, die später in der Provence vernichtet wurden.

Diese Glaubensbewegung war keine Sekte, die ihre Anhänger aus der Welt und dem gesellschaftlichen Leben herausriss. Die Menschen lebten ihre Überzeugung auf dem Weg zum Heil, den ihnen ihre > gute Kirche < an die Hand gab.

Die Geschichte der Katharer ist gleichbedeutend mit der Geschichte ihrer Verfolgung, initiiert vom Heiligen Stuhl in Rom. Fast alle Aufzeichnungen über die Menschen dieses

Glaubens stammen aus den Protokollen ihrer Verfolgung, von Verhören, der Schilderung der > Albigenserkreuzzüge < (analog zur Stadt Albi) und der Inquisition. Es ist deswegen anzunehmen, dass die Dokumentation ihrer Verfolger parteiisch und für die Verfolgten negativ gefärbt war. Von dieser Glaubensbewegung sind nur drei Rituale und zwei Traktate aufgefunden worden, die als objektiv angesehen werden können und die in Florenz und Lyon aufbewahrt werden. Sie informieren über ihre Glaubensüberzeugungen und ihre Liturgie ohne detailliert auf die Geschichte oder die Entstehung dieser Glaubensbewegung einzugehen. In den langen Zeiten der Verfolgung mit nur wenigen kurzen Friedenszeiten war für die Gläubigen selbst keine Zeit ihre Lebensweise zu schildern. Ein verbliebenes, für alle heute noch sichtbares Zeichen dieser Glaubensbewegung sind die Ruinen der Festungen Puilaurens, Peyrepertuse, Quéribus und Montségur sowie weiterer im Pyrenäenvorland im Süden Frankreichs.

Die in dieser Zeit herrschenden Päpste, Innozenz III. und Gregor IX., um nur zwei zu nennen, wollten nicht nur die alleinigen Herrscher über den Glauben sein, sie wollten auch als Beherrscher des Glaubens die Macht über die weltlichen Herrscher der westlichen Welt besitzen. Demzufolge waren die Kreuzzüge gegen die Häretiker im Süden Frankreichs auch der Versuch die dortigen weltlichen Herrscher unter die Knute des Papsttums zu zwingen. Die Menschen im Languedoc der damaligen Zeit, Katholiken, Juden, Waldenser und Katharer lebten im Wesentlichen friedlich nebeneinander. Sie waren zusammen aufgewachsen, lebten miteinander, waren miteinander verwandt und betrachteten sich gegenseitig als ehrbare Leute. Sie praktizierten eine Lebensweise, die in unserer heutigen Gesellschaft als

Religionsfreiheit festgeschrieben ist. Diese mittlerweile im Grundgesetz enthaltene Glaubensfreiheit bedeutet für die jahrhundertelange Forderung der katholischen Kirche nach alleiniger Religionsoberherrschaft eine empfindliche Niederlage.

Die katharische war ähnlich gegliedert wie die katholische Kirche. Die allgemeinen Gläubigen wurden betreut von den Perfecti oder (weiblichen) Perfectae und, ihnen übergeordnet, von Diakonen, die einem Bischof unterstanden. Jedoch anders als die Pfarrer, Mönche oder Äbte der katholischen Kirche gingen die Perfecti und Perfectae einem Beruf nach und verdienten sich ihren Lebensunterhalt selbst. Sie aßen kein Fleisch und töteten deswegen auch keine Tiere, geschweige denn Menschen. Sie lehnten die Völlerei der katholischen Priester und Mönche ab, insbesondere die Kurtisanen der Bischöfe, Kardinäle und Päpste, denen sie wegen ihres gotteslästerlichen Lebens das Recht absprachen Sakramente zu spenden. Sie leiteten ihre Glaubenslehre aus der Interpretation von Bibelstellen des Neuen Testamentes und des Evangeliums ab, die sie weit strenger und teilweise auch anders interpretierten als die katholische Kirche und die sie viel restriktiver befolgten. Die Zugehörigkeit zu ihrem Glauben war freiwillig.

Der gläubige Adel sah sich als Beschützer der einfachen Gläubigen. Viele Adlige sowie deren Frauen, Schwestern, Töchter und Söhne waren Perfecti oder Perfectae. Der Widerstand der Katharer gegen die Kreuzzüge und die Inquisition beruhte hauptsächlich auf dem Widerstand des Adels, der im Zuge der Vernichtung dieses Glaubens auch seines Besitzes beraubt werden sollte. Der bekannteste Führer der Kreuzzüge war Simon de Montfort, ein bedeutungsloser Grundherr aus dem Tal von Chevreuse, der mit Unterstützung des Papstes die Gelegenheit ergriff, sich als Beute aus den Kreuzzügen erhebliche Ländereien im Languedoc anzueignen. Über zehn Jahre lang überzog er das Languedoc rücksichtslos mit Krieg und sicherte sich die Feudalherrschaft des Landes, auch mittels der Vergabe der verschiedensten Landesteile an seine Vasallen. Nach seinem Tod gingen diese Ländereien jedoch schnell wieder verloren.

Die katholischen Kreuzritter und ihre Soldaten waren in Verbindung mit dem in der katholischen Kirche oft praktizierten Ablasshandel hauptsächlich an Gewinn und Plünderung interessiert. Das Leben der Menschen, auch der Katholiken, war für sie ohne Belang. So metzelten sie alle Bewohner der Stadt Bézier, von Marmande und anderer Dörfer nieder, Männer, Frauen und Kinder. Welcher Religion diese Menschen angehörten, spielte für sie keine Rolle.

Die philosophischen und theologischen Details der Glaubenslehre der Katharer und die Unterschiede zu denen der katholischen Kirche sollen hier nicht näher betrachtet werden, der interessierte Leser findet hierzu verschiedene Fachliteratur. Hervorzuheben ist, dass diese Glaubensbewegung kein Oberhaupt, dem Papst vergleichbar, hatte. Dadurch entstanden einige unterschiedliche Interpretationen ihres Glaubens, die im Wesentlichen regional positioniert waren und sich teilweise überschnitten. Eines war jedoch allen diesen > guten Christen < gemeinsam: sie sahen ihren Glauben als den einzig wahren Glauben an ohne den das Heil nicht erlangt werden konnte. Anders als die katholische Kirche setzten sie zur Verbreitung ihres Glaubens nicht auf Krieg, Mord, Totschlag und Scheiterhaufen, sondern auf Predigten, Überzeugungen und vorgelebten Glauben.

Während der zweihundert Jahre langen Verfolgung schworen immer wieder Gläubige ihrer Religion ab. Teils um schlichtweg am Leben zu bleiben, teils um (bei Adligen) ihre Ländereien behalten zu können, teils um bei nächster Gelegenheit ihre unter Zwang abgelegten Schwüre zu brechen. Mehrere Hundert Menschen, Männer, Frauen und auch Kinder jedoch blieben standhaft und büßten ihre Standhaftigkeit und ihre Glaubensüberzeugung mit dem Tod auf dem Scheiterhaufen oder mit langjährigem Gefängnis. Diese Scheiterhaufen wurden vom Rheinland bis zum Languedoc und auch in Italien entzündet und waren eher die Folgen der Kreuzzüge als der Inquisition.

Die Verfolger zielten mit Beginn der Inquisition vornehmlich darauf ab die Köpfe der katharischen, der > guten Kirche <, zu beseitigen, was dazu führte, dass im 14. Jahrhundert diese Glaubensbewegung zunächst in Okzitanien und schließlich ganz verschwand.

Prolog

Langsam löste sich die Gruppe der Männer aus dem Schatten des kleinen Wäldchens mehrere hundert Meter südlich des Dorfes Villeneuve d`Olmes und ging den ankommenden Reitern entgegen. Der Anführer der vier Reiter glitt aus dem Sattel, ebenso wie einer seiner Sergeanten, der die Zügel dessen Pferdes übernahm. Der Anführer sah ihn kurz an und nickte zum Zeichen des Dankes. Er blickte zu der näher kommenden Gruppe und trat auf den ersten Mann zu. Der Anführer der Reiter, Raymond de Péreille, beugte dreimal das Knie zum Gruß:

> Segnen Sie mich, mein Herr, und bitten Sie Gott für mich, dass er mich zu einem guten Christen macht und zu einem guten Ende führt. <

> Gott sei gebeten, dass er aus Ihnen einen guten Christen macht und zu einem guten Ende führt <, erwiderte Guilhabert de Castres, der katharische Bischof, den rituellen Gruß.

> Ich danke Euch, dass Ihr meiner Bitte gefolgt seid um mich und unsere Brüder Perfecti nach Montségur, Eurer Festung, zu geleiten. Ihr kennt die drei uns begleitenden Ritter, Raymond Sans de Rabat, Isarn de Fanjeaux und Pierre de Mazerolles? Sie haben sich erboten uns bis zum Fuß Eurer Festung zu begleiten und für unseren Schutz zu sorgen. Wir mussten uns für längere Zeit im Wald von Gaja und in den dortigen Höhlen vor der Verfolgung verstecken.<

Nachdem sich alle Männer beider Gruppen begrüßt hatten, bestiegen Raymond de Péreille und sein Sergeant die Pferde, wendeten und ritten langsam nach Süden, gefolgt von der größeren Gruppe der Fußgänger und der sie begleitenden Ritter. Die Reiter hoben sich auf den Pferden, mit ihren Waffen und Rüstungen von den Perfecti ab, die als Handwerker und Händler einfache Kleidung trugen.

Nach einer halben Stunde Marsch verließen Sie das Tal des Touyre und wandten sich nach Osten entlang eines spärlichen Zuflusses zum Bach Lardit. Der staubige Weg führte in stetigen Windungen langsam aufwärts. Nach zwei weiteren Stunden bog die schmale Straße um die Flanke eines Hügels und sie sahen in geringer Entfernung die Festung Montségur auf der Kuppe des hohen, fast senkrecht aufragenden Berges liegen.

Guilhabert de Castres dankte den drei Rittern für ihren Schutz. Sie wendeten ihre Pferde und ritten in die beginnende Dämmerung hinein.

Dieser Tag Anfang Oktober des Jahres 1232 war heiß und trocken gewesen, die Sonne brannte vom wolkenlosen, blauen Himmel. Das dennoch saftige Gras, die grünen Äste und Blätter der Sträucher, Eichen und Buchen bewiesen, dass trotz des heißen Sommers diese Landschaft nördlich der Pyrenäen fruchtbar und regenreich war. Kein Windhauch war zu spüren, der den Wanderern ein wenig Erleichterung verschafft hätte. Die Kastanienbäume hingen voller Früchte, die Pfirsichbäume waren abgeerntet, die Ernte der Äpfel war im Gang. Die Bewohner des Dorfes, das sich unterhalb der Festung entwickelt hatte, hatten ihre Gemüsegärten bereits umgegraben und teilweise schon für den Winter vorbereitet.

Raymond de Péreille führte die Männer den steilen Weg zur Bergspitze hinauf und durch das Burgtor, unter dem

Fallgitter hindurch in den Hof der Festung. Er bat den herbei eilenden Verwalter Bernard Marty seinen Gästen die Quartiere zuzuweisen und ihnen den Weg in den Hauptsaal zu zeigen, damit sie sich dort an Speisen und Getränken stärken konnten.

Der Bischof Guilhabert de Castres bat den Hausherrn um eine kurze Unterredung.

> Unsere Kirche hat in den vergangenen zwanzig Jahren sehr leiden müssen. Viele Perfecti und Perfectae und auch Gläubige sind auf den Scheiterhaufen gestorben, wurden ins Gefängnis geworfen oder mussten in der Fremde Zuflucht suchen. Wir haben kein Zentrum mehr für unsere Kirche. Ich bitte Euch, mich und meine Gefährten bei Euch aufzunehmen, damit unsere > gute Kirche < in Zukunft hier ihren Sitz haben kann und wir von hier aus unsere Prediger aussenden und beschützen können. Einige meiner Gefährten werden schon in wenigen Tagen wieder in ihre Gemeinden zurückkehren um dort für unsere Glaubensbrüder tätig zu werden. <

Raymond de Péreille überlegte mehrere Minuten.

> Ich möchte Euch nicht sofort eine Antwort geben. Lasst mich über Euren Wunsch nachdenken. Ich werde Euch alsbald meine Entscheidung mitteilen. Vorerst kann Euch mein Verwalter das Nachtlager zeigen und dann das große Loch in Eurem Bauch beseitigen <, sagte er schmunzelnd.

Raymond de Péreille, der viel auf die Meinung seiner Frau Corba hielt, teilte ihr am späten Abend den Wunsch des Bischofs mit. Nach einigem Nachdenken bestätigte sie ihm seine bereits getroffene Entscheidung.

> Mein Gemahl, wir verehren unsere > gute Kirche < und leben nach den Richtlinien ihres Glaubens. Viele Eurer und meiner Brüder, Schwestern, Anverwandte und Freunde sind Perfecti oder Perfectae. Unser Glaube erwartet, dass wir

unsere Brüder und Schwestern in allen Lebenssituationen unterstützen. Ich würde meinen Glauben verraten, wenn ich diese gewünschte Unterstützung nicht gewähren würde. <

> Ich danke Euch für Eure Beurteilung, die der meinigen entspricht <, bestätigte der Burgherr ruhig, > ich werde den Bischof morgen früh von meiner Entscheidung, die auch Eure ist, unterrichten. <

Nach dem morgendlichen Gebet und dem Frühstück bat der Burgherr den Bischof, dessen filius maior, Bernard de Lamothe, und dessen filius minor, Jean Cambiaire, zu sich um ihnen seine Entscheidung mitzuteilen. Alle drei zeigten sich überaus erfreut und erleichtert.

> Ich werde Euch in der Festung einen Raum zuteilen, den Ihr für alle Gespräche, Besuche und kirchlichen Verrichtungen nutzen könnt. Für die weltlichen Belange werdet Ihr die entsprechenden Räume mit den anderen Mitbewohnern teilen. Wir sind hier in der Feste etwas beengt. <

> Ich danke Euch, Raymond de Péreille, ich habe von Euch keine andere Entscheidung erwartet. Ihr seid wahrhaftig ein guter Christ. Ich habe für übermorgen einige Glaubensbrüder hierher gebeten um über eine nach meiner Meinung wichtige Entscheidung zu beraten. Ich bitte auch Euch an dieser Beratung teilzunehmen. <

> Ich werde Eurem Wunsch gern entsprechen. <

Am Morgen des zweiten Tages hatten sich mehrere Männer im Turm des Burgfrieds, im unteren Turmsaal, versammelt. Die Fenster waren geöffnet um den an diesem Tag warmen Herbstwind durch den Raum wehen zu lassen. Der Himmel war leicht bewölkt, die Sonne hatte ihre Kraft noch nicht entfaltet. Um den Burgfried drehten krächzend einige Dohlen ihre Kreise. Aus dem Dorf war, trotz der Entfernung, das Lachen und Schreien spielender Kinder zu hören und die Stimme eines Mannes, der die zu übermütigen Kinder zur Mäßigung aufrief. Nach Süden zu konnte man in der Ferne den Gipfel des Pic de St. Barthélemy erkennen, um den einige Bartgeier auf der Suche nach Aas kreisten und sich vom Aufwind immer höher in den Himmel tragen ließen. Die dicken Wände des Burgfrieds waren aus dem Kalkgestein der umliegenden Berge gehauen und hatten auf der Innenseite eine raue Oberfläche. Der große Tisch war aus mächtigen Eichenbalken gezimmert und passte nicht so richtig zu den stilvoll geschreinerten fast zierlichen Stühlen mit den geschnitzten Armlehnen, deren Sitzflächen mit Leder bezogen waren. Auf dem Tisch standen mehrere Krüge mit Wasser und eine Reihe von Bechern.

Guilhabert de Castres blickte sich um und musterte der Reihe nach Raymond de Péreille, Bernard de Lamothe, Jean Cambiaire, Tento, den Bischof des Agenais, dessen filius maior, Vigouroux de La Bacone, und die drei Diakone Pons Guilhabert, Bernard Bonnafous und Taymond de Montouty. Nach der rituellen Begrüßung bat der Bischof die Anwesenden sich zu setzen.

> Meine Brüder, zuerst möchte ich dem Burgherrn Raymond de Péreille im Namen aller unserer Glaubensbrüder danken, dass er uns seine Festung als Haupt unserer Kirche für die Zukunft zur Verfügung gestellt hat. Wir werden zukünftig hier alle wichtigen Entscheidungen treffen und von hier aus die Perfecti und Perfectae zu ihrer Predigertätigkeit aussenden. <

Er verneigte sich dankbar vor dem Burgherrn, hielt kurz inne und trank einen großen Schluck Wasser.

> Die vergangenen dreiundzwanzig Jahre haben durch die Kriegszüge des Simon de Montfort und durch die Verfolgung unseres Glaubens durch die katholische Kirche viel Leid über unsere Glaubensbrüder gebracht. Die Häupter

der katholischen Kirche in Rom wollen in ihrem unersättlichen Machtstreben nicht nur ihren Glauben sondern auch die feudale Oberherrschaft, auch über die Könige von Frankreich und Katalonien, durchsetzen. Sie sind nicht bereit unseren reinen Glauben zu akzeptieren und werden weiterhin nichts unversucht lassen unseren Glauben und alle wahren Christen zu vernichten. Dabei zeigen uns die Vertreter der katholischen Kirche, dass sie sich selbst nicht an ihre eigenen Glaubensregeln halten wollen: es gibt wegen ihrer Völlerei und Unterdrückung der Bevölkerung fast nur fette Pfarrer, Mönche und Äbte. Bischöfe, Kardinäle und sogar die Päpste können ihre Konkubinen nicht mehr zählen. Die feudalen Herren unseres Landes, die uns bisher nicht nur toleriert sondern sogar unterstützt haben, konnten diesen ersten Versuch unseren Glauben zu vernichten, verhindern. Ich befürchte jedoch, dass der französische König in die Angriffe auf unser Land eingreifen wird, weil sie ihm die Möglichkeit verschaffen sein Reich bis an die Pyrenäen auszudehnen und den König von Katalonien bis an den Südrand des Gebirges zurück zu drängen. Simon de Montfort hat nicht nur unsere Glaubensbrüder bekämpft, sondern versucht unser ganzes Land zu besetzen und alle unsere Reichtümer in seinen Besitz und den seiner Helfershelfer zu bringen. Von Glaubensbrüdern aus Paris habe ich erfahren, dass der König mit Unterstützung des Papstes einen Einfall in unser Land beabsichtigt um dieses in sein Reich einzugliedern.

Unsere Glaubensbrüder haben in den vergangenen Jahrzehnten durch den Handel vom Mittelmeer aus das Rhonetal nordwärts und vom Mittelmeer zum Atlantik – wir liefern unseren Wein sogar bis nach England – sowie durch die Arbeit der Handwerker und die Gaben unserer feudalen Herrscher große Reichtümer gesammelt. Dazu ist auch der

Salzhandel, ausgehend vom Mittelmeer bis in alle Länder der westlichen Welt zu nennen. Zudem haben unsere Glaubensbrüder bei Empfang des Consolaments vor ihrem Tod jeweils einen Teil ihres Besitzes in Form von Gold, Silber und Schmuck unserer Kirche gespendet. Dies alles ist an den verschiedensten Orten verwahrt. Es wurde schon immer dazu verwandt die Menschen unseres Landes, die in Not geraten sind – auch die Menschen anderen Glaubens – zu unterstützen.

Sollte die katholische Kirche mit ihren raffgierigen Handlangern wieder in unser Land einfallen, werden sie nichts unversucht lassen diese Reichtümer an sich zu reißen. Ich fürchte, dass diese Zeit bald kommen wird.

Aus diesem Grund schlage ich vor unsere Glaubensbrüder, den bekannten Steinmetz Pierre de St.Guilhem und den Schmied und Mechaniker, Roger Laplace, zu beauftragen eine sichere Höhle zu finden, die mit einem Steintor verschlossen werden kann. Der Eingang muss so beschaffen sein, dass Uneingeweihte den Zugang niemals entdecken können. Nur einer geringen Anzahl unserer Glaubensbrüder darf dieser Ort und der Zugang bekannt sein. Wir sollten dort den Großteil unseres Schatzes, Goldmünzen, Silber, Edelsteine, Schmuckstücke, Geld und die wertvollen Schriften unserer Glaubenslehre sicher verwahren um im Notfall darauf zurückgreifen zu können. <

Erregtes, aber auch nachdenkliches Murmeln erfüllte den Raum und wollte nicht enden. Keiner der Anwesenden konnte sich den Ausführungen entziehen, aber auch keiner mochte sich zu dem Vorschlag äußern.

Nach längerer Zeit ergriff Raymond de Péreille das Wort.

> Meine Brüder, was die Gefahr eines kriegerischen Einfalls in unser Land betrifft, stimme ich mit dem Bischof überein. Auch damit, dass wir Vorsorge treffen und wach-

sam sein müssen. Was die Vorgehensweise zur Sicherung unserer finanziellen Werte betrifft, sollten wir heute noch keine Entscheidung treffen. Jeder von uns soll sich in den kommenden Tagen eine eigene Meinung bilden, wobei auch einzelne Gespräche untereinander hilfreich sein können. Ich schlage vor, dass wir uns in einer Woche hier wieder versammeln. Vielleicht können wir dann Einigkeit erzielen und eine Entscheidung herbeiführen. <

Dieser Vorschlag wurde von allen akzeptiert, weil so manchem die Situation und die zukünftigen Gefahren erst richtig ins Bewusstsein getreten waren.

Die kommenden Tage fanden die Führer der katharischen Kirche mit Fasten und Gebeten sowie mit Gesprächen untereinander. Der Sonnenschein und das milde Wetter dieser Tage trugen dazu bei das Problem in hellerem Licht zu betrachten. Der frisch gekelterte Wein, ein hervorragender Jahrgang, ließ zudem keine Trübsal aufkommen. Die Kirchenführer waren alle Lebens erfahrene Männer mit scharfem Verstand, lebenslustig ohne leichtsinnig zu sein und sie waren sich ihrer Verantwortung für das Wohl ihrer Glaubensbrüder sehr wohl bewusst. Sie mischten sich unter die Bewohner des Dorfes um in Gesprächen über andere Themen einerseits Abstand zur bevorstehenden Entscheidung zu gewinnen, andererseits um aus den Lebensumständen, Freuden und Sorgen dieser Menschen eine Grundlage zur Lösung ihres Problems zu finden.

Nach Ablauf einer Woche trafen sich alle wieder in dem Turmzimmer. Der Regen, der an die Fensterscheiben und auf das Dach trommelte, ließ die umliegenden Hügel und Berge im Dunst verschwimmen. Die tief hängenden Regenwolken, die um die Festung wogten, verstärkten die düstere Stimmung.

> Ich danke Euch für Euer Erscheinen um unsere Ent-

scheidung zu treffen. Um die trübe Stimmung durch das Wetter etwas aufzuhellen, habe ich uns Wein auftischen lassen <, begrüßte der Hausherr die Anwesenden.

Nachdem sie ihre Becher gefüllt hatten, ergriff der Bischof das Wort.

> Meine Brüder, wir haben in der vergangenen Woche viel miteinander gesprochen und aus den Meinungen, die ich bereits gehört habe, will ich meinen bereits vorgestellten Vorschlag etwas ergänzen. Meinen Rat, ein Versteck für das Vermögen unserer Kirche zu suchen, halte ich weiterhin aufrecht. Es sollte aber jeder Gemeinde die Entscheidung vorbehalten bleiben, ob sie ihre Geldreserven in ihrer Obhut behält oder in ein gemeinsames Versteck bringt. <

Er sah sich in der Runde um.

> Wer sich meinem Vorschlag anschließt, möge die Hand heben. Wer damit nicht einverstanden ist oder einen anderen Weg für sinnvoller erachtet, möge dies bitte mitteilen. <

Alle Anwesenden, bis auf Bischof Tento und seinen filius maior, hoben die Hand und bewiesen damit ihre Zustimmung zu dem Vorschlag des Bischofs Guilhabert de Castres.

Bischof Tento, auf den sich nun aller Augen richteten, sah sich ebenfalls in der Runde um.

> Meine Brüder, ich bin der Bischof des Agenais. Mein Bistum ist mehrere Tagesreisen von hier entfernt. Ich sehe ebenfalls die von meinem Bruder vorgeschlagene Notwendigkeit der Vorsorge. Ich kann jedoch nicht über die Glaubensbrüder meines Bistums bestimmen ohne vorher mit ihnen darüber gesprochen zu haben. Ich bitte deshalb mir und meinem filius maior eine Festlegung zu ersparen bis wir das Thema in unserem Bistum abschließend diskutiert haben. Falls unsere Entscheidung in gleicher Weise fallen wird wie die eurige, werden wir uns Euch anschließen. Wir

werden Euch bald möglichst über unsere Entscheidung eine Information zukommen lassen. <

> Ich danke Euch, mein Bruder, wir erwarten also Eure Entscheidung. Ich werde nun unsere Brüder Pierre de St. Guilhem und Roger Laplace beauftragen ihre Suche nach einem geeigneten Ort zu beginnen. Weiterhin werde ich alle Perfecti und Perfectae um Entscheidung bitten, ob sie die Geldreserven ihrer Gemeinden ganz oder teilweise in ein gemeinsames Versteck bringen werden. Sobald eine geeignete Höhle gefunden ist und die dafür erforderlichen Arbeiten abgeschlossen sind, werde ich Euch verständigen, auch wann mit der Einlagerung des Schatzes begonnen werden kann. <

Er erhob sich.

> Ich danke Euch, meine Brüder, ich werde umgehend Boten zu allen Gemeinden schicken. <

Monate später erreichte ein Bote Montségur und benachrichtigte Guilhabert de Castres, dass mehrere Männer mit zwei Maultieren, beladen mit Schmuck, Goldstücken und Silber in Holztruhen, nach drei Nächten heimlicher Reise in einer engen bewaldeten Schlucht unweit des Dorfes Pélail angekommen seien. Mit Einbruch der beginnenden Nacht begaben sich vier Männer aus Montségur zu der Gruppe mit den Maultieren. Die abgezäumten Maultiere wurden wieder aufgezäumt und beladen und verschwanden mit den Männern in der Nacht. Diese brachten die Maultiere am nächsten Morgen zu ihren Besitzern zurück.

Immer wieder wurden beladene Maultiere, zwei, drei, oder vier, bei Einbruch der Nacht übergeben und am darauf folgenden Morgen wieder zurück gebracht.

Zwei Jahre später endeten Bischof Tento und sein filius maior Vigouroux de La Bacone auf dem Scheiterhaufen.

Montségur wurde am 16. März 1244 nach verbissenem Kampf den Angreifern des Kreuzzuges übergeben. 224 Perfecti und Perfectae starben auf dem Scheiterhaufen, ohne Tribunal, ohne Prozess, ohne Urteilsspruch.

Vier Überlebende, Amiel Aicard, Peytavi Laurent, Hugues Domergue und Pierre Sabatier, ließen sich in der Nacht vor der Übergabe an einem Seil von der Festungsmauer zu den auf dem Berg Montségur versteckten Karsthöhlen hinab. Dort verbargen sie sich den Tag über um in der folgenden Nacht die Kette der Belagerer, die durch die Siegesfeier und den Wein nachlässig geworden waren, zu überwinden und um in der Nacht unterzutauchen. Ob sie weitere wertvolle Gegenstände bei sich hatten, ist nicht verbürgt. Sie verschwanden ebenso wie die Kenntnis von der Lage des Schatzes.

1

> Ich verstehe dich nicht, Bianca, warum gibst du Pietro keine Chance? Er ist attraktiv, nett und zuvorkommend, hat ein gutes Herz und sein schicker Sportwagen zeigt, dass seine Eltern genug Geld haben um ihm nicht nur sein Studium zu finanzieren. Du bist richtig hübsch, sogar schön, groß und schlank, überaus intelligent und ihr zwei würdet ein wunderschönes Paar abgeben. <

> Ich weiß schon, dass du mich gern mit Pietro verkuppeln würdest. Du bist zwar meine beste Freundin, Claudia, aber über mein Liebesleben bestimme immer noch ich selbst. Ich gebe dir Recht, Pietro sieht wirklich sehr gut aus, aber es knistert nicht, wenn ich ihn ansehe. Warum versuchst du nicht dein Glück bei ihm? Du bist doch auch überaus attraktiv. Und die Ergebnisse deiner Klausuren zeigen, dass auch du ein wenig Gehirn unter deiner schwarzen Haarpracht hast <, neckte Bianca ihre Freundin und trank ihren Kaffee aus.

> Ich hätte nichts dagegen ihn näher kennen zu lernen, aber er ist fasziniert von deinen blonden langen und lockigen Haaren. Ich habe bei ihm keine Chance. <

> Nun, er soll sich ein wenig anstrengen. Ein schickes Auto und ein attraktives Aussehen sind nicht alles. Ich will mehr von einem Mann. Soviel, dass es für ein ganzes Leben reicht. <

Bianca seufzte.

> Du hast ja Recht. Ich will auch kein Spielzeug sein. Hast

du übrigens heute Abend schon etwas vor? Wir könnten irgendwo in der Stadt ein Glas Wein trinken und uns unterhalten. Keine Sorge, ohne Pietro. <

Bianca blickte auf ihre Uhr.

> Mein Gott, ich muss noch einkaufen. Papa hat mich darum gebeten. Ich rufe dich wegen des Glases Wein an. Ciao! <

Sie stand hastig auf und griff nach ihrer Tasche mit dem Notebook.

> Bringst du bitte meine leere Kaffeetasse zum Tresen zurück? Vielen Dank. <

Sie drängte sich hastig durch die anderen Studenten und Studentinnen, die die Cafeteria bevölkerten, zum Ausgang durch, sprang die drei Stufen hinunter und lief den Fußweg zwischen zwei Gebäuden hindurch. An der Viale Giovan Battista Morgagni wandte sie sich nach links, am Kreisverkehr vorbei und bog in die Via Giulio Caccini ein, wo sie auf dem Parkplatz eines kleinen Hotels, der Besitzer war ein Jugendfreund ihres Vaters, ihren Peugeot 205 CC geparkt hatte. Sie war stolz auf dieses kleine, weiße Cabriolet, das ihr Vater ihr zu ihrem dreiundzwanzigsten Geburtstag geschenkt hatte. Als sie den Kreisverkehr passiert hatte, in die ruhige Seitenstraße einbog und an einer dicken Platane vorbeiging, die zwischen Gehweg und Straße stand, spürte sie plötzlich eine Bewegung neben sich. Ehe sie den Kopf drehen und reagieren konnte, legte sich eine schwielige Männerhand auf ihren Mund und sie spürte den Druck eines harten Gegenstandes an ihrer Wirbelsäule.

> Keinen Laut! Schreien Sie bitte nicht, drehen Sie sich nicht um und machen sie bitte auch keine falsche Bewegung. Was Sie in Ihrem Rücken spüren, ist ein Pistole mit Schalldämpfer. Ich will Sie nicht verletzen, aber wenn Sie mich dazu zwingen, schieße ich Sie in Ihre Wirbelsäule. Sie

werden dann nicht sterben, aber Sie werden ein Leben lang gelähmt sein. Sie können mir glauben, ich weiß, wohin ich schießen muss. <

Bianca verkrampfte sich und biss sich auf die Lippen um nicht zu schreien. Vor Schreck hatte sie ihre Tasche mit dem Notebook fallen lassen. Sie sah sich vorsichtig in den Augenwinkeln um, aber niemand war da, der ihr hätte zu Hilfe kommen können.

> Nehmen Sie Ihre Tasche wieder an sich, vorsichtig und langsam. <

> Was wollen Sie? Ich habe nicht viel Geld dabei, das können Sie haben und auch mein Notebook ....und mein Auto. Aber bitte, bitte, tun Sie mir nichts. <

> Keine Angst, ich will Ihnen nichts tun und Ihr kleines Auto interessiert mich auch nicht. Ich brauche Sie für etwas anderes. <

Sie hob ihre Tasche mit dem Notebook auf und bevor Bianca eine weitere Frage stellen konnte, hielt ein alter, verrosteter Transporter neben ihnen auf der Straße an. Ihr Bewacher riss die Seitentür auf, stieß sie in den Laderaum und auf eine staubige Sitzbank. Er knallte die Tür zu und setzte sich auf den Sitz ihr gegenüber, die Pistole auf sie gerichtet. Der Transporter setzte sich mit lautem Getöse sofort in Bewegung.

> Nehmen Sie Ihr Handy aus Ihrer Tasche und schalten Sie es aus. <

Bianca suchte krampfhaft in ihrer Handtasche, bis sie es in dem Durcheinander gefunden hatte. Sie schaltete es aus. Der Mann nahm es und kontrollierte ob sie es tatsächlich ausgeschaltet hatte. Dabei fiel ihr auf, dass der Mann dünne schwarze Handschuhe trug.

> Haben Sie noch ein Mobiltelefon? Nein? Leeren Sie den Inhalt Ihrer Handtasche auf den Sitz. Wenn Sie noch ein

Handy irgendwo versteckt haben, werde ich Sie in ein Knie schießen. <

> Nein, nein, ich habe keins mehr. Sie können mich durchsuchen. <

Angstvoll öffnete sie den Reißverschluss ihrer Handtasche und kippte den gesamten Inhalt auf die Sitzbank. Sie öffnete auch ihre Tasche mit dem Notebook und ließ den Mann hineinschauen. Er nickte zufrieden.

> Räumen Sie ihre Tasche wieder ein, lassen aber das Telefon ausgeschaltet auf dem Sitz liegen. Gut, und nun setzen Sie sich ganz in die Ecke. <

Der Mann holte aus der rechten äußeren Brusttasche seines Overalls ein Mobiltelefon, und, während er die Pistole weiterhin auf sie gerichtet hielt, tippte er nur die Zahl >1< ein und verschickte die SMS.

Langsam gewöhnte sich Bianca an das Halbdunkel in dem Transporter. Durch die zwei kleinen schmutzigen Scheiben in den Hintertüren drang nur wenig Licht in das Auto. Sie musterte vorsichtig ihr Gegenüber. Der Mann trug einen relativ sauberen Arbeitsoverall. Seine Gesichtsfarbe wirkte seltsam fahl, wie geschminkt. Seine dunklen Sportschuhe sahen, ebenso wie die grüne Baseballkappe ohne Aufschrift, sauber aus. Unter seinem Sitz sah sie einen größeren Kanister aus Kunststoff. Der Laderaum war durch eine Blechwand vollständig von der Fahrerkabine getrennt.

Irgendwie spürte Bianca keine Angst, konnte ihre Anspannung aber nicht verdrängen. Langsam wurde sie nervös und glaubte ihr Herz so laut schlagen zu hören, dass auch ihr Gegenüber es hören musste. Ihr fiel auf, dass der Transporter nur etwa drei Minuten lang gefahren war bis er anhielt.

Im städtischen Museum Florenz wartete der Museumsdirektor Dr. Angelo Bertolino ungeduldig auf das Ende seiner Arbeitszeit. Seine Tochter Bianca sollte heute Nachmittag einkaufen. Nach einem gemeinsamen, frühen Abendessen wollte er sich mit seiner neuen Bekannten treffen. Es war das erste Mal seit dem Tod seiner Frau vor sechs Jahren, dass er wieder mit einer Frau ausgehen wollte. Er lehnte sich bequem auf seinem Bürostuhl zurück, schloss die Augen um sich das Gesicht seiner neuen Bekanntschaft ins Gedächtnis zu rufen.

Die Tür zu seinem Büro öffnete sich. Ein schlanker, hoch gewachsener Mann mit dunklem Hut betrat sein Büro, legte einen Aktenkoffer auf seinen Schreibtisch, öffnete ihn, holte eine Pistole mit Schalldämpfer heraus und richtete sie auf Dr. Bertolino. Trotz seines Schreckens konnte Dr. Bertolino eine Coltpistole erkennen.

> Wenn gleich ihr Mitarbeiter vom Sicherheitsdienst herein kommt, teilen Sie ihm mit, dass wir beide noch ungefähr eine Stunde zu tun haben werden. Denken Sie bitte nicht daran Alarm zu schlagen. Wir haben ihre Tochter in unserer Gewalt. Wenn Sie Dummheiten machen, müssen wir ihre Tochter so verletzen, dass sie für den Rest ihres Lebens gelähmt sein wird. <

Dr. Bertolino erbleichte und die Angst schoss ihm in alle Glieder.

> Was wollen Sie? Wir haben hier im Museum nichts, was sich problemlos für Jedermann zu Geld machen lässt. <

Der Besucher hob nur die Hand um seinem Gegenüber zu bedeuten zu schweigen. Er legte den leichten Sommermantel, den er über der Schulter getragen hatte, über die Pistole. Aus seinem Jackett holte er ein Mobiltelefon und wählte. Als an einem anderen Telefon das Gespräch angenommen wurde, sagte er nur:

> Bianca. <

Dann hielt er Dr. Bertolino das Mobiltelefon hin.

> Hallo, wer ist da? <

> Papa! <, hörte er.

> Bianca, bist du das? Ist dir etwas geschehen? <

> Nein, Papa, mir ist nichts geschehen. Aber der Mann mir gegenüber hat eine Pistole auf mich gerichtet. <

Das Gespräch brach ab als die Verbindung unterbrochen wurde, der Bewacher hatte Bianca das Handy einfach aus der Hand genommen und die Verbindung unterbrochen. Der Besucher nahm sein Mobiltelefon wieder an sich und beendete seinerseits die Verbindung.

> Dr. Bertolino, ich will ihr Handy sehen. Schalten Sie es aus und legen Sie es auf den Schreibtisch. Wir warten auf Ihren Wachdienst. <

Dr. Bertolino gehorchte. Sie mussten nur wenige Minuten warten bis die Tür geöffnet wurde.

> Guten Abend, Herr Peroni. Heute dauert es bei mir leider etwas länger. Das Gespräch mit meinem Besucher wird noch etwa eine Stunde dauern. Ich schließe beim Hinausgehen selbst ab. Sie können inzwischen Ihren Rundgang fortsetzen. <

Aus Angst um seine Tochter konnte Dr. Bertolino ein Zittern nicht unterdrücken, aber er hoffte, dass der Wachmann keinen Verdacht schöpfte.

> Guten Abend, Herr Peroni, bis morgen. <

> Guten Abend, Herr Doktor. <

Als der Wachmann den Raum verlassen und die Tür geschlossen hatte, lauschte der Besucher auf die sich entfernenden Schritte des Wachmanns. Er holte aus der rechten Tasche seines Jacketts ein paar dünne schwarze Handschuhe, zog sie an und wartete noch fünf Minuten.

> Herr Dr. Bertolino, Sie haben hier im Museum Zugang

zum Tresor. Ich will das Rituale von Florenz, das Rituale der Katharer, und das zugehörige Traktat. Nehmen Sie den erforderlichen Schlüssel. Gehen wir, und vergessen Sie Ihr Handy nicht. <

Dr. Bertolino gehorchte schweigend. Er holte den Tresor-schlüssel aus der abschließbaren Schublade seines Schreibtisches und erhob sich. Die beiden Männer verlie-ßen das Büro. Beim Hinausgehen wischte der Besucher die beiden Türklinken ab und zog seinen Hut tief in die Stirn. Sie wandten sich in dem langen Korridor nach rechts und nach zwanzig Metern benutzten sie rechts die Treppe in den Keller. Niemand war in den Gängen zu sehen. Unten angekommen, öffnete der Direktor auf der linken Seite des Flurs die erste Tür und trat in den Raum, an dessen Ende die Tür eines Tresors eingelassen war. Er steckte den Schlüssel in das Schloss und wählte die Kombination. Dann drehte er den Griff und zog die Tür auf. Kühle und trockene Luft wehte ihnen entgegen. Auf einen Wink seines Beglei-ters mit der Pistole ging er nach rechts an die Wand, zog eines der vielen Fächer auf und holte ein vergilbtes Schrift-stück heraus. Sein Begleiter prüfte das Dokument, hielt ihm seinen geöffneten Aktenkoffer hin und Dr. Bertolino legte das Rituale vorsichtig hinein.

> Und nun das Traktat. <

Aus einem anderen Fach wurde das Traktat nach Prüfung durch den Besucher in den Aktenkoffer gelegt, der sorgfältig geschlossen wurde.

> Was wollen Sie denn mit diesen historischen Dokumen-ten? < fragte der Direktor verzweifelt und mit belegter Stim-me.

> Sie werden dorthin gebracht, wo sie hingehören. Und nun zum Seitenausgang des Museums. Denken Sie an Ihre Tochter. Schließen Sie die Fächer, den Tresor und die Tür

wieder ab. <

Sie gingen wieder die Treppe hinauf und nach links bis zum Ende des Ganges. Hinter einer hellen Holztür führte eine schmale Treppe nach unten und dort konnte man neben einer zweiten Tür ins Freie gelangen.

> Vielen Dank, Herr Doktor, schließen Sie die Seitentür auf und gehen Sie jetzt in diese kleine Kammer, die ich abschließen werde. Geben Sie mir Ihr Handy. <

Der unbekannte Besucher verschloss die Tür hinter dem Direktor, legte das Handy und die Schlüssel vor der Kammertür auf den Boden, schritt durch die andere Tür ins Freie und war kurz darauf verschwunden.

Im Halbdunkel des Transporters klingelte das Handy. Sein Besitzer drückte auf die Empfangstaste und sah auf dem Display nur die Zahl > 1 <. Er klopfte viermal an die Zwischenwand zur Fahrerkabine. Das Auto wurde gestartet und nach acht Minuten blieb es mit laufendem Motor stehen. Bianca konnte hören wie die Beifahrertür geöffnet und gleich wieder geschlossen wurde. Ihr Gegenüber holte unter seinem Sitz hinter dem Kanister eine große braune Papiertüte hervor.

> Stecken Sie ihr Mobiltelefon ausgeschaltet in ihre Handtasche. Nun ziehen Sie diese Tüte über Ihren Kopf. Ich werde Sie nachher mit der Tüte auf dem Kopf hinaus auf eine Parkbank führen. Dort bleiben Sie zehn Minuten sitzen. Dann sind Sie frei. Einer meiner Partner ist ausgestiegen und wird sicherstellen, dass Sie mindestens zehn Minuten warten. Sollten Sie sich zu früh befreien, wird er auf sie schießen. <

Nach fünf Minuten klopfte es viermal an die Zwischenwand.

> Los jetzt! <

Die Seitentür wurde geöffnet und Bianca stolperte, geführt von ihrem Bewacher, hinaus. Nach etwa fünfzig Schritten, sie entfernten sich von der Straße, wurde sie auf eine Parkbank gesetzt. Kurz darauf hörte sie wie der Transporter startete und mit asthmatischen Geräuschen davon fuhr.

Dreißig Minuten später hielt der Transporter auf dem verlassenen Gelände einer alten Papierfabrik neben einem Geländewagen. Die beiden Männer stiegen aus, wechselten ihre Overalls und Sportschuhe gegen Kleidung aus dem Geländewagen und warfen ihre benutzte Kleidung in den alten Transporter. Einer übergoss das Innere des Fahrerhauses und den Transportraum einschließlich der Kleider auf den Sitzen mit dem Benzin aus dem Kanister, der unter dem Sitz verstaut war, und zündete ein Streichholz an. Als der Transporter in Flammen aufging, verließ der Geländewagen bereits das ehemalige Fabrikgelände und fuhr in Richtung Autobahn.

Die Polizei fand später in dem ausgebrannten Transporter keine verwendbaren Hinweise mehr mit Ausnahme weniger kleiner Teile Latex, wie es zur Herstellung von Masken verwendet werden kann.

Dr. Bertrand Gilles, Direktor des Museums in Lyon, konnte es kaum erwarten, bis seine Arbeitszeit zu Ende war und er wieder zu seiner jungen Frau fahren konnte. Er konnte es immer noch nicht fassen, dass er mit seinen vierundvierzig Jahren noch eine junge und attraktive Frau gefunden hatte. Er war jetzt seit fast drei Monaten verheiratet und immer noch von ihr fasziniert wie an dem Tag als sie ihm bei einem Empfang vorgestellt worden war. Sie hatten sich bereits vor der Hochzeit ein Haus am Ostrand von Lyon direkt am Wald gekauft und eingerichtet. Seine Frau war immer noch den ganzen Tag damit beschäftigt das Haus wohnlich zu gestalten und den Garten nach ihren Wünschen herzurichten. Sie liebte es sich jeden Nachmittag für ein bis zwei Stunden auf der Terrasse in einen Liegestuhl zu legen und den Garten zu betrachten um sich Gedanken über die weitere Gestaltung zu machen.

Dr. Gilles hob erstaunt den Kopf, als ein unangemeldeter Besucher kurz vor seinem Dienstende in sein Büro trat.

> Guten Tag. Sie haben sich sicher in der Tür geirrt. Ich empfange Besucher nur nach Voranmeldung… <

Er verstummte sofort als sein Besucher eine Pistole mit Schalldämpfer unter seinem leichten Sommermantel hervorzog und auf ihn richtete.

> Machen Sie bitte keine Dummheiten, alarmieren Sie niemanden. Sonst müssen wir Ihre Frau erschießen. <

> Was? Wie bitte? <, stammelte er und sein Magen verkrampfte sich.

> Was wollen Sie? <

> Hören Sie gut zu. Wir werden weder Ihnen noch Ihrer Frau etwas antun, wenn Sie tun, was wir verlangen. Im Wald hinter Ihrem Haus ist einer meiner Männer mit einem Präzisionsgewehr postiert. Er ist ein hervorragender Schütze und schießt Ihnen aus zweihundert Metern Entfernung eine Fliege von der Nase ohne Sie zu verletzen. Sie wollen Ihre Frau doch lebend wiedersehen, oder nicht? <

Dr. Gilles schluckte mehrmals und nickte dann.

Der Besucher, ein hochgewachsener schlanker Mann mit dunklen kurzen Haaren hatte ein seltsam fahles Gesicht, so, als ob seine Gesichtshaut keinerlei Poren besäße. Anscheinend hatte er auch eine Perücke auf. Er griff in die Innentasche seines Jacketts und holte ein Foto heraus, das er vor dem Direktor auf den Schreibtisch legte. Das Foto war ganz offensichtlich mit einem Teleobjektiv aufgenommen worden.

> Bevor ich Ihr Büro betrat, habe ich mir per Handy bestätigen lassen, dass Ihre Frau im Moment genauso auf Ihrer Terrasse liegt. Also machen Sie keine Dummheiten. Wir werden jetzt hier noch wenige Minuten abwarten bis keine Besucher mehr im Museum sind. Wenn der Sicherheitsdienst hier herein kommt, teilen Sie ihm einfach mit, dass unser Gespräch noch etwa zwei Stunden dauern wird. <

Er steckte das Foto wieder zurück in sein Jackett und nahm auf dem Besucherstuhl Platz.

> Legen Sie Ihr Handy ausgeschaltet neben Ihr Festnetztelefon und lassen Sie Ihre Hände auf dem Schreibtisch liegen. Meine Pistole bleibt unter meinem Mantel auf Sie gerichtet. <

Zehn Minuten später klopfte ein Mitarbeiter des Sicherheitsdienstes an die Tür und trat ein.

> Herr Direktor, Sie sind noch hier? In den letzten Monaten haben Sie doch immer pünktlich Feierabend gemacht. <

> Leider dauert es heute noch eine, vielleicht auch noch zwei Stunden. Danke für die Nachfrage, Herr Perez. <

> Dann mache ich mal meine Runde. Guten Abend, Herr Doktor. <

> Guten Abend, Herr Perez. <

Der Besucher wartete noch fünf Minuten, in denen er aus seinem Jackett dünne schwarze Handschuhe holte und anzog.

> Nehmen Sie Ihr Handy und die Schlüssel für den Tresorraum mit und denken Sie an die Pistole und an ihre Frau. Ich will die beiden Rituale der Katharer, die hier in

Lyon im Tresor liegen und das zugehörige Traktat. <

Die beiden Männer verließen das Büro. Beim Verlassen des Raumes wischte der Besucher die Türklinken sorgfältig ab. Der Direktor führte seinen Begleiter nach rechts zum Fahrstuhl, mit dem Sie in den Keller fuhren. Direkt gegenüber der Fahrstuhltür schloss er eine Tür zu einem Raum auf, in dem sich die Panzertüren zweier verschiedener Tresore befanden. Er stellte an dem rechten Tresor die zugehörige Zahlenkombination ein, schloss die Tür auf und trat in den riesigen Tresor, gefolgt von seinem Bewacher. Aus einem Fach nahm er die drei mittelalterlichen Dokumente und gab sie seinem Begleiter, der sie nach kurzer Prüfung sorgfältig in seinem Aktenkoffer verstaute.

> Wunderbar, nun habe ich alle Rituale und Traktate der Katharer in meinem Besitz. <

> Sie waren das? Sie haben vergangene Woche die Dokumente in Florenz gestohlen? <

> Nun, ich kann es nicht abstreiten. Es war alles furchtbar einfach. Es wird für die Wissenschaft kein großer Verlust sein, denn es gibt von allen Dokumenten Abschriften und Kopien. Ich habe mir nur geholt, was mir gehört. Schließen Sie wieder alles sorgfältig ab. Wir wollen doch nicht, dass irgendetwas gestohlen wird. Und nun zum Seitenausgang. <

Dr. Gilles führte seinen Begleiter den Gang entlang zu einer schmalen Treppe, die neben zwei Türen nach oben führte.

> Schließen Sie die Außentür auf und legen Sie Ihr Handy auf den Boden vor diesem Raum, den Schlüsselbund geben Sie mir. Gehen Sie hinein, damit ich abschließen kann. <

Ohnmächtig vor Zorn und machtlos angesichts der Pistole gehorchte Dr. Gilles. Durch das Fenster konnte er noch beobachten wie der Unbekannte durch die Seitentür trat und wenige Augenblicke später in der Menge untertauchte.

2

Es klingelte an der Haustür. Dreimal, viermal, penetrant. Ich legte das Buch über die Behandlung von Holzoberflächen, in dem ich gerade gelesen hatte, auf den Wohnzimmertisch, stand auf, schlüpfte in meine Hausschuhe und ging zur Haustür. Durch die Glasfassung erkannte ich einen Polizisten. Ich öffnete.

> Herr Karstens? <

> Ja. Was gibt es? <

> Gehört Ihnen ein blauer Mercedes 190? <

Er nannte mir noch das Kennzeichen.

> Ja, aber meine Frau fährt dieses Auto. Ist etwas passiert? <

Ich fühlte Angst in mir aufsteigen.

> Ich muss Ihnen leider mitteilen, dass Ihre Frau tödlich verunglückt ist. Es tut mir leid <, sagte der Beamte mit leiser Stimme.

> Wie ist das passiert? Und wo? <

> Der Fahrer eines Sattelschleppers ist von der Bundesstraße 9 abgefahren um anschließend auf die Brücke über die Bundesstraße abzubiegen. Nach Aussage eines Fußgängers, der sich nur mit ein paar schnellen Schritten aus der Gefahrenzone bringen konnte, hat der Fahrer ganz offensichtlich einen Herzanfall oder ähnliches erlitten. Er lag mit dem Oberkörper auf dem Lenkrad, den Kopf zur Seite gedreht und anstatt zu bremsen hat er, den Motorgeräuschen nach, das Gaspedal durchgetreten, hat das Auto Ih-

rer Frau in der Mitte der Fahrerseite gerammt und durch die Leitplanke die Böschung hinuntergeschoben. Dann ist der Sattelschlepper darauf gestürzt. Der Fahrer ist sehr schwer verletzt, aber für Ihre Frau besteht keine Hoffnung mehr. <

Der Magen drehte sich mir um und ich spürte darin einen stechenden Schmerz.

> Wo ist das geschehen? Ich muss sofort hin. <

> Ich fahre Sie zum Unfallort. Aber Sie können nur bis in die Nähe. Feuerwehr, Notarzt, Krankenwagen und Polizei sind vor Ort. Es wird noch Stunden dauern bis das Fahrzeug Ihrer Frau geborgen ist. Und es wird kein schöner Anblick sein. <

> Ganz egal, ich muss zu meiner Frau. <

> Ziehen Sie sich Schuhe an und nehmen Sie Ihre Hausschlüssel mit. <

Ich zog meine Schuhe an, nahm den Hausschlüssel, schloss ab und folgte dem Beamten zum Polizeifahrzeug.

Am Unfallort blinkte ein Blaulicht neben dem anderen. Der Beamte hielt in einiger Entfernung sein Auto an.

> Kommen Sie mit. Wir gehen so nahe wie möglich an die Unfallstelle, aber Sie können jetzt nichts tun, Sie behindern nur die Bergungsarbeiten. <

Ich rannte los, wurde aber vor der Unfallstelle von mehreren Feuerwehrleuten festgehalten.

> Ich will zu meiner Frau. Lassen Sie mich los <, schrie ich sie verzweifelt an.

Aber sie hielten mich weiter fest.

> Bitte, gehen Sie zurück, Sie können nichts mehr tun. Ihre Frau wird sicher keinen schönen Anblick bieten. So leid es uns tut. Behalten Sie sie so im Gedächtnis, wie Sie sie gekannt haben. <

Ich fing an zu schreien, mein Kreislauf versagte, ich klappte einfach zusammen. Dass der wartende Notarzt mir eine Beruhigungsspritze gab, registrierte ich nicht mehr.

Ich kam in meinem Wohnzimmer wieder zu mir, wohin die Polizeibeamten mich gebracht und auf die Couch gelegt hatten. Eine Frau, die sich als Psychologin vorstellte, saß neben mir und redete leise auf mich ein. Ich verstand kein Wort. Plötzlich richtete ich mich auf.

> Ich muss meinen Sohn verständigen, lassen Sie mich ans Telefon. <

Ich nahm das tragbare Telefon und wählte die Kurzwahlnummer. Er meldete sich.

> Johannes, es ist etwas Schreckliches geschehen. Kannst du bitte sofort herkommen? Und fahr bitte, bitte vorsichtig. <

Nahezu vierzig Jahre glückliche Ehe hatten ein abruptes Ende genommen und ich wollte nicht mehr weiterleben. Mein Sohn redete mir tagelang zu bis ich den ersten Schock überwunden hatte. In den folgenden Wochen mussten wir, mein Sohn und ich, uns gegenseitig stützen und aufrichten. Aber langsam, nach Wochen, fing die Normalität für meinen Sohn wieder an. Ich wollte nicht mehr.

Johannes saß mir bei einem Glas Rotwein am Esszimmertisch gegenüber.

> Papa, dir fällt die Decke auf den Kopf. Du musst hier raus. Ihr wolltet doch, sobald Mama auch in Rente ist, sehr viel mit dem Wohnmobil unterwegs sein. Jetzt musst du allein fahren. Belade das Wohnmobil und fahr nach Südfrankreich, wohin ihr als nächstes reisen wolltet. Fahr einfach die Tour, die ihr euch vorgenommen hattet, als Erinnerung an Mama. Vielleicht kannst du damit etwas Abstand gewinnen. Überlege es dir. Wir können in einigen Tagen noch einmal darüber reden. <

> Ich werde es mir überlegen. <

Bei unserem nächsten gemeinsamen Abend fragte er

mich wieder.

> Hast du es dir überlegt? Fährst du? Mach dir um mich keine Sorgen. Ich bin erwachsen und habe meinen Beruf, der mich ablenkt. Du musst dein Leben neu gestalten, einen neuen Weg finden, jetzt auch ohne Mama. Du kannst aber nicht ständig hier im Haus sitzen, wo du in jeder Ecke und in jeder Minute Mama siehst und vielleicht depressiv wirst. Starte so bald wie möglich. Du kannst mich jeden Abend ab etwa zwanzig Uhr über das Handy erreichen. Wenn ich deine Stimme hören will, werde ich dich anrufen. <

> Ja, du hast Recht, ich fahre los. Ich glaube auch, dass mir die Ortsveränderung helfen kann über Mamas Tod hinweg zu kommen und ein wenig Frieden zu finden. <

Ich überlegte kurz.

> Ich werde über Straßburg nach Lons le Saunier fahren, dann weiter nach Osten bis ins Tal des Ain, fahre den Fluss abwärts und schaue mir die Schluchten an. Anschließend steuere ich dann nach Süden um noch einmal das Dorf St. Antoine L` Abbaye zu besichtigen, das ich deiner Mutter einmal zeigen wollte. Über Montpellier fahre ich nach St. Guilhem-le-Desert und dann wahrscheinlich nach Carcassonne. Anschließend werde ich die Ruinen der alten Katharerfestungen besuchen. Und dann? Ich werde es abwarten, sicher werde ich auch mehrere Tage lang in den Pyrenäen wandern. Diese Tour hatte ich mir für uns, deine Mutter und mich, ja schon vorgenommen. Ich nehme den Fotoapparat deiner Mutter einschließlich des Teleobjektives mit. Vielleicht werde ich so viele Bilder schießen, wie es deine Mutter immer getan hat. <

> Ich wünsche dir eine schöne Zeit. Komm zurück, wann du willst. Ich werde nach dem Haus sehen. <

Über St. Martin-de-Londres und Causse-de-la-Selle war

ich am Ufer des Herault bis etwa zwei Kilometer oberhalb von St. Guilhem-le-Desert gefahren und hielt auf einem sandigen Platz zwischen der D 4 und dem Fluss neben einem alten VW-Bus mit Kölner Kennzeichen. Die Seitentür des Busses stand offen und ich konnte das junge Pärchen nicht nur sehen, sondern auch lautstark streiten hören. Während ich mir ein einfaches Mittagessen aus Baguette, Schafskäse und einer halben Flasche Mineralwasser gönnte, ging der Streit neben mir ununterbrochen weiter. Ich nahm den Fotoapparat sowie eine Flasche Mineralwasser in meinem kleinen Rucksack mit und lief gemächlich zu dem Wehr, das das ziemlich schmale, aber tief eingeschnittene Flussbett absperrte. Ich überquerte das Wehrbauwerk um etwas flussab einige Fotos des Wehres zu schießen. Ich war versucht in die Garrigue hineinzuwandern, aber angesichts der vielen Büsche mit ihren teils langen Dornen, die so hässliche Löcher in Kleider und Haut stanzen, verzichtete ich. Deshalb suchte ich mir ein bequemes Fleckchen und setzte mich mit dem Rücken an einen halb verdorrten Baum mit dürftigem Schatten, nachdem ich mich überzeugt hatte nicht auf einer Ameisenautobahn zu sitzen. Die Touristenflut in St. Guilhem würde sich erst am späten Nachmittag wieder in Bewegung setzen und mir dann die Möglichkeit verschaffen im Dorf, abseits der D 4, einen ruhigen Übernachtungsplatz zu finden.

Ich liebe die Landschaften im Süden Frankreichs mit den grauen, verwitterten Karstbergen und Felsen, in denen selbst in den unwahrscheinlichsten kleinen Ritzen Gras, kleine Blumen oder sogar verkrüppelte Stieleichen einen Halt finden. Während sanft gerundete Hügel mich beim Autofahren fast einschlafen lassen, inspirieren mich diese rauen Kalksteinberge und üben eine immense Faszination auf mich aus. Die Felsen scheinen je nach Sonnenlicht grau oder blau und am Abend, wenn sie von der untergehenden Sonne angestrahlt werden, rosa zu schimmern. Ihre vielfältigen Formen lassen in der Fantasie allerlei Gestalten entstehen. Jetzt, Ende April, war die Felslandschaft übersät mit blühenden Zistrosen, Schopflavendel und Ginster, sowie verschiedensten anderen kleinen Blumen, deren Namen ich nicht kannte. Dazwischen wuchsen immer wieder Stieleichen, die aussahen als würden sie nicht genug Wasser und Nährstoffe zum Überleben finden. Über allem wölbte sich ein unverschämt blauer Himmel. Hin und wieder huschte eine Eidechse über eine freie Fläche um schnell wieder Deckung zu suchen. Der Herault führte jetzt im Frühjahr nach den vorangegangenen heftigen Regenfällen noch ziemlich viel Wasser, was sich zum Sommer hin ändern würde. Er hatte sich im Laufe der Jahrtausende in das Kalkgestein hineingraben müssen und unglaublich bizarre und zerklüftete Ufer ausgebildet. Gelegentlich sprang ein Fisch aus dem Wasser um sich ein Insekt als verspätetes Mittagessen zu holen, eine Forelle oder ein Döbel, es war gegen das glitzernde Wasser und die blendende Sonne nicht zu erkennen. Die warme Luft, meine bequeme Lage, die Ruhe, ich nickte ein.

Wie lange ich geschlafen hatte, weiß ich nicht. Geweckt wurde ich von dem streitenden Paar, das anscheinend im VW-Bus keine Zuhörer mehr hatte und deshalb auf das Wehr umgezogen war und, als es mich sah, auf mich zukam.

> Sie sind doch auch aus Deutschland? Wissen Sie ob man in St. Guilhem einen ruhigen Platz zum Übernachten findet? Oder müssen wir weiterfahren? <, fragte mich der junge Mann, seine Begleiterin sah mich nur fragend an. Anscheinend stritten sie nicht immer. Aus Furcht vor einer gestörten Nachtruhe war ich versucht sie weiterzuschicken,

aber ich verjagte meinen inneren Schweinehund.

> Wenn die Touristen am Abend weg sind, gibt es im Dorf bestimmt einen ruhigen Stellplatz für die Nacht. <

Nach dieser offensichtlich befriedigenden Auskunft bedankten sie sich und zogen ab, zurück Richtung VW-Bus.

Am späten Nachmittag fuhr ich in das Dorf und fand bestätigt, dass die meisten Touristen abgezogen waren und mir auf einem Parkplatz einen ebenen Übernachtungsplatz überlassen hatten. Nach einem wiederum einfachen Abendessen unternahm ich einen kleinen Bummel in das Dorf um nach einer Bäckerei für den nächsten Morgen Ausschau zu halten. Zurück bei meinem Wohnmobil stellte ich mit Schrecken fest, dass der VW-Bus in unmittelbarer Nähe stand. Der Streit war nicht zu überhören. Also holte ich Campingtisch und Campingstuhl aus dem Wohnmobil, dazu ein Rotweinglas und den 5-Literkanister Rotwein, den ich unterwegs in einer Winzergenossenschaft gekauft hatte. Nach zwei bis drei Gläsern Rotwein würde ich trotz Streit im Nachbarauto gut schlafen.

Kaum saß ich, da stand das Pärchen neben mir.

> Wir heißen Albert und Annika. Können wir uns dazusetzen? Sie kennen sich doch sicher hier im Süden aus. Wir sind zum ersten Mal im Süden Frankreichs. Wir haben uns acht Wochen Zeit für das Languedoc genommen bis unsere Vorlesungen wieder beginnen. <

Ich schluckte meinen Ärger hinunter, bot Ihnen Platz an meinem Tisch - Stühle hatten sie selbst dabei - und offerierte ihnen sogar noch von meinem Rotwein. Sie nahmen dankend an. Sie stellten mir jede Menge Fragen, die ich, soweit ich konnte, beantwortete. Trotz ihrer ständigen Streiterei waren es nette junge Leute.

> Ich werde mir morgen St. Guilhem ansehen und anschließend über den Canal du Midi nach Carcassonne wei-

terfahren, dann will ich zu den ehemaligen Katharerfestungen. Alles weitere lasse ich auf mich zukommen <, beantwortete ich ihre Frage nach meinem Ziel.

> Wie orientieren Sie sich hier in Frankreich? <

Ich stand auf und holte aus meinem Wohnmobil meinen Straßenatlas.

> Das hier ist das zweite Exemplar des Atlanten von Michelin über Frankreich, den ich bisher gekauft habe. Er ist schon über zehn Jahre alt und bereits etwas zerfleddert, der erste fiel bereits auseinander. Einen besseren gibt es nicht. Hier sind alle Städte, teilweise mit Stadtplan des jeweiligen Stadtzentrums, alle Dörfer, alle Straßen, Flüsse und sogar kleine Bäche sowie die Topografie Frankreichs einschließlich Korsikas dargestellt. Im Register ist jedes noch so kleine Dorf aufgelistet, das über die Seitenzahl und die Planquadrate kinderleicht aufzufinden ist. Ich suche mir heraus, wohin ich will und gebe den Zielort in mein Navi ein. Da ich allein fahre, kann ich nicht ständig während der Fahrt auf die Karte schauen. Sie sind zu zweit, einer von Ihnen kann als Beifahrer die Wegstrecke angeben. Ich kann Ihnen nur empfehlen diesen Straßenatlas zu kaufen. <

Sie sahen sich an und nickten beide zustimmend.

> Warum streiten Sie beide denn ständig? Warum sind Sie denn noch zusammen, wenn sie nicht miteinander klarkommen? <

Ich konnte mir diese Frage nicht verkneifen.

> Können Sie nicht vernünftig miteinander reden? Machen Sie sich doch einmal klar, warum Sie überhaupt zusammen sind. In den ganzen fast vierzig Jahren, in denen ich verheiratet war, habe ich mit meiner Frau nicht so viel gestritten wie Sie beide am heutigen Tag. <

Sie schwiegen betroffen und sahen sich fragend an. Sie tranken ihre Gläser aus, bedankten sich und verschwanden stillschweigend mit ihren Stühlen und Gläsern in ihrem Bus. Ich leistete mir vorsichtshalber noch ein weiteres Glas Rotwein bevor ich schlafen ging. Ich schlief mit meinem Alkoholpegel wunderbar, kein Laut drang aus dem Bus neben mir.

Am nächsten Morgen kaufte ich mir ein knuspriges Baguette im Dorf und setzte mich zum Frühstück ins Freie. Nach meiner ersten Tasse Kaffee öffnete sich die Tür des VW-Busses. Kein Streit. Annika schnupperte nach meinem Kaffee.

> Hätten Sie für jeden von uns auch noch eine Tasse Kaffee? Wir haben keinen Kocher und trinken ansonsten nur Wasser, es sei denn, wir kaufen uns irgendwo einen Kaffee in einem Bistro. <

Also kochte ich noch eine Kanne Kaffee.

> Ihre gestrige Frage nach unserer Beziehung und unserem ständigen Streit war für uns wie ein Schlag mit dem Holzhammer. Sie haben uns zum Nachdenken gebracht. Wir haben gestern Abend noch ziemlich lange geredet. Sie haben Recht. Wir sind uns darüber klar, dass wir zusammen bleiben wollen und dass wir unser Verhalten zueinander ändern müssen. Wir danken Ihnen für Ihre Kritik. Dies ist unsere erste gemeinsame Urlaubsreise. Alberts Großvater hat uns dafür seinen Bus ausgeliehen. Während der Vorlesungen an der Uni haben wir uns kennen gelernt und sind jetzt seit einem Jahr zusammen. <

Annika machte eine Pause. Sie schien mir umgänglicher zu sein als ihr Partner.

> Wir haben gestern noch beschlossen in etwa Ihrer beabsichtigten Route zu folgen, allerdings mit einigen Umwegen. Übrigens, Ihr Rotwein hat uns hervorragend geschmeckt. Vielleicht treffen wir wieder aufeinander. Alles Gute und nochmals vielen, vielen Dank für Ihre Kritik, den

Rotwein und den Kaffee. <

Nachdem ich das malerische Dorf mit dem Kloster ausführlich besichtigt und eine Menge Fotos geschossen hatte, fuhr ich zu einem kurzen Abstecher zum Oppidum bei Colombiers und danach am Canal du Midi entlang weiter nach Carcassonne. Die Cité, die alte Festung, war imposant, aber der Touristenrummel trotz der frühen Jahreszeit, die vielen Andenkenläden, Restaurants und Bars waren nicht nach meinem Geschmack. Im Touristenbüro holte ich mir einige Prospekte über das Departement Aude und über Sehenswürdigkeiten. Ich verließ die Stadt in Richtung der ehemaligen Festung Quéribus, mein Navi zeigte mir den kürzesten Weg. Die Lage dieser alten Festung war beeindruckend, die Ruinen ließen erkennen, welcher Anstrengungen es früher bedurft hatte, alles Baumaterial auf die Spitze des steilen Berges zu schaffen. Der Aufstieg, ebenso wie der zur ehemaligen Burg Peyrepertuse, war für mich mit meinen alten Knochen schon etwas anstrengend. Von jeder der beiden zerstörten Festungen schoss ich eine Menge Fotos. Am folgenden Tag fand ich einen ruhigen Stellplatz am Rande der Straße in Sichtweite von Montségur. Hinter dem schmalen Wiesenplatz erhob sich eine steile, zerklüftete Felswand von etwa achtzig Metern Höhe, vor der um ein zerfallenes altes Steinhaus einige Büsche und zwei alte, verkrüppelte Kastanienbäume standen.

Ich stellte die Campingmöbel auf und bereitete mir Bratkartoffeln zu, mit Speck, vielen Zwiebeln und mit Knoblauch. Dazu ein Glas Rotwein. Die untergehende Sonne beschien die Ruinen von Montségur. Ich montierte den Fotoapparat auf das Stativ und konnte einige stimmungsvolle Bilder schießen.

Ein ständiges lautes Rascheln und Knacken in den Bü-

schen weckte meine Neugier und ich drang bis zur Felswand vor. Das plötzliche warnende Zischen einer Äskulap-
natter ließ mich erschrocken einen Schritt zurückweichen.
Ich trat auf einen dicken morschen Ast, der unter mir brach
und fiel auf ein Knie. Wir sahen uns an, die Natter mich und
ich die Natter, die Natter hoch aufgerichtet. Ihre gespaltene
Zunge schnellte unaufhörlich hervor um meinen Geruch und
meine Wärmestrahlung aufzunehmen. Ich blieb abwartend
in kniender Haltung. Ich wusste, dass sie mir nicht gefähr-
lich werden würde. Endlich sah sie wohl ein, dass dieser zä-
he, alte Kerl zu groß und zu unappetitlich für ein Abendessen war. Sie ließ sich zu Boden sinken, sah sich noch einmal nach mir um und verschwand im trockenen Laub unter
einem Gestrüpp, das nur leise raschelte. Das ständige laute
Rascheln und Knacken, das mich zur Felswand gelockt
hatte, konnte nicht von der Natter verursacht worden sein.
Ich konnte aber keine andere Ursache ausmachen.

Als ich mich aufrichtete, stieß ich mit der Schulter von unten gegen einen kleinen vertikalen Felssporn, der seltsamerweise nach oben nachgab. Kaum stand ich wieder sicher auf beiden Beinen und rieb mir die Schulter, begann
die Felswand vor mir sich lautlos zu bewegen und gab eine
torartige Öffnung frei. Ich war total perplex. Ich spähte in
das Dunkel, konnte aber bei dem nachlassenden Tageslicht
nichts erkennen. Von der Hausruine holte ich einen halb-
wegs stabilen Balken, der jedoch zu kurz war, und deshalb
noch zusätzlich einen Mauerstein und klemmte beides in
den Eingang. Ich kehrte zurück zum Wohnmobil, räumte
den Fotoapparat weg und griff mir die Taschenlampe.

Ich leuchtete ins Innere der Höhle und sah in mehreren
Metern Entfernung die Umrisse von großen, offenen Truhen. Viel mehr als die Höhle und ihr Inhalt interessierte
mich zuerst der Eingang und der Mechanismus, den ich in

Gang gesetzt hatte. Ich wollte schließlich nicht eingesperrt werden. Auch für mich als Ingenieur war die Funktionsweise dennoch nicht sofort verständlich. Es gab außen den kleinen Felssporn, der über eine dicke gusseiserne Stange, die sicher mit Blei in den kleinen Felssporn eingegossen war, den Mechanismus bediente. Innen fand ich einen ebenfalls gusseisernen Hebel, somit konnte sowohl von außen als auch von innen der Eingang geöffnet als auch geschlossen werden. Das bewegliche Felsentor mochte fünfundzwanzig bis dreißig Tonnen wiegen. Es war so exakt in die Felswand eingepasst, dass ich vorher bei geschlossener Öffnung keine Fuge in der rissigen Felswand hatte erkennen können. Der Mechanismus war im Inneren mit einer nahezu runden Platte verbunden, die über eine Art Zahnrad bewegt werden konnte. Die Bedeutung eines Bolzens, der aus dieser Platte herausragte, gab mir zuerst Rätsel auf. Endlich begriff ich, dass dieser Bolzen, wenn er gezogen wurde, den Öffnungs- und Schließmechanismus unumkehrbar außer Kraft setzen würde. Kaum erkennbar, führte zusätzlich, auf der Rückseite der runden Platte, ein weiteres Gestänge in den Boden und verzweigte sich sowohl zum Inneren der Höhle als auch nach draußen. Mit dem Handfeger aus dem Auto fegte ich innen den Staub vom Boden hinter dem Eingang beiseite und entdeckte zwei ganz exakt in den Boden eingelassene schmale Steinplatten. Die entferntere ließ sich mit der Klinge meines kleinen Taschenmessers vom Schlüsselbund leicht anheben und verbarg ein weiteres Gestänge. Sorgfältig legte ich die Steinplatte zurück und kehrte wieder Staub über die Fugen. Ich kratzte im Freien die Erde weg und fand auch hier die zwei schmalen Steinplatten mit dem Gestänge, die ich anschließend wieder mit Erde und Laub bedeckte.

Erstaunt stellte ich fest, dass ich fast eine Stunde lang

den Mechanismus untersucht hatte. Der schwächer werdende Schein meiner Taschenlampe gab mir das Zeichen für heute die Erkundung abzubrechen. Ich verschloss den Eingang bis zum nächsten Tag, Balken und Mauerstein legte ich zur Seite. Mit dem Ladegerät und dem Spannungswandler, den ich an die Wohnraumbatterie des Wohnmobils anschloss, lud ich den Akku meiner Taschenlampe bis zum nächsten Morgen wieder auf.

Zum Glück hatte ich in einem Fach einen zusätzlichen Akku für die Taschenlampe, was mir am nächsten Morgen mehr Zeit für die Erforschung der Höhle sicherte.

Die Höhle hatte eine künstlich geebnete Sohle, was mir Spuren der Bearbeitung mit Werkzeugen verrieten. Von der Decke hingen verschiedene große Stalaktiten, die zugehörigen Stalakmiten waren augenscheinlich entfernt worden. Die Luft war etwas muffig, aber trocken. Die Höhle war mehr als vierzig Meter tief, etwa fünfundzwanzig Meter breit und an den höchsten Stellen vielleicht zwanzig Meter hoch.

Diesmal hatte ich auch ein Teelicht mitgenommen, das ich an verschiedenen Stellen in der Höhle einige Zeit lang brennen ließ. Nur am hinteren Ende flackerte die Flamme. Ich leuchtete die zerklüftete Decke und die Wände mit der Taschenlampe ab, konnte aber nirgends eine durchgehende Spalte erkennen. Irgendwo hier war eine für mich nicht auffindbare Öffnung, die frische Luft einließ.

In der Höhle standen hölzerne Truhen, eine neben der anderen, teilweise mit fein ziselierten, teilweise mit nur groben Beschlägen. Alle Deckel der Truhen waren aus mir unerfindlichen Gründen weit aufgeklappt, aber alle waren mit Goldstücken, Silberbarren, Schmuckstücken und Edelsteinen gefüllt. Auch zwischen den Truhen waren in zerfallenen Säcken aus Leder weitere Haufen von Gold- und Silberstücken und -barren zu erkennen. Alles was in der Höhle gelagert war, hätte im Schein der Taschenlampe oder des Tee-lichtes eigentlich glitzern müssen. Es glitzerte aber nicht. Ich fuhr leicht mit dem linken Zeigefinger über ein Goldstück und fand einen ganz dünnen Staubfilm darauf. Der abge-wischte schmale Streifen auf dem Goldstück funkelte im Licht der Lampe. Wo kam der Staub her? Die Höhle war sicherlich lange Zeit hermetisch abgeschlossen. Außer mei-nen kaum erkennbaren Fußspuren konnte ich keine weite-ren Spuren entdecken. Was war das für ein Staub?

Auf einer der Truhen, halb unter Goldstücken begraben, fand ich ein vergilbtes Dokument. Ich schob die Goldstücke vorsichtig beiseite, blies den Staub herunter und versuchte im Schein der Taschenlampe den Text zu entziffern. Er schien in altprovencalisch oder altspanisch geschrieben zu sein. Ich konnte nichts davon übersetzen. Lediglich der im Text aufgeführte Name Raymond-Roger Trencavel hatte eine Bedeutung für mich, ich hatte mich mit der Geschichte der Katharer näher beschäftigt. Ich berührte das Dokument nicht, ich wusste nicht ob es durch eine Berührung beschä-digt werden würde. Vorsichtshalber schloss ich diese Truhe.

Fast am hinteren Ende der Höhle führte eine etwa zwei Meter breite Rampe, die nach natürlichem Ursprung aus-sah, deren Boden aber auch bearbeitet worden war, leicht ansteigend nach rechts bis an die aufsteigende Höhlen-wand. Weil der Boden Bearbeitungsspuren aufwies, folgte ich dieser Rampe nach oben bis direkt an die Felswand und fand hinter einer hohen und scharfen Felskante, nach links abgehend, einen vielleicht einen Meter breiten Durchgang Dieser Durchgang war versteckt und nur zu finden, wenn man bis direkt an die Felswand heranging.

Ich untersuchte die dahinter liegende kleine Kammer und entdeckte hier drei weitere, diesmal geschlossene Truhen. Die Deckel ließen sich ganz leicht anheben. In allen befanden sich Dokumente und Schriftstücke. Sie waren in der gleichen Sprache wie das Dokument zwischen den Goldstücken in der Haupthöhle abgefasst, teilweise auch in Latein. Ich konnte sie nicht entziffern, geschweige denn übersetzen, meine eingerosteten Lateinkenntnisse halfen mir auch nicht weiter. Beim Anheben der Deckel hatte ich auch hier den feinen Staub aufgewirbelt, der mir schon in der Haupthöhle aufgefallen war. In der ersten Truhe lag obenauf, durch den Deckel vom Staub geschützt, ein Dolch mit einem mit Edelsteinen verzierten Griff in einer goldenen Scheide. Diese war mit überaus kunstvollen Ornamenten geschmückt und mit großen Rubinen besetzt. Daneben fand ich ein goldenes Diadem, traumhaft schön und fein gearbeitet und mit Edelsteinen besetzt, deren Fassungen ebenfalls ganz exakt in Handarbeit gefertigt waren, ebenso wie die auf der Scheide des Dolches. Ich nahm diese beiden Stücke an mich und verschloss die Truhen wieder. Aus dem Hauptraum der Höhle nahm ich zwei Goldstücke mit. Ich holte meinen Fotoapparat und schoss jede Menge Bilder, sowohl von der Haupthöhle als auch von der kleinen Seitenhöhle. Endlich konnte ich das eingebaute Blitzlicht einmal verwenden. Danach verschloss ich die Höhle. Ich versteckte Dolch, Diadem und die Münzen, nachdem ich davon den Staub abgeblasen hatte, gut gepolstert, im Wohnmobil.

Ich war konsterniert, hin und her gerissen, freudig erregt, ratlos. Wie sollte ich mich verhalten? Sollte ich diese wertvollen Gegenstände für mich behalten und mit nach Hause nehmen? Ich könnte zudem weitere Schätze aus der Höhle mitnehmen und auch noch mehrmals herkommen und die Höhle ausräumen. Oder sollte ich alles an die Behörden überstellen? Der Tag verging und ich war unschlüssig und von Zweifeln gequält. Mein innerer Schweinehund kämpfte mit meinem Gewissen. Auch die Zubereitung meines verspäteten Mittagessens löste die innere Spannung nicht. Der Inhalt der Höhle musste einen wahnsinnigen Wert darstellen, der mir Angst machte. Sollte ich zwanzigmal, dreißigmal wiederkommen, mein Wohnmobil beladen und vollbeladen nach Hause fahren? Was sollte ich in meinem Alter mit all diesem für mich unnötigen Reichtum anfangen?

Ich stellte das Stativ mit dem Fotoapparat auf um mich durch Fotografieren abzulenken. Eine ältere Reiterin auf einem Schimmel kam vorbei, hielt an und beobachtete meine Fotobemühungen. Nach kurzem Halt ritt sie, den Arm zum Gruß erhoben, weiter und ließ mich mit meinen Zweifeln allein. Mein innerer Kampf hielt mich sogar davon ab die Ruinen der ehemaligen Festung Montségur zu besichtigen.

An diesem Abend nahm der Inhalt meines Rotweinkanisters erheblich ab. Dennoch war ich am nächsten Morgen, ohne Brummschädel, schon im Morgengrauen wieder wach. Und mein Entschluss stand fest. Aus den in Carcassonne mitgenommenen Broschüren war zu entnehmen, dass am heutigen Freitag, dem ersten des Monats, von zehn Uhr bis zur Mittagszeit für die Bürger des Departements in der Präfektur die monatlich regelmäßige Sprechstunde stattfinden würde.

3

In Carcassonne stellte ich mein Wohnmobil auf einem Parkplatz am Ufer der Aude, nahe bei einem Restaurant, ab. Meine wertvollen Fundstücke und den Fotoapparat packte ich ganz behutsam in meinen kleinen Rucksack und machte mich auf den Weg zur nahe gelegenen Präfektur. Es war ein imposantes Gebäude mit dicken Mauern sowie mit zwei massiven Säulen rechts und links des Eingangs. Der Raum, in dem die Sprechstunde für die Bürger stattfand, war leicht zu finden.

Ich blickte auf einen langen Tisch am Ende des Raumes, an dem in der Mitte eine etwa fünfzig Jahre alte, dunkelhaarige Frau mit schulterlang geschnittenem Haar und energischem Gesichtsausdruck, in ein helles Kostüm gekleidet, saß. Rechts von ihr saß ein Riese in Polizeiuniform, der sicher jeden Abend mehrere Stunden im Fitnessstudio verbrachte, auf der anderen Seite ein gelangweilt blickender Mann, dem fast alle Haare ausgegangen waren und der fleißig schrieb. Dahinter standen zwei weitere Polizisten in Uniform, denen jeder ansah, dass sie Brüder waren. Rechts stand rechtwinklig dazu ein weiterer Tisch, an dem, unübersehbar wegen der Fotoapparate, zwei Reporter der lokalen Presse ihre Notizen machten. Im Eingangsbereich des Raumes standen auf beiden Seiten des Mittelganges vier Stuhlreihen, die von etwa fünfzehn Personen besetzt waren. Ich setzte mich rechts auf den ersten Stuhl der dritten Reihe. Das Gespräch an dem langen Tisch, das sich um den Erwerb von Grundstücken für die geplante Umgehungsstraße eines Dorfes, ca. 60 km von Carcassonne entfernt, drehte, war bald zu Ende.

Weil sich niemand mehr zu Wort meldete, stand ich auf und ging auf den Tisch zu. Ich öffnete meinen Rucksack und legte die mitgebrachten Gegenstände, Dolch, Diadem und die zwei Goldmünzen auf den Tisch. Schlagartig verstummte jedes Gespräch. Die Reporter sprangen von ihren Stühlen auf, drängten sich zum Tisch und das Klicken ihrer Fotoapparate wollte kein Ende nehmen. Die Frau in der Tischmitte, gemäß dem Schild vor ihr, die Präfektin namens Nicole Peyrod, sagte zuerst leise einige Worte zu einem der beiden Polizisten hinter ihr, der sofort den Raum verließ, und flüsterte dann mit dem muskulösen Polizisten an ihrer Seite.

Dann gewährte sie mir ihre Aufmerksamkeit und sah mich fragend an.

> Mein Name ist Ewald Karstens und ich bin ein deutscher Tourist. Ich habe diese offensichtlich sehr wertvollen Gegenstände gefunden. Und ich bin der Überzeugung, dass sie Eigentum des französischen Staates sind. Und ich habe noch viel mehr gefunden, was ich jedoch nicht mitgebracht habe. In einer der gefundenen Truhen lag obenauf ein Dokument in einer für mich nicht entzifferbaren Sprache. Ich konnte darauf lediglich den Namen Raymond-Roger Trencavel entziffern, der, wie ich weiß, der Vizegraf von Carcassonne zur Zeit der Katharer war. Außerdem fand ich drei Truhen mit Dokumenten. <

Ich schwieg und sah sie erwartungsvoll an. Sie sah abwechselnd von mir zu den Gegenständen auf dem Tisch und wieder zu mir.

> Das ist die größte Überraschung meines Lebens. Ich habe bereits nach dem Direktor unseres Museums und nach einem Juwelier geschickt, die diese Teile begutachten und bewerten sollen. <

Sie machte eine kleine Pause.

> Wo haben Sie diese Dinge her? Sind Sie mit dem PKW unterwegs? <

> Nein, ich habe mein Wohnmobil nicht weit von hier, direkt in Sichtweite, am Ufer der Aude geparkt. Diese Teile habe ich in einer Höhle gefunden. <

Sie nahm den Dolch zaghaft in ihre Hände als wäre er zerbrechlich wie ein rohes Ei.

> Wunderschön, einfach traumhaft schön! <

Sie zog den Dolch aus der Scheide und das Licht funkelte auf der glänzenden und verzierten Schneide. Sie konnte sich an Dolch und Scheide gar nicht satt sehen, minutenlang. Auch das Diadem nahm sie ganz vorsichtig in ihre Hände und drehte es nach allen Seiten. Sie streichelte vorsichtig mit dem rechten Mittelfinger über die eingefassten Rubine und Diamanten, dann hob sie es hoch, als ob sie es auf ihren Kopf setzen wollte, unterließ es dann aber, sichtlich widerwillig. Die beiden Goldmünzen behandelte sie direkt stiefmütterlich. Sie hob Dolch und Diadem in die Höhe, damit die Zuschauer und die Presseleute sie bewundern konnten.

Sie sah zur Tür.

> Kommissarin Kermeur, die gerade hereinkommt und Inspektor Omeyer, hier rechts neben mir, werden Sie zu einem Mittagessen einladen, auf Kosten des Departements selbstverständlich, während diese Gegenstände untersucht werden. Anschließend bitte ich Sie hierher zurück zu kommen und uns weitere Informationen, vor allem über den Fundort, zu liefern. <

Diese junge Kommissarin war vielleicht dreißig bis fünfunddreißig Jahre alt, schlank, kaum kleiner als ich, mit blonden, dicht gelockten Haaren. Ihre grünen Augen sahen mich neugierig, aber reserviert und abschätzend an. Sie bewegte sich geschmeidig und sehr zielstrebig. Bei ihrem Anblick hatte ich das Gefühl als würde mein Herz aufhören zu schlagen. Sie erinnerte mich an meine Frau in jungen Jahren, ja, sie hätte ein Duplikat meiner Frau sein können.

> Wenn Sie uns bitte begleiten wollen. <

Ihre Stimme hatte ein tiefes Timbre, fast rauchig, und ich fand sie sofort sympathisch.

Sie ging voraus, der Inspektor folgte mir. Außerhalb des Gebäudes ging sie rechts von mir, der Inspektor auf meiner linken Seite.

> Die Präfektin macht wohl nicht viele Worte? <

> Nein, sie ist sehr pragmatisch, arbeitet überaus effektiv und zielstrebig und ist auch sehr intelligent. <

Wir gingen auf das Restaurant zu, in dessen Sichtweite ich mein Wohnmobil geparkt hatte. Ich konnte mir nicht verkneifen zu fragen.

> Mit Ihrer Eskorte, rechts und links von mir, werde ich beschützt oder werde ich wegen meines schlechten Gewissens bewacht? <

Kommissarin Kermeur lachte etwas betreten und ihre Wangen bekamen eine leicht rötliche Färbung.

Eine Antwort erhielt ich nicht.

Wir setzten uns auf die Terrasse des Restaurants, beide saßen mir gegenüber, vielleicht um mich besser im Auge behalten zu können. Mein Blick ging zu meinem Wohnmobil, vor dem ein Polizeiauto stehen blieb und mehrere Männer ausstiegen.

> Haben Ihre Kollegen etwas mit meinem Auto vor? Ich hoffe, Sie haben einen richterlichen Durchsuchungsbeschluss. <

Kommissarin Kermeur hatte auf einmal deutlich mehr Rouge auf ihren Wangen.

> Stoppen Sie Ihre Kollegen. Wenn Sie Angst haben,

dass etwas in meinem Wohnmobil auf einmal Beine bekommen könnte, können Sie es ja bewachen lassen. Wenn Sie befürchten, dass ich noch weitere Kostbarkeiten versteckt habe, bin ich bereit Ihnen nach dem Mittagessen mein Wohnmobil aufzuschließen und Sie können es durchsuchen. Ich setze voraus, dass Sie dann aber nichts beschädigen. <

Der Inspektor stand auf und ging zu seinen Kollegen. Ich sah ihm nach. Ein imposanter Mann: über zwei Meter groß, mit breiten Schultern, schmalen Hüften und kurzen, gelockten Haaren. Anders als viele andere Männer seiner Größe und Statur bewegte er sich nicht tapsig wie ein Bär. Er sprach kurz mit seinen Kollegen. Alle bis auf einen fuhren mit dem Auto wieder ab.

Der Kellner kam und wir gaben nach dem Studium der Speisekarte unsere Bestellungen auf.

> Es ist nicht auszuschließen, dass Sie in Ihrem Wohnmobil noch weitere wertvolle Gegenstände versteckt haben, < verteidigte sich Kommissarin Kermeur, > wir dürfen kein Risiko eingehen. <

Ich sah beide der Reihe nach an, die Kommissarin und den Inspektor.

> Ihre Logik befindet sich anscheinend noch auf dem Niveau eines Kleinkindes. <

Sie waren beide beleidigt, ich konnte es ihnen deutlich ansehen.

> Wenn ich diese Gegenstände, die ich der Präfektin auf den Tisch gelegt habe, in mein Wohnmobil gepackt hätte, und noch vieles mehr von dem, was ich nicht hierher mitgebracht habe und wäre nach Hause, nach Deutschland, gefahren, wer von Ihnen hätte das verhindert? Ich hätte jederzeit und noch mehrmals, allein oder mit meinem Sohn wieder zu dem Fundort fahren und alles abtransportieren kön-

nen. Wer hätte das festgestellt? Ich hätte alles nacheinander von Deutschland aus verkaufen können, aber ich wüsste nicht an wen und zu welchem Preis. Ich hätte zuhause einen großen Kellerraum ausräumen müssen um alles unterzubringen. Außerdem wäre mir die Gefahr zu groß, dass ein Einbrecher sich großzügig bedienen könnte. Davor müsste ich ständig Angst haben.

Ich habe nie protzig gelebt und daran wird sich auch in Zukunft nichts ändern. Was ich besitze, reicht zusammen mit meiner Rente aus um mich für den Rest meines Lebens angenehm leben zu lassen. Meinen Sohn habe ich bereits großzügig unterstützt. Außerdem hat er einen guten Beruf, in dem er erfolgreich ist und gut verdient. Aber vor allem zählt eines für mich: was ich gefunden habe, gehört mir nicht und ich will sicherstellen, dass der rechtmäßige Eigentümer, meines Erachtens der französische Staat, alles erhält und hoffentlich, zumindest die repräsentativsten Stücke wie den Dolch und das Diadem, der Öffentlichkeit in einem Museum zugänglich macht. <

Beide schwiegen betreten, vielleicht auch beleidigt und das Schweigen dauerte während des Essens an. Wir bestellten jeder noch einen Kaffee und das anhaltende Schweigen nervte mich. Ich sah Inspektor Omeyer an.

> Wie oft quälen Sie sich eigentlich im Fitnessstudio ab? Jede freie Minute? <

Er lachte, ein tiefes, sympathisches Lachen.

> Wenn ich Sie anschaue und mit mir vergleiche, so glaube ich, dass ich nur tief einatmen muss und Sie hängen quer unter meiner Nase. <

Er sah mich kurz verdutzt an und lachte dann schallend los, seine braunen Augen funkelten. Kommissarin Kermeur stimmte lauthals prustend ein. Das Lachen griff auch auf ihre Augen über und machte sie mir noch sympathischer.

Ich war nicht länger der Bösewicht.

Nach dem Mittagessen schloss ich Ihnen mein Wohnmobil auf. Sie durchsuchten es gründlich ohne etwas zu beschädigen, wobei ich ihnen noch Tipps über nicht sofort sichtbare Hohlräume gab. Natürlich fanden sie nichts. Es gab auch nichts zu finden. Anschließend begleiteten sie mich zurück zur Präfektur.

Vor dem Besucherzimmer standen diesmal drei Polizisten. Die beiden Brüder von vorhin hatten Zuwachs durch einen dritten erhalten. Eineiige Drillinge? Ich fragte nicht. Alle drei hatten das Aussehen, unter dem man sich einen südeuropäischen Mann vorstellt: dunkle Haut, fast schwarze Haare, nur mittelgroß, kräftig, mit breiten Schultern. Ihre Gesichter wirkten fast düster. Ihre hageren Gesichter und der abweisende Ausdruck in ihren Gesichtern ließen erahnen, dass mit ihnen nicht gut Kirschen essen war. Ich schätzte ihr Alter auf vierzig bis fünfundvierzig Jahre. Mit meinen beiden Begleitern durfte ich eintreten.

Vor dem Tisch saßen zwei weitere Männer, sehr gediegen gekleidet, fast in meinem Alter. Sie sahen mich fragend an. Das Reden übernahm die Präfektin.

> Ich hoffe, das Mittagessen hat Ihnen geschmeckt, Herr Karstens? <

> Danke, sehr gut. Vielen Dank dafür. Die beiden Beamten an meiner Seite haben mich übrigens ausgezeichnet bewacht, sie haben nach dem Essen zudem mein Wohnmobil auf den Kopf gestellt und nichts Wertvolles gefunden, außer meiner schmutzigen Wäsche. <

Die Kommissarin nickte bestätigend, amüsiert lächelnd.

> Der Direktor unseres Museums, Dr. Pierre Dubois, und der Herr neben ihm, Marcel Narcisse, unser erfahrenster Juwelier in der Stadt, haben die Teile begutachtet, die Sie uns gebracht haben. Sie sind beide ganz fassungslos. Die

beiden Goldmünzen bestehen zweifelsfrei aus reinem Gold und sind katalanischen Ursprungs, etwa eintausend Jahre alt. Der Dolch könnte noch etwa zweihundert Jahre älter sein, vielleicht maurischen Ursprungs. Aus der gleichen Zeit und vielleicht von derselben Hand gefertigt, ist das Diadem. Beide Herren schätzen aus dem Stehgreif heraus den materiellen Wert auf weit mehr als zwanzig Millionen Euro, der historische Wert dürfte mindestens zehnmal so hoch sein. Ich bin sicher, dass über diese Fundstücke morgen riesige Artikel in der hiesigen Presse erscheinen werden. Die Fernsehsender werden ebenfalls nicht lange auf sich warten lassen. <

Ich reichte den beiden Männern die Hand, sie nickten mir freundlich zu.

> In Ihrer Position sind Sie sicher Presserummel gewöhnt. Ich möchte aber da heraus gehalten werden. <

> Ich will es versuchen. <

Ich sah mich in der Runde um und schaute vor allem die Kommissarin an.

> Sie wollen sicher nicht, dass ich verloren gehe, bevor ich Ihnen gezeigt habe, wo ich diese Schätze gefunden habe und wo noch viel mehr davon verborgen ist. Ich bin gerne bereit in sicherem Gewahrsam innerhalb der örtlichen Polizeistation zu übernachten. Kommissarin Kermeur kann auf mich aufpassen. Ich schlage vor, dass Sie einen Trupp der französischen Nationalgarde anfordern, sowie ein oder zwei geschlossene Lastwagen, vielleicht Möbeltransporter, um alles hierher oder an einen anderen sicheren Ort zu transportieren.

Ich habe eine Bitte und hoffe, dass sie sich realisieren lässt: ich habe eine kleine, unscheinbare Truhe gesehen, nur mit Eisenbeschlägen, ohne große Verzierungen, sowie einen einfachen Dolch aus Stahl. Beides würde ich gerne mit nach Hause nehmen und eine einzige Goldmünze für meinen Sohn. Als Finderlohn ist das sicher nicht zu viel verlangt. <

Präfektin Peyrod sah mich an.

> Das ist ganz bestimmt realisierbar. Da Sie Dinge von so großem Wert gefunden haben, muss ich das Finanzministerium informieren. Kommissarin Kermeur, können Sie Herrn Karstens ein, zwei Tage unter Ihre Fittiche nehmen bis die erforderliche Unterstützung eingetroffen ist? Sie können sich mit Ihrem Kollegen Inspektor Omeyer abwechseln. <

Die Kommissarin nickte, der Inspektor ebenfalls. Ich freute mich auf die gemeinsame, aber sicher nur kurze Zeit mit den beiden.

> Herr Karstens, Sie werden uns doch zu dem Fundort führen? <

> Selbstverständlich, deshalb habe ich Ihnen ja diese wunderschönen Stücke auf den Tisch gelegt. <

> Ich werde Sie und die beiden Beamten über den geplanten terminlichen Ablauf auf dem Laufenden halten. Vorerst vielen Dank und ein angenehmes Wochenende für Sie drei. <

Wir waren entlassen.

Auf dem Weg zu meinem Wohnmobil fragte ich.

> Wer von Ihnen beiden überwacht mich zuerst? Ich möchte aber in meinem Auto schlafen. Ich habe zu viel Geld für eine neue, gute Matratze ausgegeben, als dass ich jetzt auf einer harten Pritsche in einer Zelle mit gesiebter Luft übernachten will. Ich möchte meine Mahlzeiten teilweise auch in meinem Auto zubereiten, verhungern will ich auch nicht und Sie möchten ja noch etwas von mir erfahren. Außerdem kann ich in Ihrer Polizeistation bestimmt angenehmer duschen als im Freien hinter meinem Wohnmobil. <

> Sie dürfen uns jetzt zuerst auf das Gelände unserer Polizeistation fahren. Dann werden wir beide knobeln, wer Sie zuerst betreut. Die Präfektin wird uns den Kopf abreißen, wenn wir Sie verhungern lassen. <

Sie richteten sich bequem auf den Sitzen meines Wohnmobils ein und der Inspektor, als mein Beifahrer, lotste mich zur Polizeistation auf einen ruhigen, ebenen Platz neben einer großen Garage.

> Der jeweilige Beamte, der rund um die Uhr die Zentrale besetzt hält, hat Sie hier gut im Blick. <

Die beiden zeigten mir die Polizeistation, zumindest den Teil, der für mich zugänglich war, die Nassräume mit Duschen und Toiletten und auch die Zellen. Ich zog es wirklich vor im Auto zu schlafen. Kommissarin Kermeur zog das Los als meine Begleiterin für den ersten Nachmittag und Abend. Ich freute mich darauf.

> Außer den wenigen bisher Eingeweihten weiß doch niemand in der Stadt, warum ich bewacht werde. Stehlen wird mich alten Knacker ohnehin niemand. Also können Sie mir doch die Stadt zeigen? <

> Gerne. Ich ziehe aber zuerst legere Kleidung an und dann können wir losziehen. <

Ich packte meinen Fotoapparat, einen zusätzlichen Akku und eine weitere Speicherkarte in meinen kleinen Rucksack und war bereit. Sie trug eine helle Leinenhose und eine leichte, hellgrüne Jacke über einem Top, das einen gewagten Ausschnitt zeigte. Aber ich war ja schon ein alter Knochen und die Erinnerung an meine Frau war noch zu frisch.

> Kann man irgendwo eine gute Pizza essen? Die französische Pizza ist oft besser als die italienische. Und dann würde ich gerne noch ein Glas Rotwein trinken oder auch zwei. <

> Ich habe einen viel besseren Vorschlag. Ich kenne hier

in der Stadt ein kleines Restaurant, in dem man das beste Cassoulet der ganzen Region serviert, dazu noch ziemlich preiswert. Der Rotwein ist ebenfalls ausgezeichnet. <

Das Cassoulet war wirklich fantastisch, der Rotwein, den sie mir empfahl, ebenfalls. Ich konnte nur wenig essen, der Druck in meinem Magen störte.

> Ihr Name, Kermeur, das ist doch kein Name aus dem Languedoc? Eher aus der Normandie oder der Bretagne? <

> Sie haben Recht. Meine Eltern stammen aus der Bretagne. Als bei Toulouse die Flugzeugindustrie aufgebaut wurde, sind meine Eltern hierher in den Süden gezogen. In der Bretagne gab es damals nicht viele Verdienstmöglichkeiten. Meine Mutter vermisst ihre Heimat, aber ich bin hier im Süden zuhause. <

Kommissarin Kermeur war mir sehr sympathisch. Sie wirkte einerseits locker, andererseits aber zeitweise ernst und konzentriert. Ich war überzeugt, dass sie als Kommissarin sehr kompetent war.

> Sie arbeiten mit dem Inspektor im Team? <

> Nun ja, unsere Dienststelle ist nicht besonders groß. Wir haben nur wenige schwere Vergehen hier in der Stadt und in der Umgebung bzw. im Departement, die wir beide zu bearbeiten haben. Vieles können die normalen Polizisten abwickeln. <

> Kennen Sie Omeyer näher? <

> Wir sind nicht nur Kollegen, sondern auch Freunde. Er hat eine bezaubernde Frau und zwei ganz süße Lausbuben, die mich manchmal sogar Tante nennen. Er ist ein Familienmensch und seine Familie ist sein Leben. So oft es geht, macht er pünktlich Feierabend. Er ist ein ruhiger Mann, Sie haben das ja schon festgestellt, aber er hat einen ausgesprochen scharfen Verstand und ist ein sehr guter Polizist. <

> Wie ich an Ihrer Hand erkennen kann, sind Sie nicht verheiratet? <

> Ich habe den richtigen Mann fürs Leben noch nicht gefunden. Sind Sie das vielleicht? <, fragte sie mich spitzbübisch.

> Sie sind mir bis jetzt sehr sympathisch, aber der gefühlte Altersunterschied zwischen uns von rund dreihundert Jahren trennt uns. Außerdem hätten Sie meiner Frau zuvorkommen müssen. <

Sie fragte mich nicht nach meiner Frau und ich war ihr dankbar dafür.

Sie führte mich anschließend zu einem Bistro am Ufer der Aude, wo wir direkt an der Balustrade einen kleinen Tisch fanden. Nach einem weiteren Glas Rotwein kannte ich ihren Vornamen, Marie, und sie meinen, Ewald. Trotzdem zeigte sie Respekt vor meinem Alter, sie duzte mich nicht.

Unter dem Schutz der Polizei schlief ich hervorragend.

Das Telefon klingelte, unangenehm schrill. Endlich wurde der Hörer abgenommen.

> Hallo, was gibt es? <, fragte eine angenehme Stimme.

> Heute am Vormittag hat ein deutscher Tourist in der Präfektur während der Bürgerfragestunde einen goldenen Dolch, ein mit Edelsteinen besetztes Diadem und zwei Goldmünzen auf den Tisch der Präfektin gelegt. Er hat diese wunderschönen Stücke zusammen mit vielen anderen wertvollen Gegenständen in einer Höhle gefunden. Laut einem ebenfalls gefundenen Schriftstück stammen sie augenscheinlich aus der Zeit der Katharer. Ich bin überzeugt, dass diese Information sehr wichtig für Sie ist. <

> Sie ist ungemein wichtig. Ich melde mich wieder. Ihr habt in Florenz und Lyon wirklich hervorragende Arbeit geleistet. <

Am nächsten Morgen übernahm Inspektor Omeyer meine Überwachung und er zeigte mir die Cité, die alte Festung. Ohne den geringsten Widerwillen, weil er seine Familie vernachlässigen musste. Er war ein hervorragender Fremdenführer, ein Hobby von ihm, wie er mir verriet. Ich erfuhr auch von Ihm, dass ein Großteil der Festung und des alten Stadtviertels um die Festung herum von unterirdischen Gängen durchzogen ist, bei deren Herstellung man schon im frühen Mittelalter viele der gefundenen natürlichen Höhlen einfach verbunden und ausgebaut hatte. Viele dieser Gänge waren unter dem Vizegrafen Raymond-Roger Trencavel, zur Zeit der Katharer, erweitert worden. Sie waren lange Zeit als Lagerräume für Lebensmittel und Wein genutzt worden.

> Gibt es Pläne von den ganzen Höhlen, Grotten und Gängen? <

> Vor etwa fünfzehn Jahren hatte der Stadtrat beschlossen die Höhlen und Gänge vermessen und kartographieren zu lassen. Die Arbeit wurde meines Wissens nicht vollendet. Kein Geld mehr, wissen Sie. Die bisher fertig gestellten Pläne müssten noch im Rathaus vorhanden sein, genau weiß ich es nicht. <

Wir gingen weiter und blickten von der Festungsmauer hinab auf die Aude und den Kanal du Midi und weit über das Land bis zu den Bergen des Zentralmassivs. Trotz des sehr warmen Wetters war die Fernsicht überraschend gut, es war nicht dunstig.

> Als ich das erste Mal vor etwa zwölf Jahren hier am Canal du Midi war, damals ohne meine Frau, hat mich die Ruhe am Kanal unter den beidseitig angepflanzten Platanen sofort in Bann gezogen. Ich hätte mir gut vorstellen können, ein Hausboot zu kaufen und die Sommer auf dem

Wasser zu verbringen. Hier kann man seine Seele baumeln lassen. Meine Frau hat aber nicht mitgespielt. <

Er sah mich nur an, gab keinen Kommentar ab und regte sich nicht.

> Sie heißen Thierry Omeyer, genauso wie der unumstrittene Stammtorwart der französischen Handballnationalmannschaft? <

> Ja, aber ich weiß nicht, wie er zu meinem Namen gekommen ist. Wenn er mir doch wenigstens einen Teil seines Gehaltes abtreten würde. <

Er lachte und seine Augen blitzten.

> Wenn er mal in Montpellier spielt und ich dienstfrei habe, werde ich ihn fragen. <

Am nächsten Abend, Marie Kermeur war wieder den ganzen Tag mit mir unterwegs gewesen und hatte mir reichlich Gelegenheit geboten Fotos zu schießen, rief die Präfektin bei Marie an. Sie informierte mich.

> Die Soldaten der Nationalgarde werden morgen Vormittag in der Polizeistation ankommen. Ich soll zusammen mit dem Inspektor als Ihre Beifahrer mitfahren und Sie anschließend wieder zurück nach Carcassonne begleiten. <

> Ich könnte mir keine angenehmeren Beifahrer, oder soll ich besser Bewacher sagen, wünschen. <

Wieder stahl sich ein leichtes Rouge auf ihre Wangen. Der Abend endete für mich erneut mit zwei Gläsern Rotwein.

Nach einem lang dauernden und ausgiebigen Frühstück mit Marie Kermeur am nächsten Morgen, sie hatte auf meinen Wunsch frische, knusprige Baguette eingekauft, warteten wir auf unsere Begleiter. Inspektor Omeyer hatte sich auch schon eingefunden. Er hatte für mich zwei Tageszeitungen mitgebracht und zeigte mir die jeweiligen Artikel mit den Fotos von Dolch, Diadem und den Goldmünzen. Die

Artikel waren erstaunlicherweise sehr kurz gehalten.

> Da hat sicher die Präfektin ihre Hände im Spiel, ansonsten wären die Artikel weit umfangreicher. Sie will sicher erst dann den Presserummel starten, wenn Sie den ganzen Schatz präsentieren kann. <

Ich schnitt die Artikel aus, verstaute sie im Wohnmobil und warf den Rest der Zeitungen weg.

Kommissarin Kermeur stellte mich Frank Gilbert, dem Obersten der Nationalgarde vor, der nur oberflächlich informiert worden war.

Ich instruierte ihn.

> Wir drei fahren nach Montségur voraus - ich muss unterwegs noch irgendwo Mineralwasser kaufen - und wir werden am Ortseingang am Fuße der ehemaligen Festung auf Sie warten. Dann werde ich Sie führen. Wie ich gehört habe, wird die Präfektin mit dem Museumsdirektor, Herrn Dubois, Ihnen in einem Dienstfahrzeug folgen. Kommissarin Kermeur wird auf mich aufpassen und Inspektor Omeyer wird seine langen Beine unter den Tisch in meinem Wohnmobil quetschen müssen. Bei Montségur müssen Ihre Soldaten eine Höhle mit Schätzen ausräumen. Die Präfektin entscheidet, wo die Schätze anschließend hingebracht werden. <

Die lange Kolonne, Lastwagen, Militärfahrzeuge und das Dienstfahrzeug der Präfektin, fuhr bei Beginn des Nachmittags langsam am Fuß der Festung von Montségur auf uns zu. Ich setzte mich an die Spitze und leitete sie bis an das Ende der kleinen Grasfläche. Wir stiegen aus und ich führte die Präfektin, den Museumsdirektor und den Obersten zum Eingang der Höhle. Kommissarin Kermeur und Inspektor Omeyer blieben etwas zurück. Die drei sahen mich fragend an. Als ich, durch meinen Körper gedeckt, den Mechanismus betätigt hatte und das Felsentor sich öffnete, hielt mich die Präfektin mit festem Griff am Arm zurück, Dubois schielte mit vorgestrecktem Kopf in die Höhle.

> Sie haben Ihre Schuldigkeit getan. Gehen Sie zur Seite und lassen Sie das Militär einfach seine Arbeit verrichten. <

> Die Soldaten werden von alleine nicht alles finden <, entgegnete ich.

> Die Soldaten sind erwachsen und sehr erfahren, sie benötigen keine Hilfe <, fertigte sie mich ab.

Die Soldaten verlegten Kabel, bauten Scheinwerfer auf und nahmen ein Dieselaggregat zur Stromerzeugung in Betrieb. Ich ging zum Wohnmobil, fuhr die Markise aus, stellte drei meiner Campingstühle und den Campingtisch auf, holte mir eine Flasche Mineralwasser sowie drei Gläser und beobachtete das Treiben. Einige Soldaten sicherten die Umgebung ab, die anderen, alle mit Staubmasken, fingen an die Truhen auf die Lastwagen zu verladen, eine nach der anderen. Die lose herumliegenden Gold- und Silberstücke hatten sie offensichtlich in mitgebrachte Kisten geschaufelt. Die Soldaten waren durchweg kräftige Männer, aber bei manchen der Truhen mussten sie sich ganz schön anstrengen. Ich zählte die Truhen nicht, es war mir nicht wichtig.

Ich war für alle nur Luft.

Die Dämmerung setzte langsam ein. Marie Kermeur kam aus der Höhle und setzte sich zu mir. Ich bot ihr ein Glas Mineralwasser an, was sie dankend annahm. Sie trank in großen Zügen und schenkte sich noch einmal nach.

> Ich bin wie gerädert. Ich hätte mir niemals träumen können, dass hier ein solcher Schatz verborgen liegt. Ich konnte mich von dem Anblick gar nicht trennen. Die Präfektin, Dubois und der Inspektor sind wie in Trance. Sie haben vor allem mit Adleraugen aufgepasst, dass niemand etwas in seine eigenen Taschen steckt. Aber ich kann nicht garantie-

ren, dass nichts gestohlen wurde. Fast alle haben Dollar-zeichen in den Augen. Jetzt kann ich erst verinnerlichen, was es für Sie bedeutete auf das alles da drin zu verzichten und alles dem französischen Staat zugänglich zu machen. Niemand hätte Sie hindern können, wenn Sie gelegentlich für ein oder zwei Tage vorbei gekommen wären und Ihr Auto vollgeladen hätten. Dieser Platz liegt sehr abseits trotz der vorbei führenden Straße. <

Sie schwieg einen Moment.

> Aber es befriedigt mich innerlich, dass ich es geschafft habe all diese Gier nicht an mich heran zu lassen. <

Ein lautes Kommando unterbrach unsere gemeinsame Stille. Die Soldaten begannen die Lastwagen mit ihrem wertvollen Inhalt zu verschließen. Die Scheinwerfer wurden abgebaut, das Dieselaggregat abgeschaltet, die Kabel zu-sammengerollt. Der Inspektor, der Museumsdirektor und zuletzt die Präfektin verließen die Höhle und kamen auf mich zu.

> Verschließen Sie bitte die Höhle so, dass sich niemand da hinein verirren kann. <

Ihre Augen lagen tief in den Augenhöhlen und glänzten im Widerschein der schon tief stehenden Sonne.

> Ich kann gar nicht abschätzen, welchen Wert wir hier und heute geborgen haben. Das wird mir für meine weitere politische Karriere einen riesigen Schub verleihen. Nun müssen wir nur noch unbeschadet zurück nach Carcasson-ne kommen und einen sicheren Platz für die Einlagerung finden bis alles erfasst, bewertet und katalogisiert ist. Alle Soldaten stehen wahnsinnig unter Spannung. Wenn das an die Öffentlichkeit gelangt, ist das die Sensation des Jahres, was sage ich, des Jahrzehnts. Wir werden uns in den näch-sten Tagen sicher noch unterhalten. <

Ich verschloss den Höhleneingang, wieder so, dass niemand die Funktion erkennen konnte. Im Grunde war das nicht notwendig. Wer die Stelle kannte, würde nach einigem Probieren sicher selbst öffnen können. Da die Höhle für alle offensichtlich geleert war, bestand für niemanden der Beteiligten ein Bedürfnis noch einmal den Höhleneingang zu suchen, glaubte ich. Ich sollte mich jedoch irren.

Der Inspektor gesellte sich zu uns, noch ziemlich aufgewühlt, aber gefasst. Er trank eine Flasche Mineralwasser in fast einem Zug aus, auf das angebotene Glas verzichtete er.

> Fahren wir zurück nach Carcassonne, ich werde heute Nacht ganz sicher nicht viel schlafen. Die ganzen Schatztruhen und Schätze werden mir ständig durch den Kopf kreisen. <

Wir fuhren zurück. Der Konvoi war schon einige Kilometer voraus. Marie Kermeur überließ ihrem Kollegen den Beifahrersitz für seine langen Beine.

Ich durfte wieder auf dem Gelände der Polizeistation übernachten und konnte die Duschen ausgiebig nutzen. An diesem Abend blieb nichts mehr in meinem Rotweinkanister übrig.

> Wo ist der ganze Schatz eigentlich deponiert worden? < fragte ich Marie Kermeur am nächsten Morgen beim gemeinsamen Frühstück.

> Die Keller der Präfektur bestehen aus einer Reihe ehemaliger Verliese aus dem Mittelalter, die man beim Bau der Präfektur belbehalten hat. Das neue Gebäude wurde einfach darauf gesetzt. Der Zugang zum Keller ist mit zwei massiven, hintereinander liegenden Stahltüren verschlossen, zwischen denen ein Raum für ehemalige Wächter liegt. Ich glaube, eine der Stahltüren wurde sogar zugeschweißt. Die Soldaten haben bis weit nach Mitternacht geschuftet um

alles in den Verliesen zu verstauen. Es wird nach Aussage der Präfektin noch mindestens eine Woche dauern bis einige hochrangige Mitglieder der Regierung und andere Experten eintreffen. Aber mein Teil an der Geschichte ist beendet. Ich muss nun meine andere Arbeit verrichten, die ich etwas vernachlässigt habe. <

> Wenn Sie an einigen Fotos aus der Höhle interessiert sind, ich kann sie Ihnen in einem Fotoshop auf DVD kopieren lassen. <

> Ja, gerne, wenn Sie Zeit haben. <

> Ich werde für acht bis zehn Tage in die Pyrenäen fahren, nach Villefranche de Conflent und danach in den Bergen, wahrscheinlich am Pic du Canigou, wandern. Ich melde mich in zehn Tagen wieder bei Ihnen. <

Ich besichtigte das kleine Städtchen Villefranche mit seiner Festung, die Vauban, der geniale Festungsbaumeister des Sonnenkönigs Ludwigs des XIV. ausgebaut hatte. Ich quälte mich die siebenhundertdreiundachtzig, gefühlt jedoch fünftausend, Stufen des in den Fels gebrochenen Treppentunnels hinauf zur Festung, was meine Kondition und Kraft fast überbeanspruchte. Bei der Besichtigung der Festung waren noch einmal mehr als zweihundert Stufen zu bewältigen. Der Ausblick auf die kleine Stadt und die drei hier zusammentreffenden Flüsschen Têt, Cady und Rotja, war atemberaubend. Auf vielen Nordhängen der Pyrenäengipfel, auch am Pic du Canogou, lagen noch Schneefelder, aber in den mittleren und tieferen Lagen waren die Hänge mit Blumen übersät. Leider begrenzten meine alten Knochen meinen Bewegungsradius. Aber dennoch war ich an jedem Abend der folgenden Tage mit meinem Wanderpensum zufrieden. Zum Glück hatte ich außerhalb von Carcassonne bei einem Winzer meinen Kanister wieder füllen können. Bei einem Glas Rotwein am Abend, zusammen mit mehreren Würfeln Käse, würde er noch ein Weilchen reichen. Mein Rotweinverbrauch der letzten Tage war ohnehin zu viel gewesen. Vielleicht lag das an der angenehmen Gesellschaft von Marie.

4

Am späten Nachmittag war der Parkplatz am Ufer der Aude neben dem Restaurant nahezu leer. Ich erinnerte mich an das hervorragende Cassoulet, das Restaurant war nicht schwer zu finden. Diesmal reichte ein einziges Glas Rotwein, einen Großteil des schmackhaften Cassoulets ließ ich zurückgehen, was ich sehr bedauerte. Ich bummelte durch die beleuchteten Straßen zurück zu meinem Wohnmobil.

Aus dem Schatten einer dicken Platane trat Kommissarin Kermeur auf mich zu.

> Welche Überraschung! Hatten Sie Sehnsucht nach mir und haben deshalb auf mich gewartet? <

> Sie haben sich heute Abend für Ihre Rückkehr aber lange Zeit gelassen. <

Ihre Stimme klang gleichzeitig amüsiert und vorwurfsvoll, ihr strahlendes Lächeln sprach eine andere Sprache.

> Ich muss unbedingt mit Ihnen sprechen. Können wir zur Polizeistation fahren? Es ist wichtig. <

Sie war aufgeregt und trotzdem in Gedanken. Ich musste sie zweimal ermahnen den Sicherheitsgurt anzulegen. Auf der Fahrt zur Polizeistation war sie total geistesabwesend.

An der Polizeistation angekommen, bat sie mich meinen Fotoapparat und die Speicherkarte mit den Fotos aus der Höhle mitzunehmen und führte mich in ihr Büro. Sie sah mich ernst an.

> Haben Sie die Truhen in der Höhle oder beim Abtransport gezählt? <

Ich verneinte.

> Sie haben doch, wie Sie mir erzählten, bei Ihrer Erforschung der Höhle jede Menge Fotos geschossen? <

Ich bestätigte.

> Ich habe es bisher versäumt die Fotos aus der Höhle für Sie auf DVD brennen zu lassen. Ich bitte um Entschuldigung.

Marie, warum sind Sie so aufgeregt? <

> Können Sie mir bitte die Speicherkarte Ihres Fotoapparates aushändigen? Ich will alle Fotos aus der Höhle auf meinen PC kopieren. <

Ich gab ihr die Speicherkarte, sie kopierte alle Bilder aus der Höhle auf ihren PC und druckte sie aus. Es dauerte ziemlich lange. Danach sah sie mich stillschweigend an, minutenlang.

> Der Schatz aus den Verliesen unter der Präfektur ist verschwunden, spurlos. Lediglich eine Goldmünze und der einfache Dolch lagen noch in der kleinen Truhe, die Sie als Finderlohn haben wollten. <

Mir fiel vor Überraschung der Kinnladen herunter. Ich musste erst einige Male tief durchatmen und diese Information verdauen.

> Aber Sie sagten doch, dass eine der beiden Stahltüren sogar verschweißt worden sei. <

Sie nickte nur.

> Die Beamten des Finanzministeriums und die Experten aus dem Bereich Archäologie sind heute gegen vierzehn Uhr eingetroffen. Sie haben sofort die zugeschweißte Stahltür mit einem Schweißbrenner wieder öffnen lassen und einige Polizisten zur Bewachung geordert. Die Präfektin hat zwei der drei Brüder Renoir dazu eingeteilt. Sie erinnern sich vielleicht, sie standen damals alle vor dem Besuchszimmer in der Präfektur, als wir vom Mittagessen zurück-

kehrten. <

> Ich erinnere mich, sind sie Drillinge? <

> Nein, nur Brüder. Sie sind erfahrene Polizisten. Wenn es irgendwo problematisch wird, können die drei bei Bedarf ganz hart durchgreifen. Die Präfektin stand wegen der leeren Verliese da wie ein begossener Pudel. Sie hatte in der Hoffnung auf eine Beförderung in Paris einen riesigen Wirbel veranstaltet und nun konnte sie nichts vorweisen. Nur die Presseleute haben Fotos von Dolch, Diadem und den Goldmünzen geschossen und Sie, Ewald. Sie jedoch haben als einziger auch Fotos in der Höhle gemacht. <

Sie nannte mich wenigstens beim Vornamen.

> Wie kann dieser immense Schatz abtransportiert worden sein? Wie lange waren die Verliese verschlossen? <

> Ganz exakt zehn Tage. Frau Peyrod hat jeden Tag mindestens dreimal nachsehen lassen und fast jedes Mal von einem anderen Polizisten, ob die verschweißte Tür noch unversehrt war. <

> Hmmm, zehn Tage sind eine lange Zeit. Wenn zum Beispiel fünf Männer zehn Tage oder Nächte oder beides zur Verfügung hatten und wenn sie irgendwo ungestört einen Lastwagen beladen konnten, kann der Schatz problemlos beiseite geschafft werden. Außerdem, wenn man bedenkt, dass beim Abtransport aus der Höhle die kräftigen Soldaten beim Tragen der Truhen zum Lastwagen ganz schön geschwitzt haben, kann der Diebstahl nicht nur von zwei Männern durchgeführt worden sein. Inspektor Omeyer hat mir erzählt, dass es unter Carcassonne eine ganze Reihe Höhlen und sie verbindende Gänge gibt. Diese Gänge dürften die einzige Möglichkeit für den Abtransport sein, die ich mir vorstellen kann. <

Ich hatte diesen Schatz gefunden und nun war er gestohlen worden. Ich war frustriert und tief enttäuscht, außerdem

74

fühlte ich mich auch in meiner Eitelkeit gekränkt. Ich würde Marie unterstützen, wo ich nur konnte, um alles wieder beizuschaffen. Ich glaubte, ihr und mir das schuldig zu sein.

> Wie viele Menschen wussten von dem Schatz, dem Aufbewahrungsort und meinem speziellen Wunsch nach dem Finderlohn? <

> Eine Liste der betreffenden Personen habe ich schon zusammengestellt. Aus Ihren Andeutungen vom ersten Tag über den Umfang des Schatzes könnten den Tätern schon einmal fast drei Tage zur Verfügung gestanden haben um den Diebstahl zu organisieren, bis der Schatz im Keller der Präfektur eingelagert wurde. Das würde aber bedeuten, dass die Diebe bereits am ersten Tag, nachdem Sie in die Präfektur gekommen waren, beabsichtigten den Schatz zu stehlen und sie müssen hervorragende Kenntnisse der Örtlichkeit haben. Und sie müssen gewusst oder geahnt haben, wo die Präfektin alles lagern würde. Ich habe die Spurensicherung in die alten Verliese geschickt. Vielleicht finden sie aussagekräftige Fingerabdrücke, was auf den alten Steinen und bei den vielen Menschen, die bei und nach der Einlagerung und schon vorher dort unten waren, nicht sehr wahrscheinlich ist. Vielleicht gibt es DNA-Spuren, eventuell hat einer der Täter ausgespuckt oder einige Tropfen Schweiß verloren. Aber eventuelle DNA-Spuren müssen auch zweifelsfrei zugeordnet werden können. Sie müssen ganz schön geschuftet haben um alles wegzuschaffen. Thierry, Inspektor Omeyer, sucht im Rathaus schon die Pläne für die Grotten und Gänge unter der Stadt. <

> Welche Grundstücke, Garagen oder nicht einsehbare Stellen gibt es, wo Lastwagen nahe der Präfektur geparkt haben könnten und beladen worden sind? Vielleicht ist aber alles noch irgendwo in den alten Gängen versteckt. <

Marie sah mich schweigend und nachdenklich an.

> Ich bin die Kommissarin und es ist meine Aufgabe diesen Fall zu lösen und nicht Ihre, Ewald. Ich darf Sie als Außenstehenden nicht in die Ermittlungen einbeziehen. <

Sie betonte meinen Namen so seltsam.

> Ich bin bereits in die ganze Sache involviert. Ich habe diesen Schatz gefunden und wollte ihn der französischen Öffentlichkeit übereignen. Nun bin ich zutiefst enttäuscht, aber auch wütend und gekränkt, vor allem aber persönlich betroffen. Ich fühle mich, als hätte ich die Menschen hier hereingelegt. Das lasse ich mir nicht gefallen. <

> Es gibt eine ganze Anzahl von Menschen, die diesen Schatz gesehen haben. Es ist nicht Ihre Schuld. <

> Sie haben wohl Recht. Aber ich bitte Sie, Marie, lassen Sie mich Ihnen helfen. Ich werde Sie nicht behindern, ich will Sie nur unterstützen. Ich verspreche Ihnen, dass ich nichts auf eigene Faust unternehmen werde, was Ihre Arbeit behindern wird. Tauschen wir bitte unsere Handynummern. Ich werde mein Wohnmobil für einige Tage auf dem Parkplatz an der Aude abstellen, dort werde ich ja wohl bleiben können bis die großen Scharen der Touristen in die Stadt einfallen. Ich bin zwar ein alter Knacker, aber meine Gehirnwindungen sind noch keineswegs eingerostet. Außerdem verspüre ich gerade einen massiven Anfall von Altersstarrsinn. Es würde mich interessieren, wo der Dolch, das Diadem und die zwei Goldmünzen verwahrt sind, die ich der Präfektin am Besuchstag auf den Tisch gelegt hatte. Sind sie auch verschwunden? <

> Dr. Pierre Dubois und sein Stellvertreter Jacques Fassbender, hatten diese Teile entgegen genommen und in den Tresor des Museums eingeschlossen, in Gegenwart zweier der Brüder Renoir. <

Sie wirkte auf einmal sehr nachdenklich.

> Ich lasse mir Ihren Wunsch durch den Kopf gehen, aber

eigentlich darf ich Sie nicht in die Ermittlungen einbeziehen. Jedoch bin ich sicher, dass Sie nicht so einfach aufgeben werden. Heute Nacht können Sie hier auf dem Polizeigelände übernachten, es ist ja schon sehr spät, aber morgen nach dem Frühstück müssen Sie die Polizeistation wieder verlassen. Ich bringe morgen früh frisches Baguette mit, also stehen Sie früh auf. <

Nach unserem Frühstück fuhren Marie Kermeur und Thierry Omeyer zuerst zum Museum um sich nach dem Verbleib der im Tresor deponierten Schmuckstücke zu erkundigen. An der Pforte klingelten sie und fragten den Pförtner nach Herrn Dubois und Herrn Fassbender   .

> Ich habe heute Morgen beide noch nicht gesehen, aber ich habe auch fast drei Stunden an unserer alten Telefonanlage herum gebastelt. Ich war dazu in dem Raum hinter der Pförtnerkabine. Die Anlage hat heute Morgen bisher nicht funktioniert und man kann immer noch nicht nach draußen telefonieren. Der Wartungsdienst ist bestellt, aber die sind nicht so schnell. Wenn die beiden zum Dienst gekommen sind, kann ich sie nicht gesehen oder gehört haben. <

> Fragen Sie bitte bei einem der beiden nach, wer einige Minuten Zeit für uns hat. <

Der Pförtner wählte eine Nummer, niemand meldete sich. Er wählte eine andere Nummer, ebenfalls keine Reaktion.

> Augenblick, ich sehe in den Büros der beiden nach. Die Büros sind gleich da vorne. <

Er ging schnell zu einer Tür an der rechten Seite des Flures, klopfte und versuchte sie zu öffnen. Sie war verschlossen. Er klopfte an einer zweiten, daneben liegenden Tür. Sie war nicht abgeschlossen, aber niemand war im Zimmer.

> Das Büro von Herrn Dubois ist verschlossen, das von Herrn Fassbender ist offen, aber leer. <

> Kommt es öfter vor, dass Herr Dubois sich nicht abmeldet? Lässt Herr Fassbender sein Büro öfter unverschlossen? <

> Nein, weder noch. Sollte einer der beiden einen auswärtigen Termin wahrnehmen, wird hier an der Pforte vorher eine Nachricht hinterlegt. Diese Situation heute ist absolut ungewöhnlich. Warten Sie bitte einen Augenblick, ich werde bei beiden zu Hause anrufen. <

Er wählte auf seinem Handy und ließ lange klingeln, aber niemand nahm ab. Er wählte eine andere Nummer, aber es nahm ebenfalls niemand ab. Inspektor Omeyer ließ sich die Adressen der beiden Männer geben. Er wählte seinerseits eine Nummer auf seinem Handy um je zwei Polizisten zu den angegebenen Adressen zu schicken.

> Können Sie uns bitte jemanden herbei rufen, der uns zum Tresor führt? <

> Ich werde Ihnen einen Mitarbeiter des Sicherheitsdienstes rufen. <

> Danke. <

Ein beleibter Mann in mittlerem Alter mit der Uniform eines Wachdienstes erschien, fragte nach den Wünschen der Beamten und führte Sie in den Keller.

> Die Tür zum Vorraum des Tresors steht ja offen. Mein Gott, was bedeutet das? <

Er drückte die Tür auf und wurde kreidebleich, wandte sich ab und würgte.

> Gehen Sie zur Seite! Verlassen Sie bitte den Raum! Das ist Fassbender. <

Kommissarin Kermeur wählte schon eine Nummer.

> Einen Notarzt, Krankenwagen und die Spurensicherung in den Keller des Museums. <

Inspektor Omeyers Handy klingelte.

> Ja? Niemand bei Fassbender zu Hause? Bleiben Sie

vor der Tür stehen bis die Kollegen der Spurensicherung kommen. Danke. <

Er wandte sich an den Wachmann.

> Gehen Sie bitte zum Eingang und führen Sie unsere ankommenden Kollegen herunter. <

Der Wachmann verschwand.

Das Handy klingelte wieder.

> Ja? Niemand bei Dubois zu Hause? Danke. Warten Sie vor dem Haus, die Spurensicherung kommt, sobald wie möglich. <

> Wo ist Dubois? <, fragte er nachdenklich, an die Kommissarin gewandt.

Der Notarzt kam zuerst und beugte sich sofort über den am Boden liegenden Mann, der in einer Blutlache lag.

> Er wurde ganz offensichtlich mit einem stumpfen Gegenstand niedergeschlagen. Nach erster Diagnose hat er sehr schwere Kopfverletzungen, weitere Verletzungen durch Schläge und einige gebrochene Rippen. Er lebt noch und muss sofort in den OP. Aber seine Überlebenschancen sind meines Erachtens wegen der gravierenden Kopfverletzungen gering. Näheres nach der detaillierten Untersuchung im Krankenhaus. <

Die Kommissarin betrat vorsichtig den Vorraum des Tresors und sah sich um.

> Der Tresor ist verschlossen. Der Vorraum ist fast klinisch sauber, bis auf den Tatort. Es ist meines Erachtens nichts hier, was nicht hierher gehört. Lassen wir die Kollegen der Spurensicherung ihre Arbeit tun, anschließend sollen sie zu seiner Wohnung fahren. Ich will noch einmal zum Pförtner. <

Der Pförtner saß mit bleichem Gesicht in seiner Kabine und sah sehr niedergeschlagen aus.

> Hat Fassbender Familie? <

> Nein, seine Eltern sind schon vor Jahren gestorben. Er ist nicht verheiratet. Weitere Angehörige sind mir nicht bekannt. <

> Und Dubois? <

> Er hat nur eine Tochter von, ich glaube, 26 Jahren. Sie ist Lehrerin. Ich weiß aber nicht in welcher Schule. Seine Frau ist vor etwa acht Jahren ausgezogen und lebt in Toulon. <

> Thierry, lass uns seine Tochter suchen. Wir müssen mit ihr reden. <

> Wann haben Sie heute Ihren Dienst angetreten? <

> Um sechs Uhr am Morgen. Wir wechseln uns zu dritt mit dem Pförtnerdienst ab. Schicht und Wochenenddienst. <

> Wer teilt den Dienst ein? <

> Herr Fassbender. Wenn es mal brennt, übernimmt auch er mal eine Schicht. Wir sind nur ein kleines Museum mit begrenzten Mitteln. Aber wir verstehen uns alle sehr gut und sind fast miteinander befreundet. <

> Und der Wachdienst? <

> Jeden Morgen haben unser Chef oder sein Stellvertreter gegen halb acht Uhr, vor dem Beginn der Besuchszeit, einen Rundgang durchgeführt. Der Wachdienst geht seine erste Runde um neun Uhr und dann wieder unregelmäßig etwa jede halbe Stunde oder Stunde. <

> Hat Fassbender den Wachdienst in der letzten Woche geändert? <

> Nein, der Einsatzplan steht schon seit Wochen unverändert. Es ist auch niemand der Kollegen krank geworden, was ansonsten eine Änderung nach sich gezogen hätte. <

> Wer hat alles Schlüssel zum Tresor? <

> Der Direktor und sein Stellvertreter haben je einen Schlüssel und jeder der beiden kennt auch die Zahlenkombination. Sie haben auch jeder einen Schlüssel für den Vor-

raum, ein weiterer Schlüssel für den Vorraum hängt hier an einem Haken. Die Putzfrau muss da einmal pro Woche hinein. Das da ist er. <

> Gibt es hier im Museum Überwachungskameras? <

> Nein, dazu haben wir kein Geld. Wir sind nur ein kleines Museum. Es gibt zwar einige Mäzene, die immer wieder mal unterschiedlich große Beträge spenden, aber die sind fast immer zweckgebunden, für neue Exponate zum Beispiel. An denen steht dann immer eine kleine Tafel mit dem Namen des Spenders. Für eine neue Telefonanlage, die alte ist auch schon ein Museumsstück, für eine neue Schließanlage oder für Überwachungskameras gibt niemand Spenden. Damit kann keiner protzen oder Werbung betreiben. Das ist wie bei den Politikern, die auch nur Geld ausgeben für Dinge, mit denen sie Wählerstimmen ködern können. <

> Wie kommt man jetzt in den Tresor? <

> Ich kann mich mit der Herstellerfirma des Tresors in Verbindung setzen. Vielleicht können die uns weiterhelfen. Sie haben vor einigen Monaten ein schwer gängiges Scharnier an der Tresortür repariert. <

> Das wäre hilfreich. Rufen Sie bitte Inspektor Omeyer an, wenn ein Mitarbeiter der Firma sich anmeldet. <

Nach dem Verlassen des Museums bat Kommissarin Kermeur ihren Kollegen den Schaltschrank der Telefonanlage außerhalb des Museums in Augenschein nehmen zu lassen.

Auf dem kleinen Parkplatz an der Aude, in Sichtweite der Präfektur, richtete ich mich in einer Ecke neben einer dicken Platane häuslich ein. Die Touristensaison hatte noch nicht begonnen und diejenigen Touristen, die in diesem Frühjahr nach Carcassonne gekommen waren, hielten sich vor allem in der Festung auf. Als Rentner hatte ich keine terminlichen

Verpflichtungen. Ob ich einige Wochen früher oder später wieder nach Hause kommen würde, war unwichtig. Also schickte ich meinem Sohn eine SMS und bat ihn für etwas längere Zeit nach meinem Haus zu schauen.

Ich würde hier auf dem Parkplatz nicht stören. Ich stellte einen Stuhl auf mit Blick auf den Fluss, legte die Füße hoch auf das Geländer und begann alle möglichen Gedanken und meines Erachtens notwendige Nachforschungen in ein Notizbuch zu schreiben. Ich füllte mehrere Seiten.

Ich musste mit meinen eigenen Nachforschungen beginnen.

Der Campingstuhl war schnell wieder weggeräumt und das Wohnmobil abgeschlossen. Ich kaufte in einer Buchhandlung einen detaillierten Stadtplan und setzte mich in Bewegung. Systematisch ging ich alle Straßen um die Präfektur ab und suchte nach Unterstellmöglichkeiten für Lastwagen. Zuerst direkt um die Präfektur, dann in immer größeren Kreisen. Alle in Frage kommenden Grundstücke und Gebäude markierte ich auf dem Stadtplan. Einige Male, wenn ich Privatgelände betrat, erntete ich fragende Blicke und trat dann schnell wieder den Rückzug an. Ich begrenzte meine Suche auf die nähere Umgebung, denn es war für mich unwahrscheinlich, dass die Diebe angesichts des Gewichts der Truhen weite Wege zurückgelegt hatten. Kommissarin Kermeur würde einige Grundstücke näher in Augenschein nehmen müssen. Sie konnte sich in ihrer dienstlichen Eigenschaft verschlossene Garagen zeigen lassen und entsprechende Fragen stellen.

Ich kaufte mir noch ein Exemplar einer örtlichen Zeitung, fand aber nach jetzt vierzehn Tagen keinen weiteren Artikel über den wertvollen Fund. Sicherlich auch eine Bitte der Präfektin mit dem Versprechen auf einen größeren Bericht.

Die Frage war auch ob die geraubten Schätze schon abtransportiert waren oder ob sie sich noch im System der Höhlen und Gänge unter der Stadt befanden. Ich musste die Nachforschungen von Inspektor Omeyer abwarten.

Ungeduldig wartete ich auf den frühen Abend. Marie Kermeur würde sich sicher zuerst weigern mir Informationen über den Sachstand zu geben, aber ich würde sie bearbeiten und ihr die erforderlichen Informationen schon entlocken. Ich rief sie an.

> Hallo Marie, ich hoffe, Sie haben Zeit ein Glas Rotwein mit mir zu trinken. Ich bin auf dem Parkplatz an der Aude und warte auf Sie. Sie kommen? Ich freue mich, dass Sie Zeit haben. Bis gleich. <

Ich stellte zwei Rotweingläser auf den Tisch im Wohnmobil, holte Käse aus dem Kühlschrank und schnitt ihn in Würfel. Ich musste nicht lange warten.

> Kann ich bitte zuerst ein Glas Mineralwasser haben? Ich hatte heute noch keine Zeit etwas zu trinken. <

Ihr Wunsch war mir Befehl und sie hatte wirklich großen Durst.

> Haben Sie heute überhaupt schon etwas gegessen? Nein? Ich übrigens auch nicht. <

Also inspizierten wir zuerst den Inhalt des Kühlschranks und bereiteten uns ein einfaches Abendessen.

> Sie wissen, dass ich Ihnen keine Auskunft über den Stand unserer Ermittlungen geben darf? <

> Marie, ich bitte Sie. Ich bin bereits in die Ermittlungen eingebunden, ich habe sogar die ganzen Vorgänge initiiert. Also schließen Sie mich bitte nicht aus. Ich habe das nicht verdient. Und ich will Ihnen nur helfen und werde Sie nicht behindern. Niemand wird erfahren, wenn Sie mich informieren. <

Sie zog Ihre Stirn in Falten und überlegte für die genießerische Dauer eines Schluckes Rotwein. Sie sah angespannt aus.

> Einverstanden, Ewald. Ich werde Sie informieren, soweit ich es verantworten kann. <

> Hier ist ein Stadtplan, in dem ich in der näheren Umgebung der Präfektur alle Abstellmöglichkeiten für einen Lastwagen eingezeichnet habe. Die der Präfektur nächste Einstellmöglichkeit dürfte die Garage auf dem Gelände des Museums sein. Aber das Gittertor war verschlossen und ich konnte das hohe Garagentor deshalb nicht öffnen. Vielleicht können Sie als Polizistin da einmal hinein schauen. <

> Sie haben heute bereits angefangen Detektiv zu spielen? Ich kann Sie also nicht hindern? < fragte sie leicht resignierend.

Ich überhörte die tadelnde Frage.

> Hat Inspektor Omeyer schon die Pläne der Gänge und Höhlen gefunden? <

> Er war im Rathaus und hat den zuständigen Mitarbeiter des Bauamtes aufgescheucht. Sie haben zusammen mehrere Stunden lang alles durchsucht. Die Zeichnungen sind verschwunden. Niemand weiß, wann sie verschwunden sind und wer danach gefragt hatte. Es werden keine Listen über die Besucher geführt. Sackgasse. <

> Man kann doch sicher feststellen, welche Firma den Auftrag für die Vermessungsarbeiten erhalten und welcher Mitarbeiter die Arbeiten damals durchgeführt hat. Eine derartige Arbeit fällt in den Bereich meines Berufes. Der Vermessungsingenieur hat seine Messergebnisse vor Ort, je nach verwendeter Ausstattung und Technik, zuerst in ein Messbuch eingetragen oder, bei digitaler Aufnahme, Protokolle der digitalen Messungen angefertigt und erst später einen Plan erstellt. Bei den Abmessungen der ausgedehnten unterirdischen Gänge, laut Inspektor Omeyer, dürfte damit mindestens ein dicker Ordner gefüllt worden sein.

Sicherlich verfügt die Firma nicht nur über die Grundlagen, sondern selbst noch über einen fertigen Plan, z. B. um eventuelle Fragen des Auftraggebers beantworten zu können. Und solche Unterlagen wirft kein Vermessungsbüro so schnell auf den Müll, zumal die Vermessungsarbeiten noch nicht beendet waren. Das ist ein naheliegender Ansatzpunkt für Sie oder Ihren Kollegen. <

Marie sah mich erstaunt an und griff zum Handy um ihren Kollegen anzurufen.

> Was ist mit dem Dolch, dem Diadem und den zwei Goldmünzen? Sind sie noch vorhanden? <

> Ewald, wissen Sie etwas, was ich nicht weiß? <

> Nein, ich weiß nicht mehr als Sie, ganz sicher weniger. Aber es verwundert mich, dass die Dinge, um die ich als Finderlohn gebeten hatte, noch vorhanden sind. Es muss einen Insider geben und der muss uns um mehrere Schritte voraus sein. Es ist nur logisch, dass auch Dolch, Diadem und Goldmünzen verschwunden sind. Vielleicht ist es eine seltsame Form von Dankbarkeit mir gegenüber, dass ich den vergessenen Schatz gefunden habe. Deshalb ist mein Finderlohn noch vorhanden. <

> Ewald, wir haben Fassbender, den Assistenten von Dubois, schwer verletzt im Museum vor dem Tresor gefunden. Nach Aussage des Notarztes wird er vielleicht nicht mehr zu sich kommen. Er hatte einen Schlüssel zum Tresor, aber der Schlüssel ist verschwunden. Wir konnten bisher noch nicht im Tresor nachsehen, denn Dubois ist auch verschwunden. Nur diese beiden Männer hier in Carcassonne besaßen einen Schlüssel und kannten die Zahlenkombination für den Tresor. Es besteht die Möglichkeit, dass Dubois in den Diebstahl verwickelt ist. Wir haben nur die Fingerabdrücke der beiden Museumsleiter am Tresor gefunden und die von zweien der Brüder Renoir. Die waren

aber seinerzeit von der Präfektin zur Bewachung abgestellt als die Teile in den Tresor gebracht wurden. In der Wohnung von Fassbender haben wir nichts Auffälliges feststellen können. <

> Dubois könnte gezwungen worden sein beim Diebstahl mit zu helfen und ist auch schwer verletzt oder vielleicht sogar tot. <

> Er kann auch etwas gesehen haben und ist deshalb ausgeschaltet worden. Es gibt aber auch mehrere andere mögliche Szenarien. <

> Marie, es gibt Sonden zur Hohlraumortung auf dem Prinzip des Radars. Besorgen Sie sich doch eine derartige Sonde und lassen Sie im Keller der Präfektur die Wände untersuchen. Im Mittelalter, als diese Gänge hergestellt wurden, waren Geheimtüren der letzte Schrei für die feudalen Herrscher und es gab damals jede Menge Spezialisten für deren Herstellung. Kann ich mit Ihnen in den Keller der Präfektur und dort nachsehen? Ich bin Bauingenieur und kann vielleicht etwas entdecken, was ihre Spezialisten zur Spurensicherung nicht gesehen haben, weil das nicht in ihr Spezialgebiet fällt. <

> Ob ich Sie mit in den Keller nehmen kann, muss die Präfektin als Hausherrin entscheiden. Sie haben mir erst einmal eine Reihe von Hausaufgaben gegeben. <

Sie stützte ihre Stirn auf ihre rechte Hand.

> Etwas geht mir nicht aus dem Kopf. Vor ein paar Tagen war Philipp Renoir mit seinem Bruder Jaques nachts zu Fuß auf Streife. In der Nähe des Museums verspürte Jaques plötzlich das dringende Bedürfnis eine Toilette aufzusuchen. Durchfall. Er ging zu einem Bistro, das so spät noch geöffnet hatte. Philipp wollte dort warten wo sie sich getrennt hatten. Als Jaques zurückkam, fand er seinen Bruder ohne Bewusstsein auf dem Gehweg liegend vor. Er rief

einen Rettungswagen. Philipp hatte eine Platzwunde am Hinterkopf. Irgendjemand hatte ihn rücklings niedergeschlagen. Er hatte vorher kein Geräusch gehört und auch nichts gesehen. Zum Glück hat Philipp einen harten Schädel, heute Morgen kam er wieder zum Dienst, mit einem Pflaster am Hinterkopf. Einige der Kollegen hatten ebenfalls Durchfall. Sie vermuteten, dass sie bei der Geburtstagsfeier einer Kollegin etwas Falsches gegessen hatten. Hat diese Verletzung von Philipp eine Verbindung zu dem Diebstahl?

Ich rufe Sie an. Ich fahre jetzt in meine Wohnung. Ich bin müde. Gute Nacht. <

Ich ließ sie nur ungern so früh wieder gehen, ich genoss jedes Mal ihre Gesellschaft.

In dieser Nacht schlief ich schlecht und wälzte mich herum, wie ein Krokodil, wenn es Fleischstücke aus einer Beute reißt. In meinem Hinterkopf rumorte ein Gedanke, der sich aber nicht kristallisieren wollte.

Am Morgen stellte auch ich eine Liste der Personen auf, die damals im Bürgersaal des Rathauses anwesend waren sowie eine Liste der Personen, die beim Abtransport des Schatzes beteiligt waren. Ich begann mit der zweiten Liste und nahm jede Person davon unter die Lupe:

- Zuerst ich selbst. Ich war während der zehn Tage in den Pyrenäen wandern, außerdem hätten meine Kräfte für den Abtransport der Truhen nicht ausgereicht. Wozu auch. Ich wollte diese Reichtümer nicht.

- Marie. Allein hätte sie den Abtransport nicht bewerkstelligen können, aber sie war seit Beginn eingebunden, kannte die Örtlichkeiten und hätte Helfer haben können. Mein Gefühl sagte mir, dass ich auf dem Holzweg wäre, wenn ich sie verdächtigte. Ich wollte sie aber auch nicht verdächtigen.

- Inspektor Omeyer. So kräftig er auch war, ohne Hilfe hätte er es nicht schaffen können. Auch hier deutete mein Gefühl auf eine Sackgasse. Er war mir zu sympathisch. Andererseits hatte er profunde Kenntnisse der Höhlen und Gänge unter der Stadt. Ich wollte ihn auch nicht verdächtigen.

- Die Soldaten der Nationalgarde und ihr Oberst. Sie waren nach der Bergung und Einlagerung des Schatzes wieder abgerückt.

- Der Museumsdirektor Dubois. Er war nicht aufzufinden. Allein konnte er die Truhen nicht beiseite geschafft haben. Vielleicht kannte er als Museumsleiter die Gänge unter der Stadt und eventuell auch genug kräftige Männer. Er hätte auf jeden Fall Zugang zu der Garage auf dem Museumsgelände gehabt und die erforderliche Zeit um den Diebstahl zu planen.

Es gab hinsichtlich seiner Person zu viele Fragezeichen.

- Die Präfektin Nicole Peyrod. Sie hatte laut Inspektor Omeyer eine überaus effiziente Arbeitsweise und war sehr intelligent. Sie hätte den Diebstahl planen und durchführen lassen können. Sie hatte die Verliese unter der Präfektur als Aufbewahrungsort festgelegt. In ihrer Funktion als Präfektin könnte sie auch genug kräftige Männer kennen. Die zugeschweißte Stahltür deutete auf ihre Vorsicht hin, und sie wollte mit den Schätzen ihre Karriere vorantreiben. Es war wahrscheinlich, dass auch sie die Gänge unter der Stadt kannte. War für sie jede Menge Reichtum wichtiger als die Karriere?

- Eine weitere unbekannte Person? Aber wer?

Die Personen auf meiner ersten Liste:
- Ich. Ich schloss mich aus.
- Die Präfektin. Sie steht bereits auf Liste zwei.

- Inspektor Omeyer. Er steht bereits auf Liste zwei.

- Kommissarin Kermeur. Sie kam damals zu einem späteren Zeitpunkt in den Bürgersaal, was nichts zu bedeuten hat. Sie steht bereits auf Liste zwei.

- Der Schreiber neben der Präfektin. Er war für mich ein unbeschriebenes Blatt. Er sah mir damals zu gelangweilt und nicht intelligent genug aus.

- Die beiden Reporter. Mehr als an allem anderen waren sie an ihrer Story interessiert. Sie hatten absolut keine Kenntnis über den Umfang des Schatzes. Ich schloss sie aus.

- Die zwei bzw. drei Polizisten, die Brüder Renoir. Sie waren im Bürgersaal anwesend, aber bei der Bergung und der Einlagerung der Schätze nicht anwesend. Sie konnten zwar, laut Marie, unangenehme Zeitgenossen sein, aber ich traute ihnen keine ausreichende Intelligenz und Kaltblütigkeit zu, um diesen Diebstahl zu organisieren.

- Der Juwelier, Narcisse. Ich traute ihm nicht zu einige Räuber zu beschäftigen. Außerdem war er bei der Bergung nicht dabei.

- Der Museumsdirektor Dubois. Er steht bereits auf Liste zwei.

- Der Stellvertreter Fassbender. Er war anwesend, als Dolch, Diadem und die zwei Goldmünzen in den Tresor gebracht wurden. Er war schwer verletzt aufgefunden worden. Hatte er bei dem Diebstahl geholfen und war als Mitwisser ausgeschaltet worden? Oder war er gezwungen worden die Täter zu unterstützen und war dann als lästiger Zeuge beseitigt worden?

Es gab zu viele Fragezeichen und zu wenig Fakten. Ich hoffte auf weitere Informationen von Marie.

5

Marie Kermeur stand im Krankenhaus vor der Tür der Intensivstation und befragte den Arzt, der Fassbender operiert hatte.

> Herr Doktor, wie sieht es mit dem Patienten aus? Wird er durchkommen? <

> Ich habe wenig Hoffnung, Frau Kommissarin. Er hat gemäß der Computertomographie einen etwa sechs Zentimeter langen Riss in der Schädeldecke, ein großes Blutgerinnsel im Gehirn und schwere Hirnquetschungen. Wir sind hier für eine derart schwere Kopfverletzung schlecht ausgerüstet und haben auch nicht die erforderlichen Fachärzte. Er ist auf keinen Fall transportfähig. Die gebrochenen Rippen und die vielen Prellungen wären noch das kleinste Problem. Ich glaube kaum, dass er noch einmal das Bewusstsein erlangen wird. <

> Würden Sie mich bitte verständigen, falls er doch noch zu sich kommt? <

Sie kramte nach einer Visitenkarte.

> Ich würde noch gerne seine komplette Kleidung mitnehmen. <

> Die Stationsschwester hat sie bereits in einen Plastikbeutel gesteckt. <

> Vielen Dank, Herr Doktor, auf Wiedersehen. <

Es dauerte geschlagene zwei Tage bis Marie sich meiner wieder erbarmte und mich auf meine Bitte hin am Abend in meinem Wohnmobil besuchte. Sie bat mich wieder um eine Flasche Mineralwasser. Sie hatte sich wieder keine Zeit genommen ausreichend zu trinken.

> Die Präfektin setzt mich ganz gewaltig unter Druck. Sie denkt anscheinend, ich könnte die Lösung aus dem Ärmel schütteln. <

Ein stechender Schmerz fuhr durch meinen Unterleib. Ich hatte ihn schon erwartet, wusste aber nicht wann und in welcher Intensität er mich überfallen würde. Ich schluckte eine Tablette und versuchte mich zu entspannen. Marie bemerkte die Veränderung an mir und sah mich besorgt an. Ich winkte nur ab.

> Welche Erkenntnisse der Polizei können Sie an mich weitergeben? <

> Ewald, ich habe Ihnen nichts mitgeteilt, falls jemand Sie fragen sollte.

Zuerst, Fassbender ist gestorben ohne das Bewusstsein wieder zu erlangen. Die Spurensicherung hat weder an seinen Kleidern, noch im Vorraum des Tresors, noch in seiner Wohnung, noch in seinem Büro im Museum irgendwelche brauchbaren Hinweise gefunden. Seine Funktion bei der ganzen Sache wird also weiterhin unklar bleiben.

Eine Firma aus Bordeaux kann relativ kurzfristig, nach Beendigung eines laufenden Auftrags, mit einer Sonde zur Hohlraumuntersuchung anreisen. Sie bringen das neueste Modell mit, das auf dem Markt erhältlich ist. Wann ein brauchbares Ergebnis vorliegt, weiß ich nicht. Aber wir stehen hinsichtlich des Sondeneinsatzes an nächster Stelle.

Heute Vormittag war ein Mitarbeiter der Firma, die den Tresor geliefert hat, im Museum. Er hatte einen Reserveschlüssel für den Tresor dabei und eine Registerkarte mit der Kombination für das Zahlenschloss. Der Tresor war ganz schnell geöffnet. Der Dolch, das Diadem und die zwei

Goldmünzen sind weg. Die Spurensicherung fand keine verwendbaren Spuren im Tresor, nur zwei Haare der Brüder Renoir, die ja von der Präfektin als Bewacher bei der Einlagerung abgestellt worden waren.

Ich habe die Telefonanlage des Museums überprüfen lassen. Irgendjemand hat im außen liegenden Schaltkasten ein Kabel der Anschlussleitung zum Museum aus der Klemme gelöst. Der Zeitpunkt ist nicht bekannt. Keine Zeugen. Die Klemme kann sich aber auch im Laufe der Zeit gelockert haben, wenn sie nicht richtig festgeschraubt war.

Inspektor Omeyer hat sich mit dem Vermessungsbüro in Verbindung gesetzt. Das war nicht so einfach. Das Büro hat vor zwei Jahren Konkurs angemeldet. Nach endlosen Telefonaten hat er aber herausgefunden, dass der Vermessungsingenieur, der die Arbeiten durchgeführt hatte, inzwischen in der Normandie eine neue Arbeitsstelle gefunden hat. Er führt momentan einen Auftrag durch und ist per Handy nicht erreichbar. Er wird zurückrufen, sobald er wieder ins Büro zurückkehrt.

Was mir einerseits Angst macht, andererseits zu bedenken gibt, ist, dass die Tochter von Dubois nicht zu erreichen ist. Ihre Nachbarn wissen nichts über ihren Verbleib, sie konnten uns auch keine Angaben zu irgendwelchen Freunden machen. <

> Sie könnte entführt und als Druckmittel gegen Ihren Vater benutzt worden sein oder hat mit ihrem Vater gemeinsame Sache gemacht. <

> Auf diese Möglichkeiten bin ich auch schon gekommen, habe aber noch keine Hinweise. Morgen wird Thierry an ihrem Arbeitsplatz intensiv nachfragen, heute war die Schule wegen eines Schulausflugs geschlossen.

Ich habe mir die Garage auf dem Museumsgelände angesehen. Sie ist groß genug um einen Lastwagen oder einen

Möbelwagen abzustellen. Wir haben entsprechende Reifenspuren gefunden. Alle anderen Spuren, wie Fußabdrücke, wurden augenscheinlich sorgfältig weggekehrt. Keine verwertbaren Spuren auf dem Boden. Vor der hinteren Wand der Garage haben wir eine Menge Abfall gefunden, hoch aufgetürmt, Paletten aus Holz, Bretter, Kunststofffolien und viele Kartonagen. Darunter war auch ein Taschentuch mit Blutflecken. Ich habe eine DNA-Analyse in Auftrag gegeben. Wir werden auch hier in der Garage die Sonde zur Hohlraumuntersuchung einsetzen. <

Sie sah mich erneut besorgt an.

> Was ist mit Ihnen, Ewald? Haben Sie irgendwelche Schmerzen? <

> In meinem Alter fangen die Wehwehchen an. Das muss ich akzeptieren. <

Ich konnte ihr die Wahrheit nicht anvertrauen.

> Haben Sie ein wenig Zeit? Gehen Sie mit mir spazieren? Ein Spaziergang wird auch Ihnen gut tun. Sie sehen blass aus. <

> Eine halbe Stunde, mehr Zeit kann ich jetzt nicht erübrigen. <

Die kleine Wanderung entlang der Aude in der milden Luft war sehr erholsam. Sie entspannte sich merklich, ich ebenfalls.

Am nächsten Morgen nach dem Frühstück setzte ich mich wieder mit meinem Notizbuch an das Geländer zur Aude, die Beine hoch gelegt und grübelte:

Alles, was in irgendeinem Zusammenhang mit den Katharern stand, war verschwunden. Der Schatz, der Dolch, das Diadem, die zwei Goldmünzen und auch die Pläne der Höhlen und Gänge, die zur Zeit der Katharer ausgebaut worden waren. War meine Annahme richtig oder sah ich Zusammenhänge, die nicht existierten?

Thierry Omeyer betrat früh am Morgen das Schulgebäude. Der Unterricht hatte noch nicht begonnen und die Kinder lärmten auf den Gängen. Er fing einen schreienden Jungen, der an ihm vorbei laufen wollte.

> Wo ist das Büro des Direktors? <

Der Junge wollte sich freistrampeln, hielt aber inne, als er die Polizeiuniform sah.

> Da vorn die Treppe hoch, dann stehen Sie direkt vor der Tür. <

> Vielen Dank. <

Thierry setzte den Jungen wieder ab und kämpfte sich durch das Gewühl, darauf achtend keines der herumwieselnden Kinder anzurempeln. Er stieg die Treppe hoch und sah vor sich an der Tür das große Schild: Sekretariat. Er klopfte an und trat ein.

> Guten Morgen. Inspektor Omeyer. Ich möchte den Direktor sprechen. <

Die etwas ältliche und rundliche Sekretärin wurde blass, als sie die Uniform sah.

> Ich werde Sie sofort anmelden. <

Sie klopfte an die seitliche Tür, öffnete und schaute hinein.

> Herr Cambrier, ein Inspektor Omeyer möchte Sie sprechen. <

> Führen Sie ihn bitte herein. <

Inspektor Omeyer betrat das Büro und sah sich einem schlanken, gebräunten Mann von etwa vierzig Jahren gegenüber.

> Bitte nehmen Sie Platz. Was kann ich für Sie tun? <

> Ich komme wegen einer Ihrer Lehrerinnen, Frau Dubois. Wann haben Sie sie zuletzt gesehen? <

> Sie ist seit etwa vierzehn Tagen nicht zur Arbeit erschienen, sie hat sich auch nicht abgemeldet. Das ent-

spricht absolut nicht ihrer Art. Sie ist sehr gewissenhaft und beim Kollegium sehr beliebt, weil sie stets freundlich, offen, ehrlich und guter Laune ist, die sie auch auf ihre Umgebung ausstrahlt. Ich versuche seit mehreren Tagen ihren Vater telefonisch zu erreichen um mich nach ihr zu erkundigen. Aber auch ihn erreiche ich nicht. Ich habe schon daran gedacht eine Vermisstenanzeige aufzugeben, aber das wäre primär die Aufgabe ihres Vaters. <

> Können Sie mir die Namen von Freunden nennen? Welche Hobbys hat sie, wissen Sie wie sie ihre Freizeit verbringt? <

> Freunde oder Freundinnen sind mir nicht bekannt. Sie hat ihr Privatleben stets strikt von ihrer dienstlichen Tätigkeit getrennt. Das passt eigentlich nicht zu ihrem sonstigen Verhalten. Aber das war ihre Entscheidung. Ich weiß nur, dass die Beziehung zu ihrem langjährigen Freund vor einigen Monaten in die Brüche ging. Er wollte seinerzeit eine Tätigkeit in Südafrika aufnehmen. Damals war sie einige Wochen lang deprimiert.

Was sie gelegentlich mitgeteilt hat, war ihre Leidenschaft fürs Fliegen. Sie hat vor einiger Zeit ihren Flugschein gemacht. Näheres kann man Ihnen sicher am Flughafen mitteilen. <

> Vielen Dank für die Auskünfte, Herr Cambrier. Falls ich weitere Fragen haben sollte, melde ich mich wieder. Wenn sie bei Ihnen wieder auftaucht, rufen Sie mich bitte an. <

> Was ist mit ihr, können Sie mir etwas sagen? <

> Das wissen wir im Augenblick auch noch nicht, unsere Ermlttlungen stehen noch am Anfang. Auf Wiedersehen. <

Thierry Omeyer hinterließ seine Visitenkarte, verließ die Schule und fuhr über die D 119 zum Flughafen. Der Regionalflughafen konnte nur von mittelgroßen und kleinen Flugzeugen angeflogen werden, aber es herrschte dennoch reger Betrieb. Er fragte sich zur Verwaltung durch und wurde zu einer resolut wirkenden Frau weiter geleitet, die zwei Telefone auf ihrem Schreibtisch stehen hatte.

> Inspektor Omeyer, Polizei Carcassonne. Sie sind Frau Sabron, wie ich dem Namensschild auf Ihrem Schreibtisch entnehmen kann? <

> Ganz genau, Was kann ich für Sie tun? <

Sie reichte ihm mit einem festen Griff die Hand.

> Sie kennen Frau Dubois? <

> Die Flugzeugverrückte? Selbstverständlich. <

> Wieso Flugzeugverrückte? <

Frau Sabron lachte.

> Sie ist mit sechzehn Jahren zum ersten Mal hier am Flughafen aufgetaucht, wollte alles sehen und hat sich auch alles zeigen lassen. Von da ab hat sie fast jedes Wochenende hier auf dem Flughafen verbracht, bei jedem Wetter. Wir haben sie gelegentlich nach Hause geschickt, wenn Sie trotz starker Erkältung hier aufgetaucht ist. Sie hat sich jedem als Hilfskraft angeboten, was gerne akzeptiert wurde. Sie hat sich nicht gescheut, sich die Hände schmutzig zu machen, richtig schmutzig zu machen. Sie wollte alles lernen, was mit Flugzeugen zusammen hängt. Sie hatte immer gute Laune und hat sich schnell beliebt gemacht. Vor einigen Jahren hat sie den Flugschein angefangen, ein Geschenk ihres Vaters, und hat die Prüfung mit Bravour bestanden. Sie hat regelmäßig die jährlich erforderlichen Flugstunden absolviert, teilweise im Dienst einer kleinen örtlichen Fluggesellschaft.

Warum fragen Sie nach ihr? <

> Wir suchen sie. Wissen Sie ob sie in den letzten zehn Tagen hier war oder vielleicht sogar irgendwohin geflogen ist? <

> Ich habe sie nicht gesehen. Einen Moment bitte, ich

frage in den Hangars nach. <

Sie führte einige Telefonate.

> In den Hangars war sie seit etwa zwei Wochen nicht mehr. Da geht sie in der Regel immer zuerst hin. Sie hat dort besonders mit einem Mechaniker Freundschaft geschlossen, der kurz vor der Rente steht und der ihr in den vergangenen Jahren viel über die Maschinentechnik beigebracht hat. Auch bei der kleinen Fluggesellschaft war sie nicht. Dort hätte sie sogar auftragsgemäß einen kleinen Inlandsflug absolvieren können. Es tut mir leid, ich kann Ihnen nicht weiterhelfen. <

> Wie heißt der ältere Mechaniker, kann ich mit ihm sprechen? <

> Er heißt Paul Soubeyran, ich lasse sie zu ihm in den Hangar führen. <

> Würden Sie mich bitte verständigen, falls sie hier auftauchen sollte? <

> Selbstverständlich. <

Sie rief einen jungen Mann von einem der Schreibtische zu sich und bat ihn Omeyer in den Hangar zu begleiten.

Der Inspektor traf auf einen ölverschmierten Overall, von dem nur das Hinterteil und die Beine zu sehen waren und der mit dem Kopf, dem Oberkörper und beiden Armen in der geöffneten Klappe über einem Flugzeugmotor steckte. Thierry zupfte zweimal kräftig an einer sauberen Stelle eines Hosenbeines.

> Herr Soubeyran? Kann ich Sie kurz sprechen. Ich bin Inspektor Omeyer. <

Der Rest des Overalls tauchte auf, gekrönt von einem Kopf ohne Haare. Der Mann wischte sich mit seiner rechten ölverschmierten Hand über die rechte Wange und hinterließ dort mehrere schwarzen Streifen. Zusammen mit den Streifen auf seiner linken Wange sah das aus wie die Kriegsbemalung eines Indianers. Thierry konnte sich ein Grinsen nicht verkneifen.

Der Monteur musterte den Polizisten von oben bis unten.

> Ja, was kann ich für Sie tun? <, fragte er in gedehntem Tonfall.

> Ich habe ein paar Fragen zu Frau Dubois. Wann haben Sie sie zuletzt gesehen? <

> Hat sie etwas angestellt? Nein, niemals. Dazu war sie nicht der Typ. Ich habe sie zuletzt vor etwa zwei Wochen gesehen. Sie hat mir damals bei der Reparatur an einem Propeller geholfen. Was ist mit ihr? <

> Wir suchen sie, wir haben einige Fragen an sie. Wissen Sie wo sie stecken könnte? Ist sie vielleicht weggeflogen? <

> Nein, weggeflogen ist sie nicht. Sie hat mich vor jedem ihrer Flüge gefragt, ob das Flugzeug ausreichend gewartet war. Damit war sie überaus vorsichtig und sie hat immer nur mich gefragt, nur in meine Arbeit hatte sie ausreichend Vertrauen. <

> Sie war verrückt nach Flugzeugen? <

> Nicht nur nach Flugzeugen. Ihre erste Leidenschaft waren die Kinder, die sie unterrichtete, die Flugzeuge kamen erst an zweiter Stelle. Ist sie denn nicht in der Schule?   <

> Nein, auch dort ist nichts über ihren Verbleib bekannt. <

> Da ist etwas faul. Sie hätte die Kinder niemals im Stich gelassen. Ist sie nicht zuhause? Weiß ihr Vater denn nicht, wo sie ist? <

> Wir sind noch bei den Ermittlungen. Vorerst vielen Dank und auf Wiedersehen. <

Inspektor Omeyer verabschiedete sich.

6

Wieder ließ mich Marie zwei Tage warten. Sie stand am Abend vor meinem Wohnmobil und klopfte an.

> Haben Sie heute Abend schon etwas gegessen? < fragte ich sie.

> Kommen Sie herein, ich will mir gerade Bratkartoffeln bruzzeln, auf Ewalds Art. Mit Zwiebeln, Knoblauch und Eiern. Sind Sie interessiert? <

> Ich lasse mich überraschen. <

Sie setzte sich an den Tisch. Zum Glück hatte ich einige Kartoffeln zusätzlich für den nächsten Tag gekocht. Es gab in Carcassonne sicherlich noch genug Kartoffeln zu kaufen. Ich schnitzelte sie in die Pfanne und würzte sie. Ich holte zwei Weingläser aus der Ablage, wo ich sie sorgsam in Geschirrtücher eingewickelt hatte, damit sie während der Fahrt keinen Schaden nahmen und schenkte Rotwein ein. Dazu deckte ich den Tisch für zwei Personen. Zuerst bot ich ihr Mineralwasser an. Sie hatte wieder den ganzen Tag nichts getrunken.

> Wir werden jetzt zuerst in aller Ruhe essen, dann können Sie mir über neue Erkenntnisse berichten. <

Sie nickte zustimmend und leerte ein Glas Mineralwasser. Nach zwanzig Minuten konnten wir mit dem Essen beginnen.

> Hmmm, sehr gut, die Bratkartoffeln nach Art Ewald sind für mich ungewohnt, aber sie schmecken mir, danke für das Essen. <

Sie hatte wirklich einen Heißhunger und ich war froh, dass

ich mehr zubereitet hatte, als für zwei Personen eigentlich erforderlich war.

> Sind Sie ein guter Koch? <

> Nein, ich kann mir nur einfache Gerichte zubereiten, das reicht für mich. Meine Frau war eine hervorragende Köchin. Ich musste mich immer bremsen um nicht zu viel zu essen. Zwei Kilogramm mehr, und das auch noch am Bauch und ich fühle mich nicht mehr wohl. Also habe ich mir die erforderlichen Essgewohnheiten angewöhnt. Zu einem guten Essen in einem Restaurant sage ich dennoch nicht nein, anschließend faste ich ein bisschen. So wie bei dem Cassoulet. Mein Sohn dagegen ist ein richtiger Feinschmecker. Er kombiniert selbst bei kleinen Gerichten die Zutaten auf eine Art, an die ich überhaupt nicht im Traum denken würde. Er könnte ein guter Koch werden. Seine Arbeit im EDV-Bereich lässt ihm dazu aber nicht viel Zeit. <

Marie half mir beim Abspülen, das Geschirr räumte ich selbst weg, sie wusste nicht wohin. Anschließend drehte ich den Beifahrersitz, lehnte mich darauf bequem zurück und sah in ihr Gesicht. Ihre Augen sahen müde aus und kleine Falten um die Augen zeugten von der Belastung, unter der sie derzeit stand.

> Also, was gibt es an Neuigkeiten? <

> Die Präfektin hat zugestimmt, dass ich Sie in die Verliese unter der Präfektur mitnehme. Ich verspreche mir aber nicht viel davon. Bitte, < sie hob abwehrend ihre beiden Hände > seien Sie nicht beleidigt. Unsere Spurensicherung ist sehr erfahren und ich bezweifle, dass Sie mehr herausfinden. Aber es ist zumindest einen Versuch wert. Ich hole Sie morgen früh hier ab, ziemlich früh mit frischem Baguette. <

Sie lehnte sich zurück und trank voll Genuss einen kleinen Schluck Rotwein.

> Der Rotwein schmeckt hervorragend. Wo haben Sie ihn her? <

> Ich habe ihn auf dem Weg in die Pyrenäen bei einem Winzer gekauft. An den Namen des Dorfes kann ich mich nicht mehr erinnern. <

> Thierry konnte den Vermessungsingenieur telefonisch nicht erreichen. Aber heute Nachmittag ist er ganz unerwartet in der Polizeistation aufgetaucht. Er ist auf dem Weg in den Urlaub nach Spanien und hat uns drei Pläne der Gänge unter der Stadt sowie vier DVD`s mit allen Vermessungsgrundlagen auf den Tisch gelegt. Die Originale hat er bei sich zu Hause, aber er hat von allen Unterlagen Kopien für uns hergestellt.

Nach unserem morgigen Besuch in den Verliesen nehme ich Sie mit ins Revier und wir werden uns die Pläne gemeinsam ansehen. Sie als Bauingenieur sind mit Plänen vertrauter als wir bei der Polizei. Thierry hat für übermorgen die Firma mit der Hohlraumsonde bestellt. Ich bitte Sie mit dabei zu sein. Wir haben übrigens aus der Garage des Museums den ganzen Abfall ins Labor abtransportiert und untersucht. Auf der rauen Holzoberfläche konnten wir keine aussagekräftigen Fingerabdrücke oder DNA-Spuren finden. Wer auch immer die Paletten und das andere Holz dort hingebracht hat, hat sie vorher gründlich gereinigt und anschließend Handschuhe getragen. Auf den Folien haben wir eine ganze Reihe von Fingerabdrücken gefunden, die noch nicht ausgewertet sind. Die Folien sehen aus als wären sie frisch gekauft worden. Wir sind bereits auf der Suche nach den Herstellern und den Verkäufern. Eventuell stammen die Fingerabdrücke aus den Geschäften. Aber vielleicht kann sich jemand noch an den Käufer erinnern.

Wir haben auch den Direktor der Schule von Dubois` Tochter befragt, auch nach Freunden und Freundinnen. Sie hat sich bereits vor vier Monaten von ihrem Freund getrennt und ist seitdem Single. Niemand hat sie in den letzten Tagen gesehen. Sie hat auch keinen Urlaub und ist in keinem Krankenhaus. Wir haben sie als vermisst gemeldet. Wir haben keine Spur von ihr.

Niemand hat gesehen, wer sich am Schaltkasten der Telefonanlage des Museums zu schaffen gemacht hat. Der Schaltkasten ist hinter mehreren Büschen an der Außenwand angebracht und von der Straße aus nicht zu sehen. Wir haben noch keine Begründung gefunden warum jemand die Telefonanlage manipuliert hat oder ob es nur ein Defekt an der alten Anlage war. <

> Sie sind also nicht viel weiter gekommen, genau wie ich. Ich habe zwar auch, wie Sie, eine Liste aller Beteiligten zusammengestellt, aber ich habe daraus keine Erkenntnisse gewonnen.

Noch etwas, ich habe in der Höhle festgestellt, dass dort alles, Truhen, Goldstücke und der Boden, mit einem feinen Staub bedeckt war. Die Ursache für den Staub ist mir unverständlich. Dieser Staub müsste auch auf und in der kleinen Truhe und auf dem Dolch vorhanden sein, um die ich als Finderlohn gebeten hatte. Die Spurensicherung sollte die Zusammensetzung des Staubes untersuchen und anschließend in der Garage des Museums Proben von dem dort auf dem Boden und den Wänden vorhandenen Staub nehmen und vergleichen. Hat der Staub in der Garage zumindest anteilmäßig die identische Zusammensetzung, so wissen wir, dass die Truhen über diese Garage abtransportiert worden sind. Vielleicht kann man in einem zweiten Schritt in der Garage Bereiche hoher Konzentration dieses Staubes feststellen. Das könnte dann eventuell auch den Transportweg innerhalb der Garage bis in die unterirdischen Gänge aufzeigen. Sie waren doch auch in der Höhle? Haben Sie diesen Staub nicht bemerkt? <

> Ich stand immer nur am Eingang und bin nie weit in die Höhle hinein gegangen um die Soldaten bei ihrer Arbeit nicht zu behindern. Ich habe zwar bemerkt, dass die Soldaten Staub aufgewirbelt und Staubmasken getragen haben, habe mir aber nichts dabei gedacht. Ewald, ich bin ganz froh, dass Sie mir bei der Aufklärung zur Seite stehen. Ihre bisherigen Hinweise waren sehr hilfreich. Ich werde morgen früh die vorgeschlagenen Untersuchungen veranlassen .

Jetzt muss ich nach Hause und schlafen. Ich bin so angespannt, dass ich kaum in den Schlaf finde. Ich kann es kaum erwarten diesen Fall aufzuklären, damit ich dann wieder richtig ausschlafen kann. Schlafen Sie gut und vielen Dank für das Essen und den Wein. <

> Lassen Sie bitte auch prüfen ob dieser Staub an der Kleidung von Fassbender ist. Wenn ja, könnte das ein Hinweis für seine Beteiligung am Diebstahl sein. In der Höhle und bei der Einlagerung im Keller der Präfektur war er nicht dabei. Der Dolch und das Diadem waren nicht staubig und die beiden Goldstücke hatte ich gründlich von dem Staub befreit.

Heute Abend war es mir eine Freude Sie vor dem Hungertod zu retten. Kommen Sie gut nach Hause. Ich freue mich schon auf unser gemeinsames Frühstück. <

Das Frühstück am nächsten Morgen war nur kurz. Ich stürzte meinen Kaffee hinunter und nahm mir kaum die Zeit das knusprige Baguette zu genießen. Das benutzte Geschirr stellte ich ungespült in die Spüle und drängte zum Autbruch. Marie sah mich fragend an, so ungeduldig hatte sie mich bisher nicht kennen gelernt.

Direkt hinter der Eingangstür der Präfektur führte rechts das Treppenhaus in das Kellergeschoss. Marie deutete unten nach links auf die erste Tür. Es war eine Stahltür, massiv und deutlich breiter als normale Türen. Sie ließ sich ganz leicht öffnen, jemand hatte vor kurzem die Scharniere gründlich geölt, kein Quietschen. Marie deutete auf die je zwanzig Zentimeter langen Schweißraupen über und unter dem Schloss, die man augenscheinlich mit einem Schweißbrenner wieder aufgetrennt hatte. Die verbrannten Stahlkügelchen lagen noch auf dem Boden. Der dahinter liegende Raum war offensichtlich aus dem Fels gehauen. In etwa acht Metern Entfernung lag eine zweite Stahltür, die nicht weniger stabil und groß aussah wie die erste. Der ehemalige Raum für das Wachpersonal erstreckte sich mindestens zehn Meter nach links. Hier standen sechs rostige, vor langer Zeit einmal weiß gestrichene Stahlstühle um einen alten Holztisch. Marie führte mich weiter auf die nächste Tür zu. Auch diese Tür quietschte nicht, jemand hatte auch hier mit Öl nicht gespart. Dahinter erstreckte sich quer in beide Richtungen ein fast drei Meter breiter und fast gleich hoher Gang, von dem rechts und links Türen abgingen, die ehemaligen Verliese. Marie führte mich weiter in die direkt gegenüber liegende Zelle. Sie war geräumig und hatte vielleicht zwanzig Quadratmeter Grundfläche. Entgegen meiner Erwartung war das alte Verließ hell, Wände und Decke waren weiß gestrichen, direkt auf die alten behauenen Steinquader. Der Boden war mit unregelmäßigen Steinplatten belegt. Für ein mittelalterliches Verließ wirkte der Raum direkt anheimelnd, obwohl an den einfachen Lampen gespart worden war. Rechts in der Ecke stand die kleine unscheinbare Truhe, um die ich gebeten hatte.

> Die Gefangenen im Mittelalter müssen sich hier ja direkt wohl gefühlt haben, so sauber wie das alles wirkt. <

Marie kicherte.

> Als vor mehr als vierzig Jahren das Departement noch mehr Geld zur Verfügung hatte und die Präfektur gebaut,

oder besser renoviert wurde, hat jemand noch Geld in einige Eimer Farbe investiert und Wände und Decken der Verliese gestrichen. Bis zur Einlagerung Ihrer Funde hat niemand mehr diese alten Verliese genutzt. Ich muss mich verbessern, nur einmal hat ein Mitarbeiter der Präfektur hier unten seinen Abschied vom Arbeitsleben mit seinen Kolleginnen und Kollegen gefeiert. Es soll sehr laut zugegangen sein. Dank der dicken Mauern und der Tiefe unterhalb des Geländes ist jedoch kein Laut nach außen gedrungen. Dieser Mitarbeiter musste anschließend ebenfalls den einen oder anderen Eimer Farbe kaufen und einiges neu streichen. Das war es ihm aber wert.

Die Truhen waren hier in diesem Raum und in den beiden Räumen rechts und links deponiert. Wie ich Ihnen schon mitgeteilt habe, Ewald, waren die Schweißnähte an der Tür unversehrt, als die hochrangigen Beamten aus Paris herkamen. Warten Sie bitte einen Augenblick, ich gehe nach oben und rufe die Spurensicherung an. Hier unten gibt es keinen Empfang, ich habe das schon vor wenigen Tagen feststellen müssen. <

Sie ließ mich mit den Gespenstern der gefangenen und vielleicht gefolterten Häretiker allein. In dem etwas trüben Licht der primitiven Lampe begutachtete ich die Wände und den Boden der Zelle. Was man hier auch hinaus geschafft hatte, hatte man durch die Tür getragen. Auf dem Boden waren keine Schleifspuren zu sehen, ich hatte damit auch nicht gerechnet. In den beiden Zellen zur rechten und zur linken Seite fand ich auch keine Spuren.

Marie tippte mich auf die Schulter und ich zuckte zusammen. Ich hatte sie nicht kommen hören.

> Gehen wir bitte zusammen im Uhrzeigersinn durch alle Zellen. Von den Türen aus will ich mir zuerst einen Überblick verschaffen, bevor ich hinein gehe. Wann kommt die

Spurensicherung? <

> Es wird noch maximal eine halbe Stunde dauern, sie wollen erst die Untersuchung in der Garage des Museums abschließen. <

Wir inspizierten zusammen alle alten Verliese, alle Wände waren unberührt. Wie ich durch Aufstampfen auf den Steinplatten des Bodens feststellen konnte, befand sich auch kein Hohlraum darunter. Auch die Stirnseite des Ganges, von der Zugangstür aus gesehen links, war mit weißer Farbe gestrichen. Die Wand bestand aus sorgfältig und ganz exakt zugehauenen und mit Mörtel aufeinander gesetzten Kalksteinblöcken. Ich setzte meine Brille auf und untersuchte sorgfältig, von oben beginnend, jede einzelne Fuge auf loses Gesteinsmehl oder Farbpartikel. Das diffuse Licht erleichterte die Suche nicht gerade. Kein bisschen Gesteinsmehl. Dann untersuchte ich die umlaufende Fuge an den Wänden. Auf der rechten Seite, in Kniehöhe, war eine Winzigkeit Farbe am Übergang zur gestrichenen Wand des Ganges herausgebrochen. Ich zeigte Marie diese Stelle .

> Hier sollten Ihre Kollegen von der Spurensicherung die Wand auf Spuren des Staubes untersuchen, der auch auf oder in meiner Truhe ist. Omeyer sollte die Leute mit der Hohlraumsonde hier an diese Stelle führen. <

> Die Spurensicherung hatte sich auf die Verliese und den ehemaligen Aufenthaltsraum konzentriert. An den Gang hat niemand gedacht, ein Denkfehler. Ich höre die Kollegen schon kommen, ich werde sie instruieren. Mehr können wir beide hier nicht ausrichten. Fahren wir in die Polizeistation, Thierry wartet schon auf uns. <

Wir verließen diese, trotz weißer Farbe, ungemütlichen und kalten Verliese. Ich war froh die warme Sonne wieder auf meiner Haut zu spüren. Omeyer bot uns Kaffee an, den wir beide gerne annahmen. In einem Nebenraum hatte er die Pläne auf einem Tisch ausgebreitet, aber, wie er uns mitteilte, noch nicht betrachtet. Nach einem ersten Überblick nahm ich zuerst den Übersichtsplan vor.

> Das hier ist der Übersichtsplan, der die ganze Ausdehnung der Höhlen und Gänge aufzeigt. Der Vermesser hat zuerst versucht den ganzen Umfang zu fixieren, was bei den kreuz und quer verlaufenden Gängen und Höhlen ziemlich schwer war. So wie es aussieht, hat er bei der Kartierung der Gesamtabmessungen sehr viel Sorgfalt aufgewendet. Haben Sie eine Karte von Carcassonne im gleichen Maßstab? <

Omeyer hatte. Mit dem Maßband aus einem Polizeifahrzeug maß ich, ausgehend vom Referenzpunkt des Vermessers, die Grenzen des Systems ab und markierte sie grob auf dem Stadtplan. Omeyer pfiff durch die Zähne.

> So ausgedehnt habe ich das Höhlensystem nicht erwartet. <

Auch Marie war beeindruckt.

> Wissen Sie jetzt, wo sich die Verbrecher verstecken, die Sie verhaften wollen und nicht finden können? < stichelte ich, an Omeyer gewandt.

> Es kann durchaus sein, dass die sich im Untergrund besser auskennen als ich, < konterte er trocken.

Ich suchte und fand auf dem Plan die Präfektur. Gedanklich versuchte ich den Grundriss der Verliese über den vorliegenden Plan zu legen, wobei ich im Kopf den Grundriss und die Nord-Süd-Ausrichtung der Präfektur aus dem Stadtplan auf den Vermessungsplan projizierte. Dann ging mlr ein Kronleuchter auf. Ich zeigte den beiden den schnurgeraden Gang, der aus einer Höhle abzweigte und am Ende mit einem Fragezeichen markiert war. Eine nach Süden gedachte Abzweigung könnte zur Präfektur führen, ein nach Norden abzweigender Ast, ich musste nochmals den Stadtplan zu Hilfe nehmen, könnte zum Museum führen. Omeyer schlug mir krachend auf die Schulter, so dass ich zehn Zentimeter kürzer wurde, und strahlte über das ganze Gesicht. Marie stieß hörbar die Luft aus und setzte sich, ebenfalls strahlend, auf einen Stuhl.

> Ewald, Sie haben uns, ganz auf die Schnelle, ein Stück weiter gebracht. <

> Lassen wir uns unsere neuen Erkenntnisse durch die Ergebnisse der Spurensicherung und durch die Hohlraumortung bestätigen. Aber es bleibt noch die Frage ob hier eine Verbindung besteht und wie man die Verbindung zwischen den Verliesen und dem Museum öffnen kann. Versuchen wir es von der Garage des Museums aus oder von den unterirdischen Gängen? Wenn die Spurensicherung den Staub aus meiner Truhe untersucht hat, sollten wir sie zuerst einmal Vergleichsproben in der Garage nehmen lassen. Solange sollten wir uns dort zurück halten um vorhandene Spuren nicht zu zerstören. <

> Ich werde versuchen nahe der Präfektur einen Eingang in die unterirdischen Gänge zu finden. Ewald, helfen Sie mir? Vielleicht geht aus den Plänen etwas hervor. Ich weiß zwar, dass es diese Höhlen und Gänge gibt, bin aber nur einmal am nördlichen Ende des hier dargestellten Systems auf eine Länge von vielleicht achtzig Meter eingedrungen um Diebesgut zu bergen. Ohne triftigen Grund darf ansonsten aus Sicherheitsgründen niemand diese Gänge betreten. Jetzt aber bleibt uns höchstwahrscheinlich nichts anderes übrig. <

Marie´s Handy klingelte.

> Ja, bitte? Aha. Danke. Sie schicken mir den Bericht ins Büro? Wunderbar. <

Sie unterbrach die Verbindung.

> Also, das Blut, das in der Garage auf dem Papierta-

schentuch gefunden wurde, ist mit Staub und Asphaltspuren vermischt. Der Vergleich mit der DNA-Datenbank brachte keine Ergebnisse. Es scheint aber das Blut eines Kindes zu sein, das sich eventuell bei einem Sturz auf der Straße die Haut aufgeschürft hat. Wahrscheinlich legt hier jemand eine falsche Spur. <

Omeyer beugte sich mit mir über die Pläne.

> Sie kennen die Stadt besser als ich. Es gibt aber bei diesem System sicher mehr als einen Ein- bzw. Ausgang. Wo sind Sie damals eingedrungen? <

Omeyer zeigte es mir. Der Plan zeigte an dieser Stelle einen Stichgang.

> Solche Stichgänge, nicht nur am Rand, sondern auch im Innenbereich des Systems müssen wir hier auf den Plänen finden und markieren. Dann vergleichen wir den jeweiligen Endpunkt mit dem Stadtplan und markieren dort diesen Punkt. Dann gehen wir jeden einzelnen Punkt durch, notfalls vor Ort, aber wir beginnen an der Präfektur und arbeiten uns dann kreisförmig nach außen. Zur besseren Übersicht legen wir uns eine Tabelle an. Es muss aber nicht heißen, dass der Zugang nur über einen Stichgang erfolgen kann. Es kann auch jederzeit von einem Haus aus einen Zugang direkt in eine Höhle oder einen Gang geben. Wenn wir nahe der Präfektur einen Zugang finden, können wir von dort aus in den Gängen, ebenfalls kreisförmig, anhand der Pläne nach weiteren Zugängen suchen. <

> Wir sollen also Maulwurf spielen? Ich bin gar nicht gerne unter der Erde. <

Omeyer kratzte sich am Kinn. Wir arbeiteten konzentriert noch zwei Stunden und es zeigte sich, dass er die Stadt wirklich hervorragend kannte. An manchen der laut Plan möglichen Einstiegsstellen winkte er sofort ab und konnte seine Ablehnung ausreichend und glaubhaft begründen .

< Wir haben jetzt sechzehn mögliche Einstiege definiert. Es ist aber jetzt zu spät um mit der Suche zu beginnen. Ich schlage vor morgen die Untersuchungen mit der Hohlraumsonde abzuwarten bevor wir uns mit den Einstiegen beschäftigen. Marie hat uns schon vor Stunden allein gelassen. Hoffentlich kann sie mit hilfreichen Erkenntnissen aufwarten. Ich gehe jetzt zu meiner Familie. Bis morgen. <

Wir hatten die Mittagszeit vergessen und ich verspürte auf dem Rückweg zum Wohnmobil ein kräftiges Hungergefühl. Plötzlich fuhr mir der Schmerz wieder durch den Unterleib. Ich krümmte mich, musste mich übergeben und konnte nur noch gepresst atmen. Minutenlang hockte ich zusammengekauert auf der Erde, bis der Schmerz nachließ. Ich schleppte mich zurück zum Wohnmobil, kramte in der Medikamententasche und nahm eine Tablette. Den Streifen mit den restlichen Tabletten trug ich ab sofort bei mir in der Brusttasche meines Hemdes. Zum Glück hatte Marie die Schmerzattacke nicht gesehen. Es hätte sie nur unnötig beunruhigt. Ich bereitete mir mein Mittag- als auch gleichzeitig Abendessen. Auf Rotwein verzichtete ich.

In dieser Nacht schlief ich unruhig. Die Schmerzen kamen nicht zurück, aber die Furcht vor den Schmerzen hielt mich wach. Erst gegen Morgen fiel ich in einen kurzen, unruhigen Schlaf und war früh wieder wach. Ich konnte und wollte nicht mehr im Bett bleiben. Mein Frühstück bestand aus Müsli und Kaffee. Ich wartete auf Marie oder Omeyer.

Sie kamen beide und nahmen mich mit in die Garage des Museums. Die Garage war leer. In der hinteren Wand der Garage lagen in einer Wand aus Natursteinen zwei geschlossene Türen.

> Die linke Tür führt in einen Lagerraum, vollgestopft mit Regalen, in denen allerlei Kram gelagert ist, Motoröl, Ersatzfliesen, Farbeimer, Putzmittel und Gartenutensilien.

Dort hat niemand in den letzten Wochen etwas verändert.

Wir haben auch einen wackligen Stuhl und einen alten Holztisch gefunden, zerkratzt und mit vielen Farb- und Ölflecken. Nachdem die Spurensicherung mit dem Tatort Fassbender fertig war, hatte ich sie in das Büro von Dubois geschickt um Fingerabdrücke und DNA sicher zu stellen. Er war nie straffällig geworden, wir hatten keine Erkennungsmerkmale von ihm. An diesem Stuhl und Tisch haben wir sowohl viele seiner Fingerabdrücke als auch seine DNA gefunden. <

> Falls er nicht beteiligt war, weist das für mich darauf hin, dass man ihn während des Diebstahls hier festgehalten oder dass er sich während des Abtransportes hier, zumindest zeitweise, aufgehalten hat. Wahrscheinlich aus Angst um seine Tochter hat er sich nicht gewehrt. Sein Handy hatte man ihm bestimmt abgenommen. Damit konnte er auch keine Hilfe holen. Man hat ihn ganz sicher gezwungen zumindest die Museumsgarage zur Verfügung zu stellen. <

Ich sah Omeyer an.

> Marie hat sie als Polizisten mit hervorragenden Fähigkeiten bezeichnet. Meiner Meinung nach hat sie vollkommen Recht. <

Omeyer öffnete die rechte Tür und ging uns voraus die breite Treppe hinunter in einen Kellergang. Auch hier waren rechts und links verschiedene Türen in unverputzten Wänden aus Naturstein. Hier hatte man ebenfalls an den Beleuchtungskörpern gespart. Wie im Keller der Präfektur öffneten wir jede Tür und schauten im Uhrzeigersinn in die einzelnen Räume hinein. Alle Räume waren trocken. Bis auf den letzten Raum rechts am Anfang des Ganges war jeder einzelne Keller vollgestopft mit Kisten und mit Tüchern verhangenen Statuen und Bildern. So voll, dass es sehr viel Mühe gekostet hätte bis zu jeder hinteren Wand durchzudringen. Der letzte Raum war leer, vollkommen leer. Weshalb?

> Wo ist der Inhalt dieses Kellers? Alle anderen Räume sind gerammelt voll, nur dieser ist vollkommen leer. Gibt es in den Kellern ein System, nach dem die Gegenstände gelagert sind? Sind in den anderen Kellern auch alle Gegenstände wahllos hineingestopft? Wer weiß das? <

Omeyer reagierte sofort.

> Ich laufe sofort ins Museum. Der Pförtner kann mir sicher weiterhelfen. <

> Marie, hat die Spurensicherung mit der Untersuchung des Staubes ein Ergebnis erzielt? Können Sie sie hier herunter holen? <

Sie sah mich skeptisch an.

> Überlegen Sie bitte einmal. Wenn der Staub von meiner Truhe auch hier in diesem Raum zu finden ist, so bedeutet das einwandfrei, dass der Abtransport durch diesen Kellerraum hier erfolgt ist. Wie sonst sollte der Staub in diesen geschlossenen Keller hier herunter kommen? Außerdem würde niemand die ganzen Exponate in den vollgestopften Kellerräumen erst zur Seite räumen. <

> Sie haben Recht. Ich bin heute nicht ganz auf dem Damm. Ich rufe sofort an. <

Sie beendete ihr Gespräch auf dem Handy gerade wieder, als Omeyer mit dem Pförtner die Treppe herunter kam.

> Der Wachmann sitzt jetzt an meiner Stelle in der Pförtnerkabine. <

Ich führte den Pförtner zu dem leeren Keller. Er sah sich ganz erstaunt um.

> Wo sind die ganzen Exponate hin? Wieso ist der Keller leer? <

> Sie wissen, dass in dem Keller Gegenstände gelagert waren? <

> Selbstverständlich, ich habe noch vor etwa zwei Mona-
ten Herrn Fassbender geholfen zwei Statuen hier herunter
zu tragen. Damals war der Keller noch teilweise belegt. Er
wurde immer genutzt um Exponate für Ausstellungen zusammen zu stellen. Es ist der erste Keller neben der Treppe. <

> Vielen Dank, das war schon alles, Sie können zurück an
Ihren Arbeitsplatz. <

Marie sah von Omeyer zu mir.

> Thierry, lass bitte diesen Kellerraum zuerst mit der Son-
de untersuchen und dann den Keller der Präfektur. <

Sie legte den rechten Zeigefinger an ihre Nase.

> Unter unseren Polizisten hat doch einer als Hobby Spe-
läologie. Ich glaube, es ist Maurice Rayol. Frage ihn bitte ob
er mit dir von den Gängen aus den Zugang zu diesem Keller sucht. Den alten und klapprigen Ewald wollen wir damit
doch nicht belasten. <

Sie grinste über das ganze Gesicht.

Ich erwiderte nichts, sie hatte ja Recht.

> Damit bin ich für heute wohl auf dem Abstellgleis? <

Marie nickte, jetzt aber mit ernster Miene.

> Ich melde mich wieder bei Ihnen. <

Das war ein dezenter Rauswurf. Also ging ich, sie war die
Kommissarin und damit hier die Chefin. Ich kaufte mir einen
neuen Stadtplan, lokalisierte den von Omeyer angegebenen
und früher benutzten Eingang zu dem System der Gänge
und machte mich auf den Weg. Der Eingang war mit einer
dicken Gittertür aus Stahl und einem massiven Vorhängeschloss gesichert, aber ich hatte ohnehin nicht die Absicht
mich allein in die Unterwelt zu wagen. Ich trottete zurück zu
meinem Wohnmobil um den Ausblick auf die Aude zu genießen.

7

Mein Handy klingelte. Marie konnte es noch nicht sein. Ich nahm das Gespräch entgegen ohne auf das Display zu schauen.

> Hallo? Karstens. <

> Hallo Papa. Wo bist du? <

> Ich bin in Carcassonne, direkt am Ufer des Flusses. Warum fragst du? <

> Ich bin auf der Autobahn nördlich von Narbonne. Ich komme zu dir. Wenn ich kurz vor Carcasonne bin, rufe ich dich wieder an, dann kannst du mir die Koordinaten deines Standortes mitteilen. So finde ich dich am schnellsten. Alles Weitere, wenn ich bei dir bin. <

Damit hatte ich nicht gerechnet. Ich freute mich wahnsinnig meinen Sohn bald wieder zu sehen. Von meinem Navi notierte ich mir sofort die Koordinaten. Dreißig Minuten später gab ich sie ihm durch und bald hielt sein Auto neben dem Wohnmobil.

> Papa, schön dich zu sehen. Komm, lass dich erst einmal umarmen. <

Wir umarmten uns und wollten uns beide nicht loslassen.

> Komm ins Wohnmobil, trink etwas und erzähle, warum du hier bist. <

Wir machten es uns auf den Sitzen bequem und ich stellte ihm eine Flasche Mineralwasser und ein Glas hin und er bediente sich ausgiebig.

> Ich habe vor drei Wochen ein neues, großes Projekt be-

kommen und habe dafür ein Gerüst erarbeitet. Bei der Besprechung vor drei Tagen, als ich das Konzept vorgestellt habe, hat einer aus der Vorstandsetage plötzlich kalte Füße bekommen. Die Vorstandsetage hat dann drei Stunden lang bis in den frühen Abend diskutiert: Vorteile, Nachteile, Rendite, Notwendigkeit, usw., mit dem Ergebnis, dass ein oder zwei externe Gutachter dazu eine Expertise fertigen sollen. Das wird mindestens vier Wochen dauern. Ich bin in dein Haus gefahren, habe Rasen gemäht, gelüftet, die Pflanzen gegossen und einiges mehr. Dabei habe ich auf der Kommode in deinem Schlafzimmer die schriftliche Diagnose deines Arztes gesehen und gelesen. Die Diagnose hat mich fast umgehauen. Ich bin zu mir nach Hause gefahren, habe meinen Koffer gepackt und ein Deckbett bereit gelegt. Am nächsten Morgen habe ich mir vier Wochen unbezahlten Urlaub genommen und bin hierher gefahren. Ich will noch so viel Zeit wie möglich mit dir verbringen. <

> Ich hatte dir doch gesagt, dass dies vielleicht mein letzter Urlaub sein würde. Ich möchte heute Abend mit dir essen gehen. Marie Kermeur hat mir ein tolles Restaurant gezeigt. Dann werde ich dir erzählen was sich hier ereignet hat. <

> Wer ist Marie Kermeur? <

> Kommissarin Marie Kermeur. Ich bin hier in eine fantastische Geschichte hineingeschliddert. <

> Hast du etwas angestellt? Nein, das kann ich mir bei dir überhaupt nicht vorstellen. <

> Nein, ich helfe Marie nur ein bisschen Detektiv zu spielen. Marie ist aber ein Profi. Ich rufe sie an, dann kannst du sie kennenlernen. Vielleicht hat sie Lust auf ein gemütliches Essen. Du kannst das Deckbett und die Kleider aus deinem Koffer inzwischen schon mal ins Wohnmobil packen. <

Sie hatte Lust und sie wollte mich abholen.

Sie klopfte zwei Stunden später an die Tür des Wohnmobils und stieg ein.

> Johannes, das ist Marie Kermeur. Marie, das ist mein Sohn Johannes. <

Sie gaben sich die Hand, Marie mit leicht geweiteten Augen und leicht rötlich gefärbten Wangen, Johannes wie immer ruhig und gelassen. Der Händedruck wollte gar kein Ende nehmen, sie sahen sich immer nur an.

> Marie, Johannes hat bei seinem Job im Moment ein wenig Leerlauf, seine Chefetage muss erst eine Entscheidung treffen. Also ist er hierher zu mir gekommen. Ich will ihn heute Abend mit dem Cassoulet verwöhnen. Und Sie auch. Gehen wir? <

Wir gingen. Marie ging neben Johannes und sah ihn immer wieder an. Im Restaurant setzte sie sich ihm gegenüber und betrachtete ihn ständig. Ich war wieder mal nur Luft.

> Marie, hat sich etwas Neues ergeben, nachdem Sie mich aufs Abstellgleis geschoben hatten? <

Sie sah mich tatsächlich auch einmal an, aber nur ganz kurz.

> Die Firma aus Bordeaux hat sowohl hinter dem Kellerraum des Museums als auch hinter der Wand am Ende des Ganges in der Präfektur große Hohlräume festgestellt. Hinter der Kellerwand des Museums liegt etwas auf dem Boden, vielleicht ein Steinhaufen. Und, was Ihre Vermutungen bestätigt, Ewald, der Staub auf und in der Truhe wurde am Ende des Ganges in der Präfektur und im Keller des Museums nachgewiesen. Sie haben uns einen Schritt weiter gebracht. Der Staub besteht aus extrem feinem Kalkmehl mit erheblichen organischen sehr, sehr feinen Beimengungen, wie fein gemahlene und zerstampfte Blätter. Ein ganz spezieller Staub. Ich habe übrigens die kleine Truhe mit dem

Dolch und dem Goldstück in die Polizeistation bringen lassen, sie steht in meinem Büro. <

> Ich habe nur Vermutungen und Schlussfolgerungen ausgesprochen, den Nachweis haben andere, Ihre Kollegen, erbracht. <

> Thierry und Maurice treffen sich morgen früh um sieben Uhr am Eingang zu den Gängen. Sie werden eine Großkopie des Lageplanes dabeihaben. Damit dürften sie sich nicht verirren. Sie wollen wohl nicht mitgehen, Ewald? <

> Erstens bin ich, wie Sie mir unter die Nase gerieben haben, ein alter Knacker, der seine Nase nicht überall hineinstecken soll und außerdem ist mein Sohn heute gekommen und die Zeit mit ihm ist mir wichtiger. Thierry kann das allein erledigen. <

> Ewald, sind Sie beleidigt? <

> Nein, keineswegs. Wo Sie Recht haben, haben Sie Recht. Johannes, ich werde dir später alle bisherigen Ereignisse schildern. Zuerst einmal bestellen wir uns das wunderbare Cassoulet, das Marie mir schon einmal aufgezwungen hat. <

Johannes war begeistert, vom Cassoulet ebenso wie von Marie. Das war für mich nicht zu übersehen. Ich hatte keine Bedenken.

> Marie, treffen wir uns morgen Abend wieder? Sie müssen mich auf dem Laufenden halten. Sehen Sie mich bitte nicht so skeptisch an. Sie wissen, dass ich ein Anrecht darauf habe. <

> Sie wissen, dass Sie mich in Teufels Küche bringen können? <

> Ich bitte Sie, darüber haben wir doch schon diskutiert und Sie wissen, dass ich Recht habe. Wenn mich jemand fragen sollte, werde ich den Ahnungslosen spielen. <

Sie sagte nur ein Wort: > Altersstarrsinn. <

> Ich werde morgen meinem Sohn die Stadt zeigen. Wir werden auch zur Festung hinaufsteigen und uns vielleicht ein Weilchen an das Ufer des Canal du Midi setzen. Ich will versuchen ihm das Gefühl der Ruhe zu vermitteln, das ich am Ufer des Kanals verspüre. Sie können mich jederzeit auf dem Handy anrufen. <

Ich bezahlte unsere Zeche, wie mein Sohn hatte ich nur Mineralwasser getrunken, und wir gingen zurück. Marie bot Johannes an ihm ein wenig von der Stadt bei Nacht zu zeigen. Ich jedoch hatte das Bedürfnis nach einer Tablette, fürchtete eine erneute Schmerzattacke, ich verspürte einen starken Druck im Bauch.

Nach einer Stunde kam Johannes zurück.

> Papa, Marie ist eine wundervolle Frau. <

> Es war für mich nicht zu übersehen, dass ihr beide Gefallen aneinander gefunden habt. <

> Du drückst das aber sehr vorsichtig aus. Ich glaube, ich habe mich auf der Stelle in sie verliebt. <

Also habe ich angefangen ihm meine Erlebnisse zu schildern, seit meiner Ankunft an den ehemaligen Festungen der Katharer. Er unterbrach mich nicht ein einziges Mal.

> Papa, lass uns schlafen. Ich muss alles erst einmal verarbeiten. Morgen können wir weiter darüber sprechen. <

Beim Frühstück war Johannes sehr nachdenklich. Vorsichtshalber gab ich ihm den Reserveschlüssel des Wohnmobils, den ich an sicherer Stelle versteckt hatte. Dann hatte er aber doch einige Fragen.

> Papa, was hältst du von Marie? Sie geht mir nicht aus dem Kopf. <

> Sie ist mir sehr sympathisch, war es vom ersten Augenblick an. Auch ihr Kollege Thierry Omeyer ist mir sehr sympathisch. Aber… ich werde mich nicht in dein Liebesleben einmischen, das ist ganz allein deine Sache und du bist alt

genug um deine eigene Entscheidung zu treffen. <

Er kaute noch ein Weilchen, schluckte den Bissen Baguette hinunter und wechselte das Thema.

> Der Schatz ist also gestohlen worden, auch alle Stücke, die im Tresor des Museums eingeschlossen waren. Ein Mann ist ermordet worden, ein anderer und seine Tochter sind verschwunden. Soviel kann der Schatz doch gar nicht wert sein um deswegen jemanden umzubringen. Ich verstehe das nicht. <

> Unsere, deine und meine, Moralvorstellungen weichen von denen anderer Menschen teilweise gewaltig ab. Und der Schatz hat wirklich einen immensen Wert. <

> Und du hast Marie, Kommissarin Marie Kermeur, und ihren Kollegen bei der Aufklärung des Mordes und des Diebstahls bisher unterstützt? <

> Nun ja, sagen wir mal, ich habe ihnen Tipps gegeben und Empfehlungen, soweit ich das entsprechende Wissen aus meinem Beruf habe. Die beiden haben diese umgesetzt und die Arbeit gemacht. Und noch manches mehr, woran ich nicht gedacht habe. <

> Ich finde es gut, dass du den ganzen Plunder nicht für dich behalten hast, ich meine, nicht in dein Auto geladen und nach Hause gebracht hast. <

> Als Plunder kann man das alles wohl schwerlich bezeichnen. <

> Du verstehst schon, was ich meine. <

Schweigend, Johannes in Gedanken, beendeten wir unser Frühstück und brachen zur Besichtigungstour auf. Vieles, was Omeyer als mein Fremdenführer mir erläutert hatte, gab ich an meinen Sohn weiter. Wir aßen auf der Cité eine Kleinigkeit. Danach wandten wir uns zur Unterstadt, die wir, hauptsächlich der Aude und dem Canal du Midi folgend, durchwanderten. Am Kanal setzten wir uns längere

Zeit auf eine Bank unter den dicken Platanen und genossen die Ruhe. Mehrere Penichettes, einige Peniches, zu Hausbooten umgebaute ehemalige Lastkähne, und ein zu einem Hotelboot umgebauter Lastkahn fuhren vorbei. Die Menschen darauf, teilweise auf bequemen Liegestühlen, winkten uns zu, wir winkten zurück.

Als wir auf dem Rückweg zum Wohnmobil an einem Internetcafe vorbeigingen, blieb ich, einer Eingebung folgend, plötzlich stehen. Irgendwo in meinem Hinterkopf drängte sich auf einmal eine Information durch, die ich vor einigen Monaten als Notiz in der Zeitung gelesen hatte.

> Komm bitte mit hinein, du kannst mir helfen, du bist im Internet viel versierter als ich. <

Das Cafe war fast leer, ich suchte uns ein ruhiges Eckchen.

> Sieh im Internet bitte einmal nach, was du unter dem Begriff >Katharer< findest und zwar in den Pressemeldungen. <

Die Suche ergab zweiunddreißig Treffer. Johannes blätterte die Berichte langsam durch. Die Meldungen in der lokalen Presse über die Funde, die ich in der Präfektur auf den Tisch gelegt hatte, waren seltsamerweise nicht mit den Katharern in Verbindung gebracht worden, zumindest nicht textlich oder nicht entsprechend im Internet eingestellt worden.

> Halt, klicke bitte diese Meldung an. Das ist ja interessant. Kannst du diesen Artikel ausdrucken? <

Er gab den Druckbefehl ein.

> Hier ist noch eine ähnliche Meldung. Die vorige betraf Florenz, diese hier betrifft Lyon. Drucke bitte auch diese aus. <

Wir bezahlten und verließen mit den beiden Ausdrucken das Geschäft.

> Marie wird sicher bald Dienstschluss haben. Wir könnten dann zusammen etwas essen gehen. Anschließend könnt Ihr zwei noch etwas unternehmen. Nach den vielen Kilometern, die wir heute abgerissen haben, brauchen meine alten Knochen eine Pause. Ich bin überzeugt, dass ihr auf mich verzichten könnt. <

Kurz nach einem Anruf war Marie bei uns.

> Marie, mein Sohn und mein Erinnerungsvermögen haben mich auf eine Idee gebracht und wir haben das hier als Einträge im Internet, unter den Pressemeldungen, gefunden. Die Artikel sind vielleicht sechs Monate alt. Haben sie etwas mit unseren Ereignissen zu tun? Gibt es eine Verbindung? Aber jetzt habe ich Hunger. <

> Auf dem Weg zu einem anderen Restaurant, das ich euch empfehle, lege ich diese Artikel auf meinen Schreibtisch, heute erreiche ich dort ohnehin niemanden mehr. Johannes kann sich dann auch Ihre Truhe mit Inhalt ansehen. Wir brauchen sie für die Ermittlungen nicht mehr, Sie können sie jederzeit mitnehmen. <

> Marie, was hat sich denn heute an Neuigkeiten ergeben? <

> Thierry ist mit Maurice in die Gänge eingestiegen. Für Maurice war das anhand der Pläne ein Spaziergang. Sie haben am Ende des Stiches mit dem Fragezeichen je einen nach rechts und links abgehenden Abzweig gefunden, einen zur Präfektur und einen zum Museum, mit ähnlichen Abmessungen wie im Keller der Präfektur. Sie konnten beide Zugänge jeweils durch Betätigung einer einfachen Armatur öffnen, es waren tatsächlich alte Geheimtüren. Sie haben die Durchgänge mit Bolzen vorerst in Offenstellung fixiert. Die Geheimtüren konnten nur von den alten Gängen aus betätigt werden. Wir werden sie zu einem späteren Zeitpunkt endgültig verschließen. Was wir bei der Radarun-

tersuchung für einen Geröllhaufen gehalten hatten, war die Leiche von Dubois. Er hat eine Kugel im Kopf und ist bestimmt schon eine Woche tot. Die kalte Luft da unten hat ihn einigermaßen konserviert. Sein Leichnam ist schon in der Pathologie, die genauen Befunde liegen morgen, spätestens übermorgen vor. Ich bin immer noch schockiert. Ich werde heute Abend keine angenehme Begleiterin sein. <

> Wir werden Rücksicht auf Sie nehmen. <

> Hat die Nachfrage nach den Folien in der Garage des Museums und die Überprüfung der Fingerabdrücke ein Ergebnis erbracht? <

> Die Zusammensetzung des Materials der Folien zeigte, dass sie nicht in Frankreich hergestellt und vertrieben wurden, sondern in Italien. Es ist unmöglich die Fingerabdrücke zuzuordnen, keine Chance. Vielleicht sind sie im Zusammenhang mit dem Überfall in Florenz zu sehen, den Sie gerade angesprochen haben. Wir haben die Kleidung von Fassbender auf den Staub hin untersucht und nichts gefunden. Damit ist für uns klar, dass er nicht in den Diebstahl des Schatzes verwickelt war. Dieser feine Staub lagert sich überall ab. <

Johannes legte den Arm schützend um sie, sie ließ es gerne geschehen. Auch dieses Restaurant, das sie uns empfahl, bot ein hervorragendes Essen. Wie Johannes war ich mit Mineralwasser zufrieden, Marie zog ein Glas Rotwein vor. Das Essen verlief ziemlich schweigend, aber die ständigen Blicke zwischen Johannes und Marie blieben mir nicht verborgen. Zurück am Wohnmobil entschuldigte sich Marie. Sie sah wirklich blass aus.

> Marie, haben Sie weit bis nach Hause? Johannes kann Sie begleiten oder nach Hause fahren. Er wird anschließend ganz sicher allein wieder hierher zurück finden. <

> Danke, Johannes, ich nehme gern an. Bis morgen

Abend, Ewald. <

Sie drehte sich um und ging zu Johannes` Auto. Sie stieg ein, legte den Sicherheitsgurt an und legte ihm die linke Hand auf den Arm.

> Ich bin froh, dass du gerade jetzt in mein Leben getreten bist. Du gibst mir Kraft. Mit so schweren Verbrechen wurden wir hier in den letzten Jahren nicht konfrontiert. Ich kann das nur schwer verkraften. Vielleicht bin ich zu sensibel für diesen Beruf. Ich werde abwarten. Nun fahr bitte los, ich werde dich leiten. <

Vor ihrer Wohnung stellte Johannes den Motor ab. Er legte seine rechte Hand an ihre rechte Wange und ließ sie eine Weile liegen. Sie saßen mehrere Minuten regungslos. Dann löste sie den Sicherheitsgurt.

> Danke, bis morgen. Ich freue mich für morgen auf dich und gib acht auf deinen Vater. Seine Gesundheit macht mir Sorgen. Ich mag ihn. <

Sie stieg aus, ging zur Haustür, öffnete und mit einem Blick zurück zu ihm trat sie ein.

Sie waren kaum abgefahren, als der Schmerz mich wieder in die Knie zwang. Er kam ganz unregelmäßig und ziemlich plötzlich und ich konnte mich im Voraus nicht darauf vorbereiten. Ich schluckte eine Tablette und legte mich längs auf mein Bett. Als Johannes zurückkam, war der Schmerz wieder abgeklungen.

Am nächsten Tag unternahmen wir einen Ausflug nach Castelnaudary und in die Montagne Noirc. Wir besichtigten den Stausee, der das Wasser für den Canal du Mldl liefert, ohne das der Kanal mit seinen Schleusen nicht funktionieren kann. Auf dem Rückweg machten wir noch einen Umweg nach Caunes-Minervois, einem kleinen Dörfchen, dem der Fernsehsender > Arte < eine halbstündige Sendung in der Reihe der mythischen Dörfer Frankreichs gewidmet hatte. Wir waren beide in Gedanken und konnten die Sonne, die herrliche Landschaft und das anheimelnde Dorf kaum genießen.

Marie kam am späten Nachmittag und stieg ins Wohnmobil. Sie hatte Ringe unter den Augen und kaum geschlafen. Johannes nahm ihren Kopf zärtlich in beide Hände. Sie schloss die Augen und hielt still. Als sie die Augen wieder öffnete und Johannes ansah, fingen sie an zu strahlen. Zuerst stellte ich ihr eine Flasche Mineralwasser und ein Glas auf den Tisch. Sie hatte den Tag über wieder nichts getrunken. Anschließend siegte meine Neugier.

> Marie, gibt es Neuigkeiten? <

Sie lehnte sich im gedrehten Beifahrersitz zurück.

> Dubois wurde nicht nur erschossen, er wurde auch vor seinem Tod schwer misshandelt. Er hat am ganzen Körper Prellungen, gebrochene Rippen und auch zwei Armbrüche. Da war ein Sadist am Werk. Der Pathologe hat die Kugel aus seinem Kopf entfernt, es ist ein Kaliber 9 mm. Die Riefen an der Kugel deuten darauf hin, dass die Pistole einen Schalldämpfer hatte. Nach unseren Untersuchungen der Kugel und dem Vergleich mit der Datenbank wurde die Waffe noch bei keiner anderen Straftat verwendet.

Ich habe mich mit der Polizei in Lyon und Florenz in Verbindung gesetzt. Sie stellen mir die Ermittlungsakten der Raubüberfälle zusammen und faxen sie her. Sie sind in beiden Städten anscheinend überlastet, haben mir die Unterlagen aber bis morgen Nachmittag per Fax versprochen.

Wir haben jede Menge Anwohner im Bereich des Museums nach Hinweisen befragt, haben aber nur erfahren, dass zwei Tage vor dem Tod von Fassbender in den frühen Morgenstunden dem Geräusch nach ein großer Lastwagen das Gelände des Museums verlassen hat. Wir sind eben nur eine kleine Stadt und jetzt zu Beginn der Touristensaison sind die Straßen nachts fast menschenleer. Niemand hat etwas gesehen. Zum Glück hat die Präfektin aufgehört Druck auszuüben. Der Druck aus Paris hat anscheinend auch nachgelassen.

Johannes, bringst du mich bitte nach Hause? <

> Nicht, bevor Sie etwas gegessen haben, Marie. Wenn Sie verhungern, ist niemandem geholfen. Das wäre auch nicht in Johannes` Sinn. <

Sie gab nach, aß aber nur wenig. Johannes war nach einer halben Stunde wieder zurück. Wir setzten uns mit den Campingstühlen an die Balustrade. Jeder hing schweigend seinen Gedanken nach. Trotzdem gingen wir erst spät schlafen.

An nächsten Tag setzten wir uns östlich der Stadt bei St. Martin an einen Platz, an dem wir gute Sicht sowohl auf die Aude als auch auf den Canal du Midi hatten. Johannes war mit seinem Auto gefahren. Campingstühle und Verpflegung hatten wir eingepackt, ebenso Literatur. Wir warteten beide sehnsüchtig auf den späten Nachmittag und auf Marie, wenn auch aus unterschiedlichen Gründen. Rechtzeitig vor Dienstschluss waren wir wieder auf dem Parkplatz am Wohnmobil. Marie kam wenig später, immer noch blass und mit Ringen unter den Augen. Johannes nahm sie in den Arm und hielt sie ein Weilchen fest. Sie schloss die Augen und genoss es. Dann löste sie sich aus der Umarmung.

> Ewald, wir haben in dem Verbindungsgang zwischen Museum und Präfektur mehrere Haare gefunden. Derzeit wird die DNA analysiert, vielleicht gibt es in der Datenbank einen oder sogar mehrere Treffer. Die Akten aus Florenz und Lyon sind noch nicht eingetroffen. Ich will nachher noch einmal aufs Revier und darauf warten. Eventuell wird es eine lange Nacht für mich. <

> Kann ich dich begleiten? Ich möchte mir gerne die kleine Truhe, Papas Truhe, und deren Inhalt ansehen. Ich kann dich doch später nach Hause fahren. <

> Du kannst mich gerne begleiten, aber wenn es zu spät wird, schicke ich dich weg. Schau mich nicht so an, du wirst es überleben. <

> Ich werde ganz brav sein. <

Sie waren kaum weg, da fehlten sie mir schon, beide. Ich bereitete mir das Abendessen zu. Johannes würde kalt essen müssen, aber er war nicht verwöhnt. Die Zeit wurde mir lang und ich hatte das Gefühl frische Luft zu brauchen. Ich hinterließ Johannes eine kurze schriftliche Nachricht auf dem Tisch im Wohnmobil, schloss ab und ging hoch zur Festung. Es war schon dunkel und die Straßen fast menschenleer. Ich genoss die Ruhe, die Stille und die frische Luft. Von irgendwoher hörte ich das rhythmische Rufen einer Zwergohreule, was man innerhalb eines Dorfes oder einer Stadt selten vernehmen kann. Ich tastete nach den Tabletten in meiner Hemdtasche, sie waren da. Das gab mir ein beruhigendes Gefühl. Ich trat durch das Tor der Festung und wandte mich nach rechts Richtung Kirche. Die schmalen Straßen waren leer, lediglich einige Katzen huschten, durch mich gestört, in dunkle Winkel. Trotz Dunkelheit und schwacher Beleuchtung fand ich den Weg auf die Festungsmauer und umrundete sie langsam. Gelegentlich setzte ich mich auf eine Bank. Dann machte ich mich wieder auf den Rückweg. Im Schein einer Straßenlaterne schaute ich auf meine Armbanduhr. Ich war fast drei Stunden unterwegs, die Zeit war unbemerkt verstrichen.

Im dünnen Schein des Mondes und der entfernt stehenden Straßenlaternen sah ich das Wohnmobil. Als ich zur Tür ging, sah ich etwas Dunkles im Schatten der Platane auf dem Boden liegen und beugte mich hinunter.

> Johannes! <

Ein lautes Stöhnen stieg aus meiner Kehle. Ich tastete ihn ab und spürte Blut an seinem Kopf und an seinem Hemd, viel Blut. Er regte sich nicht. Ich richtete mich auf und wollte mein Handy aus der Tasche ziehen, da erhielt ich einen Schlag auf den Kopf und es wurde dunkel um mich.

Langsam tauchte ich aus den Tiefen der Bewusstlosigkeit wieder auf und saß, mit einem Sicherheitsgurt an meinem Oberkörper, in einem fahrenden Auto. Mein Kopf schmerzte und pochte. Der Mann neben mir gab mir eine kleine Flasche mit Wasser. Mein Mund war total ausgetrocknet und ich trank in großen Zügen. Ich konnte noch spüren, dass er mich abtastete und die Tabletten aus der Hemdtasche zog. Dann verlor ich wieder das Bewusstsein. Dass er mich durchsuchte, auch mein Handy aus der Tasche zog und ausschaltete, merkte ich nicht mehr.

8

Marie zeigte Johannes ihr Büro und die kleine Truhe mit dem Dolch und dem Goldstück. Anschließend führte sie ihn durch die Polizeistation und zeigte ihm, wo sein Vater einige Nächte neben einer Garage in seinem Wohnmobil übernachtet hatte. Zurück im Büro deutete sie auf die Truhe.

>Diese drei Teile sind der Beweis, dass dein Vater diesen Schatz tatsächlich gefunden hatte. Komm, ich zeige dir auf meinem PC die Fotos, die dein Vater in der Höhle geschossen hat, nachdem er sie entdeckt hatte. <

Er zog einen Stuhl heran und setzte sich ganz dicht an Marie, während sie ihm die Fotos zeigte. Sie lehnte sich an ihn.

> Mein Gott, dafür würden viele Menschen morden. Es sieht Papa ähnlich, dass er nichts von all dem behalten hat. Reichtum bedeutet ihm nichts. <

Sie blickte sich auf ihrem Schreibtisch um und sah im Faxgerät nach.

> Die Akten aus Florenz und Lyon wurden mir noch nicht zugefaxt, wir haben noch ein wenig Zeit für uns….

Johannes, bist du Single? <

Johannes nickte.

> Ich bin es auch. Du hast bei mir eingeschlagen wie ein Blitz und ich muss ständig an dich denken. Du hast keinen guten Einfluss auf meine Konzentration für die Arbeit. Ich will von vornherein klare Verhältnisse haben und mich nicht ausnutzen oder mit mir spielen lassen. Aber ich will dich. Gibst du mir, uns, eine Chance? <

> Ja, ich will uns diese Chance geben, aber eine Garantie kann ich dir nicht geben. Ich kann nicht in die Zukunft schauen. <

> Mit dieser Antwort bin ich zufrieden. <

Sie sah ihn mit großen Augen an. Er nahm ihren Kopf in beide Hände und küsste sie zärtlich. Sie erwiderte den Kuss.

Das Faxgerät begann zu drucken. Marie musste Papier nachlegen, das Dokument hatte einen erheblichen Umfang. Kaum war das Dokument gedruckt, begann der Drucker wieder zu arbeiten. Letztendlich lagen zwei dicke Stapel Papier vor Marie.

> Johannes es ist schon spät. Ich muss diesen Papierberg heute zumindest noch überfliegen, richtig durcharbeiten werde ich ihn morgen. Du musst jetzt gehen. Bis morgen. <

Sie gab ihm einen Kuss und schob ihn zur Tür hinaus. Johannes verließ die Polizeistation und ging langsam durch die Nacht zurück zum Wohnmobil. Als er wenige Meter vor dem Museum war, fiel ihm ein Mann auf, der vor dem Gittertor stand und sich mehrmals umsah. Der Mann holte aus seiner Jacke ein Stück Stoff und wischte über einige Stäbe des Tores. Das Verhalten des Mannes wirkte verdächtig. Johannes ging vorsichtig auf die andere Straßenseite und wandte sich dem Wohnmobil zu. Er hörte Schritte hinter sich und bevor er sich umdrehen konnte, hörte er ein dumpfes Geräusch und spürte einen Schlag an seinem Kopf, gerade als er eine Bewegung machte. Er bemerkte nicht mehr, dass er ohnmächtig auf dem Boden zusammenbrach und Blut aus einer Wunde an seinem Kopf floss.

Marie überflog die zwei Berichte. Die beiden Raubüberfälle, in Florenz und in Lyon, waren innerhalb von sechs Tagen durchgeführt worden. In Florenz waren nachweislich vier Männer beteiligt gewesen. In Lyon war es mit Sicherheit einer, es könnten aber auch zwei oder drei gewesen sein. Der Bezug zu den Katharern war nicht zu übersehen. Marie überlegte eine Weile, dann gab sie ihrem Bauchgefühl nach und holte sich die Urlaubsliste aus dem Büro des Kollegen, der diese Liste führte, und sah sie durch. Als sie feststellte, dass zum Zeitpunkt der beiden Raubüberfälle in Florenz und Lyon alle drei Brüder Renoir zwei Wochen Urlaub gehabt hatten, pfiff sie leise durch die Zähne. Auf einmal war ihr klar, weshalb an allen Tatorten Spuren der Brüder Renoir gefunden worden waren: Sie waren in die Diebstähle und Morde verwickelt. Und, sie hatten derzeit wieder eine Woche Urlaub.

Aus unerklärlichen Gründen fuhr die Angst wie ein Schwert durch ihr Herz. Sie ließ alles stehen und liegen, holte sich aus der Zentrale einen Autoschlüssel für ein Dienstfahrzeug und rannte auf den Hof. Sie schaffte es fast nicht den Schlüssel ins Schloss zu stecken. Mit kreischenden Reifen raste sie vom Hof und durch die Straßen zum Parkplatz an der Aude. Dort zog sie mit einer Hand die Handbremse an, schaltete den Motor aus, mit der anderen riss sie die Autotür auf und rannte zum Wohnmobil. Sofort sah sie im Schatten der dicken Platane einen reglosen Körper liegen. Sie beugte sich über den liegenden Körper und schrie auf, während ihr die Tränen über die Wangen liefen.

> Johannes, bitte, bitte, ich brauche dich. Sei am Leben. <

Dann erinnerte sie sich an ihre Polizeiausbildung, holte ihr Handy hervor und wählte die Notrufnummer. Während sie auf den Krankenwagen wartete, kniete sie nieder, hob Johannes´ Kopf vom Boden und legte ihn in ihren Schoß. Ihre Tränen fielen auf sein Gesicht und wollten nicht versiegen.

Als der Rettungswagen und ein Streifenwagen kamen,

deutete sie für einen der Polizisten nur auf das Dienstfahrzeug. Der Notarzt prüfte den Puls, er war schwach aber regelmäßig. Die Sanitäter hoben Johannes auf eine Bahre und schoben diese in den Rettungswagen. Marie stieg hinter der Bahre in den Rettungswagen. Der Notarzt begann sofort mit der ersten Untersuchung und den Hilfsmaßnahmen.

> Ist er tot? < fragte sie mit angsterfüllter Stimme.

> Soweit ich es beurteilen kann, ist das nur ein Streifschuss mit einer tiefen Wunde. Sein Puls ist schwach. Er ist bewusstlos und hat eine Menge Blut verloren. Wahrscheinlich hat er auch eine Gehirnerschütterung. Aber er ist jung und kräftig, er wird durchkommen. Bei der richtigen Pflege ist er schnell wieder auf den Beinen < sagte er mit einem Seitenblick auf Marie.

Ein riesiger Felsbrocken fiel ihr von der Seele. Sie lehnte sich zurück, nahm aber eine Hand von Johannes in die ihre und ließ nicht wieder los bis der Rettungswagen das Krankenhaus erreichte. Sie folgte der Bahre bis zur Notaufnahme.

Ein Arzt verwehrte ihr den Zutritt.

> Sie bleiben hier, da drin sind Sie uns nur im Weg. <

Die Tür schloss sich hinter der Bahre. Sie rief Omeyer an. Seine Stimme klang widerwillig. Es war verständlich, es war mitten in der Nacht.

> Thierry, ich bin im Krankenhaus. Ewald´ s Sohn ist am Wohnmobil niedergeschossen worden. Er lebt, aber er ist schwer verletzt. Er ist in der Notaufnahme und ich muss hier warten bis er untersucht und behandelt wird. Kannst du bitte herkommen? Ich weiß, dass es mitten in der Nacht ist. Es hat sich noch etwas ergeben, was ich dir am Telefon nicht mitteilen will. Und Thierry, fahr bitte noch am Wohnmobil vorbei. Wenn Ewald da ist, warum hat er von dem

Rummel nichts gehört? Ich habe ein mulmiges Gefühl. Ich warte hier auf dich. <

Sie wartete einen Moment.

> Danke, Thierry. <

Angsterfüllt und händeringend ging sie vor der Notaufnahme auf und ab. Als Thierry den Gang entlang kam, ging sie ihm zitternd entgegen. Er legte ihr die Hände auf die Schultern und sah sie an.

> Wenn Ewald´s Sohn in der Notaufnahme ist, kann es keine lebensgefährliche Verletzung sein. Mach dir nicht zu viel Sorgen um ihn. Er ist jung, er wird es überstehen.

Ich habe mehrmals ans Wohnmobil geklopft, sehr kräftig, es hat vielleicht ein paar Dellen. Niemand hat geöffnet. Ewald ist nicht drin. Ist er jetzt auch verschwunden? Wir müssen den Tag abwarten. Jetzt in der Nacht können wir nicht viel ausrichten. Was wolltest du mir noch mitteilen, was du am Telefon nicht sagen wolltest? <

> Es war nicht wegen des Telefons, hier hören zu viele Menschen mit. Komm zur Seite. Thierry, ich habe dir von den Überfällen mit den Diebstählen der Dokumente aus der Zeit der Katharer in Florenz und Lyon erzählt. Heute gegen Abend wurden mir die Berichte zugefaxt. Ich habe sie überflogen. Dann habe ich festgestellt, dass zu den Zeitpunkten der beiden Überfälle die drei Brüder Renoir Urlaub hatten. An allen unseren Tatorten haben wir ihre Spuren gefunden und jetzt, wo Johannes angeschossen und Ewald vielleicht verschwunden ist, haben sie wieder Urlaub. Das kann kein Zufall sein. <

> Marie, deine Überlegungen haben Hand und Fuß. Wir werden das morgen, nein heute, in aller Ruhe besprechen. Wir warten jetzt noch bis Johannes verarztet ist, dann fahre ich wieder nach Hause. Marie, ich habe meiner Frau erzählt, dass du ganz offensichtlich dein Herz verloren hast.

Wir sind beide froh darüber und wünschen dir viel Glück. <

Die Tür der Notaufnahme öffnete sich. Der Arzt hatte noch keine zwei Schritte in den Flur getan, als Marie vor ihm stand.

> Wie geht es ihm, Herr Doktor? Ist er sehr schwer verletzt? Ich muss das wissen. <

> Es ist nur ein Streifschuss, allerdings sehr tief, der Schädelknochen ist glücklicherweise nicht verletzt. Er hat ein wahnsinniges Glück gehabt. Nur wenige Millimeter tiefer und er würde nicht mehr leben. Er hat viel Blut verloren, aber er ist jung und kräftig und wird sich bald wieder erholen. Ich habe ihm ein Schlafmittel gegeben, er wird mindestens zwölf Stunden schlafen. Am sinnvollsten gehen Sie nach Hause. Schauen Sie nach dem Mittagessen wieder vorbei. Guten Morgen. <

> Vielen Dank, Herr Doktor. <

Marie hätte vor Freude und Glück schreien können.

> Marie, ich fahre dich nach Hause. Bis heute Morgen im Büro. <

Die Stimme bewies, dass der Mann es gewohnt war zu befehlen.

> Paul, hol die Lampen aus dem Kofferraum und leg sie ins Gras. Jacques, hilf ihm unseren Gast aus dem Auto zu holen und auch ins Gras zu legen. Er wird wahrscheinlich noch zwei bis drei Stunden schlafen. Philipp, du fährst das Auto ein Stück weiter bis zu der Waldinsel und fährst so tief hinein, dass es von der Straße aus nicht mehr zu sehen ist. Verwisch die Reifenspuren und komm zurück.

Es wird bald hell werden, dann will ich in der Höhle sein. Hier ist der kleine Wiesenplatz, dort das zerfallene Steinhaus mit den zwei alten Kastanienbäumen und den Sträuchern, dahinter ist die Felswand. Wir sind richtig. Tragt alles so nah wie möglich an die Felswand. <

Der hochgewachsene Mann trat vor die Felswand und leuchtete sie mit der starken Lampe an.

> Das hier ist die Stelle, die vielen Fußspuren und das zerwühlte Laub zeigen es. Dieser hervorstehende Felsen muss der Schlüssel sein. <

Er versuchte den Felsensporn nach rechts und links zu bewegen, nach unten und schließlich nach oben. Er bewegte sich und das Felsentor öffnete sich.

> Los, alles hinein, auch unseren Gast. Hier drin kann uns niemand sehen. Wir warten auf das Tageslicht. Bis zum Sonnenaufgang und bis unser Gast wieder wach wird, können wir noch ein wenig schlafen. Paul, setz dich zwischen unseren Gast und den Ausgang. Er könnte sich verdrücken, wenn wir nicht aufpassen. <

Paul lehnte sich an den Gast und konnte somit bei einer Bewegung sofort reagieren.

Der Anführer setzte sich auf die andere Seite der Höhle, lehnte sich an die Wand und schloss die Augen. Einschlafen konnte und wollte er nicht. In Gedanken ließ er die Geschehnisse der letzten Monate und Jahre vor seinem inneren Auge passieren.

Sein Vater hatte bestimmt, dass er sich nach seinem Abitur für fünf Jahre bei der französischen Fremdenlegion verpflichtete, was dieser selbst in seiner Jugend für die doppelte Zeit getan hatte. Er hatte die harte Ausbildung im Languedoc bei Castelnaudary und auf Korsika absolviert. Wegen der Beziehungen seines Vaters und zu einem gewissen Anteil auch aufgrund seines eigenen Charismas wurde er selbst Ausbilder bei der Legion und musste nicht in irgendeinem afrikanischen Land seinen Kopf riskieren. Er konnte sogar an den Wochenenden regelmäßig nach Hause fahren, worüber seine Mutter überaus glücklich war.

Nach Ende seiner Dienstzeit lernte er eine junge und attraktive Frau kennen, die er nach einem Jahr heiratete. Aber schon nach wenigen Monaten begann es ihn zu frustrieren, ja sogar abzustoßen, mit seiner Frau Zärtlichkeiten auszutauschen oder sie zu berühren. Jeder Kuss bereitete ihm fast körperliche Schmerzen, vom Sexualverkehr ganz zu schweigen. Der Psychologe, bei dem er monatelang in Behandlung war, konnte ihm auch nicht helfen. Nach einem offenen Gespräch mit seiner Frau, die seine Probleme verstand und ihn trotz allem noch liebte, hatte er sich scheiden lassen. Da seine Frau am Scheitern ihrer Ehe keine Schuld trug, hatte er sie großzügig abgefunden und unterstützte sie auch weiterhin finanziell. Er hatte immer noch Gefühle für sie, aber eine Ehe und vor allem körperlicher Kontakt waren wieder etwas anderes.

Nach Ende seiner Dienstzeit hatte ihm sein Vater eröffnet, dass er ein direkter Nachkomme von Simon de Montfort sei, zusammen mit weiteren fünf Personen. Er habe viele Jahre und viel Geld für die Nachforschungen zu seiner eigenen Abstammung investiert und war dadurch auf die anderen direkten Nachkommen gestoßen. Inspiriert wurde er zu seinen Nachforschungen durch die intensive Ahnenforschung in Deutschland während des Dritten Reiches, durch die jeder seine arische Abstammung nachweisen sollte. Irgendwann wurde die Recherche für ihn zur Manie. Sein Vater überzeugte ihn, dass er aufgrund seiner direkten Abstammung ein Anrecht auf alle ehemaligen Besitztümer Montfort´s hätte.

Er selbst hatte sich nach seinem Studium der Betriebswirtschaft in Paris lange Zeit den Kopf zerbrochen, wie er diese Besitztümer an sich bringen könnte. Nur ganz vorsichtig und langsam hatte er den Kontakt zu den anderen

Nachfahren hergestellt. Seinen drei Begleitern hatte er nur mit gelegentlichen, allerdings opulenten, Geschenken seine Absichten näher gebracht und auch sie von ihrem Anrecht auf die ehemaligen Besitztümer überzeugt. Er hatte sie jedoch ganz leicht überreden können die Verliese unter der Präfektur zu leeren. Die Aussichten auf einen immensen und sogar direkt greifbaren Reichtum hatten alle ihre Widerstände sofort im Keim erstickt. Sie hatten allerdings schwer schuften müssen um alles wegzuschaffen. Jedem der dreien hatte er sofort fünf Goldstücke zugestanden, um sie zuerst einmal zu beruhigen und ihnen etwas direkt in die Hand zu geben. Er wollte den Schatz in die Vereinigten Staaten schaffen, dort teuer an Sammler verkaufen und anschließend, wie er versprach, seine Begleiter ausreichend bezahlen. Der Großteil des Geldes würde jedoch in seine eigenen Taschen fließen, einen kleinen Anteil würde eine vierte Person erhalten. Aber noch brauchte er seine drei Begleiter. Allein hätte er den Raub des Schatzes der Katharer und die jetzt noch erforderlichen Arbeiten nicht durchführen können. Er war nun fast am Ziel. Seine Begleiter hatten keinerlei Interesse an den Dokumenten, sie wollten nur Geld. Es war jedoch zu erwarten, dass die drei das erhaltene Geld zum Fenster hinauswerfen und sich dadurch verdächtig machen würden. Zum Glück hatte er die restlichen beiden Nachfahren nicht in Kontakt mit seinen drei Begleitern gebracht. Er sah keine andere Möglichkeit, als die drei nach Beendigung der noch ausstehenden Tätigkeiten zusammen mit ihrem Gast tot in der Höhle zurück zu lassen. In seinem Geländewagen war eine Pistole mit Schalldämpfer versteckt. Niemand konnte eine Verbindung zwischen ihm und den drei anderen herstellen.

Es war kinderleicht gewesen die Tochter des Museumsdirektors zu entführen und dadurch die Hilfe des Direktors zu erzwingen. Er wurde stets in dem Raum neben der Museumsgarage festgehalten während sie zu viert die ehemaligen Verliese ausräumten. Ausgerechnet am letzten Tag war ihm dieser Fehler mit seiner Uhr unterlaufen und Dubois hatte sie gesehen. Ganz plötzlich hielt er ein Stahlrohr in der Hand und schlug es Philipp über den Hinterkopf. Paul schoss Dubois einfach über den Haufen. Die Idee mit dem Überfall auf Philipp in der Nähe des Museums war schnell geboren. Jaques ging einfach in einem nahen Bistro auf die Toilette, dafür gab es dann Zeugen, die Darmprobleme verschiedener anderer Polizisten waren bekannt. Hier hatten die drei endlich einmal ein bisschen Grips gezeigt. Schade eigentlich, dass er in Zukunft auf sie verzichten musste, für die einfachen Arbeiten waren sie gut zu gebrauchen.

Ich kam langsam wieder zu mir. Durch das Felsentor schimmerte das fahle Licht des beginnenden Tages. Mein Nacken schmerzte. Unwillkürlich hob ich die rechte Hand und massierte instinktiv die schmerzende Stelle.

> Unser Gast ist aufgewacht. Setzt ihn auf und lehnt ihn an die Felswand, dann kann ich mich besser mit ihm unterhalten. <

Zwei der Männer ergriffen mich unter den Achseln und lehnten mich an die Wand der Höhle. Einer konnte sich nicht zurück halten und trat mir mit seinen schweren Schuhen in die Rippen der linken Seite. Ich spürte wie Rippen brachen und stöhnte laut auf.

> Paul, hör auf, spar dir deine Kräfte für später auf. Außerdem behandelt man seine Gäste nicht auf diese Art. Wir warten noch ein bisschen, bis die Wirkung der K.o.-Tropfen nachgelassen hat. Wir sind nicht in Eile. <

Ich registrierte wie mein Kopf immer klarer wurde. Auch

meine Augen funktionierten auf einmal wieder. Ich sah den Sprecher an, den das beginnende Tageslicht beleuchtete. Ich hatte ihn noch nie gesehen. Die anderen drei Männer, die ich gegen das Licht betrachten musste, konnte ich zuerst nicht erkennen.

> Wer sind Sie und was wollen Sie von mir? <

> Mein Name sagt Ihnen nichts, er ist für Sie auch ohne Belang. Was ich will? Als Sie für die Nationalgarde das Felsentor öffneten, sagten Sie, dass die Soldaten nicht alles finden würden. Ich will dieses „alles". Das sind wahrscheinlich die Truhen mit den Dokumenten. Was ist hier noch versteckt? <

> Was wollen Sie damit? <

Mein Kreislauf kam langsam wieder auf Touren, ich stellte mich auf meine doch noch etwas wackligen Beine, die linke Hand auf die schmerzenden Rippen gedrückt. Ich konnte nur mit Mühe atmen. Meine Augen hatten sich dem Halbdunkel angepasst. Ich konnte die drei anderen Männer erkennen. Auf einmal fielen jede Menge Puzzleteile an ihren Platz.

> Die drei Brüder Renoir, deshalb waren überall an den Tatorten nur Spuren dieser drei Polizisten zu finden. Sie stecken mit Ihnen unter einer Decke. Warum sind Sie so erpicht darauf alles in die Hände zu bekommen, was mit den Katharern zu tun hat? Sie haben doch sicher auch die Dokumente in Florenz und Lyon gestohlen. Der Diebstahl der Pläne aus dem Rathaus von den Grotten und Gängen unter Carcassonne geht auch auf Ihr Konto. <

Das war ein Schuss ins Blaue, aber er saß.

> Sie haben gut kombiniert, aber das nutzt Ihnen jetzt nichts mehr. Wo sind die Truhen mit den Dokumenten, bei den anderen Truhen waren sie nicht. Was ist hier noch verborgen und wo? <

Einer der drei Brüder Renoir, der von vorhin mit den schweren Schuhen, trat auf mich zu und schlug mir den Knauf einer Pistole über den Kopf. Alles um mich herum drehte sich. Als ich wieder einigermaßen klar denken konnte, saß ich wieder auf dem Felsboden. Ich spürte etwas meinen Nacken hinablaufen. Ich griff mit der rechten Hand danach und schaute dann auf meine Hand. Blut. Auf einmal wusste ich, was ich tun musste. Ich richtete mich unter Schmerzen wieder auf.

> Am Ende der Höhle führt eine Art Rampe nach rechts oben. Sie müssen bis ans Ende der Rampe direkt bis an die Felswand herantreten, dann sehen Sie links eine kleine versteckte Kammer. Darin standen drei weitere Truhen. <

> Warum haben Sie, als die Soldaten die Höhle ausgeräumt haben, kein Wort davon gesagt? <

> Als ich die Höhle geöffnet hatte, hat mich die Präfektin ziemlich rüde zur Seite gescheucht und hat nicht mehr auf mich gehört. Ich habe den Abtransport nur aus der Entfernung beobachten können und konnte nicht erkennen, wie viele Truhen und ob alle Truhen in die Lastwagen geladen worden waren. Anschließend musste ich das Felsentor verschließen und durfte die Höhle nicht mehr betreten. <

> Paul, du sorgst dafür, dass er sich nicht verdrückt, wir drei suchen diese weitere Kammer. Nehmt die Lampen! <

Sie entfernten sich Richtung Höhlenende. Ich konnte erstaunte Rufe hören, dann trugen sie die erste Truhe in die Nähe des Ausgangs. Anschließend ließen sie die beiden anderen folgen.

Paul Renoir wechselte ständig Blicke zwischen den Truhen und mir. Er war überaus neugierig. Er hatte mich schon zweimal in der Höhle verletzt, er war offensichtlich ein Sadist. Plötzlich schlug er mir wieder den Knauf seiner Pistole an den Kopf. Warum nur immer an die gleiche Stelle, dachte ich noch. Ich hatte zwar so etwas erwartet und konnte durch eine Drehung meines Kopfes die Wucht des Schlages geringfügig abmildern. Dennoch wurde mir schwarz vor Augen und ich verlor das Bewusstsein. Ich fiel vor dem Mechanismus des Felsentores zu Boden. Dass dieser Sadist mich noch mehrere Male mit seinen Schuhen traktierte, an den Oberschenkeln, an den Rippen und am Kopf, spürte ich nicht mehr.

Als ich wieder zu mir kam, schmerzte mein ganzer Körper, ich konnte kaum atmen. Obwohl ich die Wucht des Schlages hatte abfangen können, dauerte es eine ganze Weile bis ich wieder klar denken konnte, während die Schmerzen bei der kleinsten Bewegung meinen Körper durchfluteten. Lange konnte ich nicht bewusstlos gewesen sein, denn alle vier standen noch vor den drei geöffneten Truhen.

> Warum wollen Sie alles haben, was mit den Katharern zusammen hängt? Das muss doch einen Grund haben, < wandte ich mich keuchend und mit schmerzverzerrter Stimme an den offensichtlichen Führer der vier.

> Nun, das ist einfach zu erklären. Wir sechs sind die einzigen und letzten direkten Nachkommen von Simon de Montfort. Er hatte sich auf Anweisung des damaligen Herrschers der westlichen Welt, dem Papst, das Languedoc unterworfen und damit als sein Eigentum erworben. Dieses Eigentum wurde ihm dann von den Katharern wieder gestohlen. Das Land selbst können wir nicht mehr zurück erhalten, das ist jetzt ein Teil Frankreichs. Aber der Schatz der Katharer ist unser Eigentum und damit auch diese drei Truhen. Außerdem alles, was wir schon zusammengesucht haben. Und diese drei Truhen holen wir uns jetzt auch noch. <

> Für diesen Schatz haben Sie Fassbender und Dubois

kaltblütig umgebracht? Dieser Schatz ist es doch gar nicht wert zwei, nein sogar drei Menschenleben zu vernichten. Sie haben auch meinen einzigen Sohn umgebracht. <

> Das mit Ihrem Sohn, das war Paul. Er ist manchmal unüberlegt, teilweise sogar hektisch. Ihr Sohn hatte ihn beobachtet, wie er am Gittertor des Museums einige Stäbe abwischte um Fingerabdrücke zu beseitigen. Völlig unnötig, aber so tickt er. Er hat Ihren Sohn bemerkt und ist durchgedreht. Er hat geschossen. Zum Glück hat niemand etwas gehört, seine Pistole hatte einen Schalldämpfer. <

> Und mit dieser Pistole hat er also auch Dubois umgebracht? <

> Ein Betriebsunfall. Wir haben der Tochter von Dubois einen, sagen wir mal, Erholungsurlaub verschafft. Dubois war dadurch bereit uns behilflich zu sein und uns die Garage des Museums zur Verfügung zu stellen. Wir sind schon seit Jahren im Besitz der Pläne über die Gänge unter der Festung, damit war es ein Leichtes für uns die Verbindung zwischen Präfektur und Museum zu öffnen. Als wir den Keller der Präfektur ausgeräumt hatten und ich zur Kontrolle nochmals zurückging, habe ich mich mit meiner linken Hand ziemlich hoch oben am Mauerwerk abgestützt. Dabei ist mir der Ärmel meines Sweatshirts heruntergerutscht und Dubois hat meine Armbanduhr gesehen. Es ist eine extravagante Uhr, eigens nach meinem Entwurf für mich in der Schweiz hergestellt, und Dubois kannte sie, denn als gelegentlicher Mäzen des Museums war ich ihm wohl bekannt und meine Uhr auch. Wir trugen stets Handschuhe, und wenn er nicht in dem Lager neben der Garage eingesperrt war, zusätzlich Skimasken, aber ich hatte nun einen Fehler gemacht und er hatte meine Uhr gesehen. Paul hat das Problem beseitigt. <

> Seine Tochter, wo halten sie die gefangen? <

> In der Kapelle zum Heiligen Martin ist am Ende der kleinen Krypta eine verborgene Tür, die man nur von außen, von der Krypta aus, öffnen kann, mit einem großen Raum dahinter. Die Kapelle wird fast nie besucht. Sie hat noch für etwa fünf Wochen Lebensmittel und wir haben ihr auch vier Campingtoiletten hinein gestellt. Es wird mit der Zeit etwas miefen, aber daran ist noch niemand gestorben. Sie hat auch jede Menge Kerzen zur Verfügung um nicht im Dunkeln zu sitzen. Wie haben ihr sogar eine hervorragende Matratze hineingeschafft und sie spielt die Wächterin. Wenn wir die drei Truhen hier abtransportiert und Sie aus dem Weg geräumt haben, Paul kann es übrigens kaum erwarten seine Pistole zu benutzen, lassen wir die junge Frau wieder frei. Sie wird keinen von uns identifizieren können. Sie jedoch haben uns gesehen und können deshalb nicht am Leben bleiben. Niemand wird diese Höhle mehr betreten, dafür werden wir sorgen. <

> Warum diese Kapelle? Was ist daran so Besonderes? <

> In dieser Kapelle, besser gesagt in der Kapelle, die früher an diesem Platz stand, hat der Sohn von Simon de Montfort geheiratet. Ich habe die Kapelle nach alten Plänen wieder aufbauen und auch die Krypta wieder renovieren lassen. <

> Und Fassbender? <

> Er hat am Anfang schön mitgespielt, als wir ihn zu Hause abgeholt haben. Er hat niemanden von uns erkannt, weil wir ihm sofort einen Sack über den Kopf gestülpt haben. Aber im Keller des Museums, als wir den Dolch, das Diadem und die Goldstücke hatten, hat Philipp einige Worte gesagt. Die beiden haben jahrelang zusammen im Verein Rugby gespielt und er hat Philipp an der Stimme erkannt. Dann ist er leider in den Knauf von Paul`s Pistole gelaufen. Wir haben ihn für tot gehalten sonst hätte er sich auch noch

eine Kugel eingefangen. Aber zu unserem Glück ist er nicht mehr aufgewacht. <

Als er sich wieder mit den drei Brüdern Renoir über die Truhen beugte um im Licht ihrer Lampen den Inhalt zu begutachten und sie mir teilweise den Rücken zuwandten, erhob ich mich schwerfällig, lehnte meinen Rücken gegen den Mechanismus und zog den Bolzen aus der Metallscheibe heraus. Es war ganz leicht, leichter als ich erwartet hatte. Ich steckte ihn in meine Hosentasche und beobachtete, wie das Felsentor sich langsam schloss.

Das Tageslicht war schon völlig verschwunden, als ihnen auffiel, dass die Höhle verschlossen war. Der Anführer ging mit seiner großen Taschenlampe zum Felsentor und drückte den Hebel nach oben. Nichts bewegte sich. Er rüttelte am Hebel, immer fester, in allen Richtungen, und hielt ihn auf einmal in der Hand. Fassungslos und konsterniert drehte er sich zu den anderen um und hielt den Hebel hoch.

> Das Tor ist verschlossen, wie kommen wir wieder hinaus? Was ist da passiert? <

Seine vorher so überhebliche und dominante Haltung veränderte sich, er wurde kleinlaut, fast weinerlich, als ihm bewusst wurde, was uns allen bevorstand. Zuerst herrschte minutenlanges Schweigen, vor Schreck, vor Überraschung, vor Unsicherheit, vor beginnender Angst. Dann diskutierten alle vier lebhaft durcheinander und ihre Stimmen wurden immer lauter.

Ich beobachtete das Wortgefecht und das Verhalten der vier Männer. Der Anführer hatte sich anscheinend wieder gefangen. Er gebot den anderen zu schweigen. Schließlich kam er auf mich zu.

> Was hat das zu bedeuten, wie kommen wir wieder aus der Höhle heraus? <

Der Schmerz fuhr mir wieder in die Eingeweide, so stark

wie noch nie zuvor. Er wollte kein Ende nehmen. Ich keuchte, stöhnte und wälzte mich über den Boden. Den Schmerz der gebrochenen Rippen spürte ich dabei kaum noch.

> Wo sind meine Tabletten? Ich brauche sie. Ich halte das nicht mehr aus. <

> Ich habe sie unterwegs aus dem Auto geworfen. Er benötigt sie ohnehin nicht mehr. <

Paul´s Stimme klang kalt und leidenschaftslos, trotz seiner Angst. Er war nicht nur ein Psychopath, er war anscheinend auch schwer von Begriff.

Wie lange der Schmerz mich durchschüttelte und ich mich auf dem Boden wälzte, weiß ich nicht. Es dauerte für mich eine Ewigkeit bis er langsam nachließ.

> Sie wollen mir einreden direkte Nachfahren von Simon de Montfort zu sein, dem Schlächter? Ich habe mich mit der Geschichte der Katharer ein wenig beschäftigt. Er hat Tausende Menschen umgebracht und umbringen lassen, unabhängig von ihrer Religionszugehörigkeit. Dabei sollte er gemäß dem Auftrag des Papstes die Katholiken schützen und nur die Katharer und die Waldenser wieder zum katholischen Glauben zwingen. Er hatte auf diesen Schatz ebenso wenig Anrecht wie ich und Sie. Dieser Schatz war Eigentum der gesamten Bevölkerung des Languedoc und ist es auch heute noch....

Wer ist der fünfte und sechste in eurem Bund? <

> Die Namen unserer weiteren beiden Nachkommen ist für Sie ohne Belang. Wie Paul schon sagte, Sie werden ohnehin nicht mehr lange leben. Aber ich will Ihnen noch etwas verraten. Wir alle haben knapp über dem Hintern das stilisierte Wappen unseres Vorfahren eintätowiert. Jacques, zeige es ihm. Er hat es verdient, er hat uns das Versteck dieser drei Truhen verraten. <

Jacques drehte mir den Rücken zu, zog sein Hemd aus

der Hose und nach oben und den Hosenbund nach unten. Der Anführer leuchtete mit seiner starken Taschenlampe auf die Stelle und ich konnte die Tätowierung erkennen. Es war ein stilisierter Reiter über einer Blume, umgeben von einem mittelalterlichen Text in Form eines Halbkreises, wie eine alte Münze.

> Was ist mit dem Eingang der Höhle? Wie kommen wir wieder heraus? <

Ich überließ ihn und die anderen eine Weile ihrer zunehmenden Angst. Es bereitete mir jede Menge Genugtuung und mein innerer Schweinehund jubilierte.

> Als ich die Höhle entdeckt hatte, habe ich als erstes den Bedienungsmechanismus für das Felsentor ganz genau untersucht. Ich bin Ingenieur, es war für mich kein Hexenwerk. Der Felsen, der die Höhle verschließt, ist mit fantastischer Genauigkeit in die rissige Felswand eingepasst worden. Farbe und Form stimmen exakt mit der umgebenden Felswand überein. Ohne Zufall hätte ich den Eingang nie gefunden. Der Steinmetz hat vor rund achthundert Jahren eine unglaubliche Fertigkeit bewiesen. Und nicht nur er. Er muss mit einem Mechaniker und wahrscheinlich noch mit mehreren anderen Männern zusammen gearbeitet haben. Sie haben dieses Felsentor von vielleicht dreißig Tonnen Gewicht nicht nur bewegt, sondern auch in eine Mechanik eingebunden, mit der man das Tor sowohl von außen als auch von innen öffnen konnte. Das innere Gestänge haben Sie gerade zerstört. Der Mechaniker war ein Genie und ich empfinde eine ehrfürchtlge Hochachtung vor ihm. Er hat zusätzlich zu dem Mechanismus zum Öffnen und Schließen noch eine Sicherung eingebaut. Aus welchem Grund, weiß ich nicht, aber ich bin jetzt froh darüber. In die große, runde Scheibe im Mechanismus hat er einen Bolzen eingefügt, einen unscheinbaren, einfachen Bolzen, der sich ganz leicht

herausziehen ließ. <

Ich griff in meine Hosentasche, zog den Bolzen heraus und warf ihn den Männern vor die Füße.

> Wenn dieser Bolzen aus der Scheibe entfernt wird, dreht sich die Scheibe ein Stück entgegen dem Uhrzeigersinn. Dadurch werden die Gestänge zum Öffnen und Schließen, sowohl von innen als auch von außen, unumkehrbar außer Betrieb gesetzt. Der Bolzen lässt sich nicht mehr einfügen. Das Gewicht des Felsentores sichert diese Funktion ab. Außerdem schließt sich das Felsentor. Um wieder hinaus zu gelangen, muss man nur dreißig Tonnen Gestein bewegen.

Wir werden alle hier sterben. <

Sie hatten mir fast ehrfürchtig zugehört. Der Anführer ging zum Mechanismus, betrachtete ihn genau, konnte aber offensichtlich das, was er sah, nicht begreifen. Paul wollte schon wieder auf mich losgehen, aber ein scharfer Ruf hielt ihn zurück.

> Sie werden aber auch hier drin sterben, ist Ihnen das bewusst? <

> Ich habe nichts mehr zu verlieren, zumal Sie mich ohnehin umbringen wollen. Meine Frau ist vor wenigen Monaten tödlich verunglückt. Ihr habt meinen einzigen Sohn ermordet und ich habe Krebs im Endstadium. Ich habe nur noch wenige Tage, allenfalls wenige Wochen zu leben. Ich habe große Geschwulste am Magenausgang. Diese Krebsgeschwüre am Magen könnte man operativ entfernen, aber ich will nicht mehr leben. Ich nehme die Mörder meines Sohnes und die von Fassbender und Dubois mit in den Tod. Die Tabletten, die ihr mir weggenommen habt, sind lediglich starke Schmerzmittel, die mir meine letzten Wochen, Tage oder Stunden einigermaßen erträglich gestalten sollten. Ob ich nun einige Tage früher sterbe oder später, ob unter star-

ken Schmerzen oder unter der Wirkung der nicht mehr vorhandenen Schmerzmittel, ist mir völlig gleichgültig. <

Sie waren zuerst einmal schockiert und schwiegen. Der Anführer fing sich zuerst, er hatte von ihnen allen ganz offensichtlich am meisten Verstand und Selbstbeherrschung.

> Nun, wir werden sehen. Wissen Sie, ob es hier in der Höhle Wasser gibt und Zufuhr frischer Luft? <

> Nach Wasser habe ich mich nicht umgeschaut, aber ich habe bei der Erkundung an verschiedenen Stellen in der Höhle ein Teelicht brennen lassen. Es hat nur am hinteren Ende der Höhle geflackert. <

Der Anführer hatte anscheinend doch mehr Rückgrat und Selbstbeherrschung als ich zuerst angenommen hatte. Er schickte seine Begleiter an das Ende der Höhle. Die Truhen ließen sie stehen, wo sie waren. Niemand konnte sie stehlen. Bevor Paul nach hinten ging, kam er nochmals auf mich zu. Dem erneuten Schlag mit dem Knauf seiner Pistole, wieder auf dieselbe Stelle, konnte ich nicht mehr ausweichen, mein Reaktionsvermögen war durch die bereits erlittenen Verletzungen zu stark beeinträchtigt.

Langsam, unendlich langsam wich der Nebel in meinem Gehirn. Irgendwann fand ich die Kraft um Boden und Wand um mich herum langsam abzutasten. Ich spürte die aufsteigende Felswand. Ich konnte nichts mehr sehen. Wie lange ich bewusstlos gewesen war, wusste ich nicht. Ich hatte in der Dunkelheit und durch die Ohnmacht jegliches Zeitgefühl verloren. Ich fand einfach nicht die Kraft meinen linken Arm zu heben und auf meine Armbanduhr zu schauen. Irgendwann kippte ich auf die rechte Seite, so dass mein linker Arm frei wurde und ich auf die Uhr schauen konnte. Ich sah nichts. Ich versuchte die Augen zu öffnen, es ging nicht. Mit all meiner verbliebenen Kraft hob ich den linken Arm an die

Augen und spürte eine Kruste darüber. Irgendwann begriff ich, dass es Blut war, mein Blut, geronnenes Blut, das mir die Augen verklebte. Ich sammelte ein bisschen Speichel in meinem Mund, benetzte damit meinen Handrücken und versuchte meine Augen von dem Blut zu befreien. Ich versuchte es wieder und wieder, mit erschreckender Langsamkeit. Schließlich konnte ich beide Augen einen schmalen Spalt weit öffnen. Ich wagte es nicht an meinen Kopf zu greifen um nach Verletzungen zu tasten. Quälend langsam schaffte ich es mich gegen den Fels zu lehnen.

Die vier Männer hatten sich am Ende der Höhle nieder gelassen. Anscheinend hatte einer von ihnen ein Problem mit der Dunkelheit in geschlossenen Räumen. Sie hatten eine ihrer starken Lampen auf der schwächsten Stufe brennen lassen. Sie beschien die Höhlendecke und die Stalaktiten warfen bizarre Schatten auf die Höhlenwände. Der Höhleneingang mit mir lag in fast völligem Dunkel.

Ich versuchte mich zu orientieren. Wie weit war ich vom Felsentor entfernt? Wo waren die zwei Steinplatten im Boden der Höhle? Ich streckte meine Beine Richtung Mechanismus, wie ich vermutete, und stieß mit einem Fuß gegen den Felsen. Die Entfernung passte. Quälend langsam und vorsichtig zog ich meinen Schlüsselbund, den sie mir seltsamerweise gelassen hatten, aus meiner Hosentasche. Mit meinen zitternden Fingern dauerte es eine Ewigkeit, das kleine aber kräftige Taschenmesser am Schlüsselbund aufzuklappen. Aus dem hinteren Ende der Höhle drang leises, unregelmäßiges Schnarchen. Vorsichtig suchte ich mit dem Taschenmesser die Fugen der Steinplatten. Ich fand eine Fuge, direkt unter mir. Ich schob meinen schmerzenden Körper etwas zur Seite und konnte das Messer in die Fuge schieben. Ich hob die Steinplatte an. Zum Glück war es die richtige mit dem Ende des Hebels. Ich ließ mein Messer auf der Steinplatte liegen und sammelte meine letzten Kräfte. Wie lange würde es dauern, bis sich das Felsentor öffnete? Wie weit würde es sich öffnen? Würde es sich nach einiger Zeit von allein wieder schließen oder würde es offen bleiben? Wie lange würde es offen bleiben? Ich hatte keine Zeit die Funktion auszuprobieren, meine verbliebenen Kräfte würden ohnehin nicht ausreichen. Ich musste es versuchen, ich hatte keine Wahl.

Ich klappte die Steinplatte mit der Klinge des Taschenmessers hoch und zur Seite, zog am Hebel, drückte die Steinplatte wieder zurück, nahm meinen Schlüsselbund, klappte das Messer zu, steckte vorsichtig den Schlüsselbund in meine Hosentasche und schob dann mit der Hand Staub und Sand über die Fugen der Platte. Hoffentlich hatte ich die Fugen vollständig verdeckt. Dann kroch ich auf das Steintor zu. Es dauerte unendlich lange bis sich das Felsentor ganz langsam zu öffnen begann. Ich hatte schon fast alle Hoffnung aufgegeben. Kein Geräusch war zu hören. Auf allen vieren kroch ich auf das Tor zu, hindurch und hinaus. Die frische Luft war fast wie ein Schock, ein erfrischender und erholsamer Schock. Das mich umflutende Licht war diffus, Nacht, mit dem Licht zahlloser Sterne und des vollen Mondes. Irgendwie gelang es mir wieder das kleine Taschenmesser aufzuklappen und die außen liegende Steinplatte hoch zu kippen. Ich zog am Hebel und das Felsentor begann sich zu schließen. Ich klappte die Steinplatte zurück, scharrte Sand und Laub darüber und schob den Schlüsselbund in meine Hosentasche. Beim Wegdrehen von der Felswand stieß ich mit dem Kopf gegen einen abgebrochenen Ast mit mehreren Spitzen, die sich in meine Kopfwunde bohrten. Der Schmerz schoss durch meinen ganzen Körper. Ich bäumte mich auf, brach zusammen und verlor wieder das Bewusstsein. Das Felsentor schloss sich langsam und lautlos, ich bemerkte es nicht mehr.

Wie lange ich ohne Bewusstsein war, weiß ich nicht. Der Schmerz in meinen Eingeweiden, fürchterlich und nicht enden wollend, half mir wieder zu mir zu kommen. Ich schleppte mich in Richtung Straße, hoffte ich. Wie lange ich gekrochen war? Ich konnte mich nicht erinnern. Ich brach wieder zusammen und wusste nichts mehr.

9

> Du siehst furchtbar aus, Marie. Hast du überhaupt geschlafen? <

> Frag besser nicht, Thierry. In meinem Leben dreht sich im Moment alles. Ich weiß nicht mehr weiter. <

> Marie, nimm dich zusammen, wenn du dich hängen lässt, hilfst du niemandem, Johannes nicht und Ewald nicht. Ich war heute Morgen noch einmal am Wohnmobil und habe lange geklopft und durch die Fenster geschaut. Keine Reaktion, nichts zu erkennen. Ich fürchte, er ist verschwunden.

Nun berichte mir, was du herausgefunden hast. Du bist ein Profi, also verhalte dich auch so. <

> Ich will es versuchen. Ewald hatte ja einen Zusammenhang zwischen den Raubüberfällen in Florenz und Lyon und unserem Fall hergestellt. Er hatte mit seinem Sohn im Internet recherchiert und mir die Ausdrucke der Zeitungsartikel übergeben. Florenz und Lyon haben mir die Akten der Raubüberfälle zugefaxt, bei denen mittelalterliche Dokumente der Katharer entwendet wurden. Die Raubüberfälle fanden innerhalb einer Woche statt. In dieser Zeit hatten alle drei Brüder Renoir Urlaub. An allen unseren Tatorten haben wir Spuren der Brüder gefunden. Und momentan, wo Johannes niedergeschossen wurde und Ewald offensichtlich verschwunden ist, haben sie wieder Urlaub. Das kann kein Zufall sein. Ich bin heute früh bei den Wohnungen der Brüder vorbei gefahren. Sie sind nicht da.

Was mich so fürchterlich deprimiert, ist, dass wir eine

Menge Verdachtsmomente, aber keine ausreichenden Beweise haben. Die Spuren der Brüder an den Tatorten lassen sich jederzeit auch anders interpretieren. Ihre Beteiligung an den Diebstählen in Florenz und Lyon lässt sich auch nicht beweisen, ihr zeitgleicher Urlaub ist kein Beweis. Ich weiß nicht mehr weiter. <

> Ich habe noch eine weitere schlechte Nachricht. Wir haben von den Haaren im Verbindungsgang zwischen Präfektur und Museum DNA-Analysen durchführen lassen. Es waren drei alte Bekannte dabei. Ich habe gestern noch einige Teams losgeschickt um die drei betreffenden Männer vernehmen zu lassen. Aber alle haben einwandfreie Alibis für die zwei vergangenen Wochen. Einer lag mit gebrochenem Bein im Krankenhaus, der zweite war bei seinen Eltern in der Champagne, wo sie einen neuen Schuppen gebaut haben und der dritte war mit seiner Frau und seinen Kindern nachweislich zwei Wochen im Urlaub auf Mallorca. Aber alle drei haben eines gemeinsam: sie spielen in Rugbyvereinen und haben in den letzten Wochen hier in der Stadt Spiele ausgetragen.

Philipp Renoir spielt auch Rugby, hier in Carcassonne, im örtlichen Verein, bei den Senioren. Und er hat auch zusammen mit Fassbender in einer Mannschaft gespielt. Die Umkleidekabinen am Spielfeld sind nicht gerade auf dem Niveau eines fünf Sterne-Hotels, ich habe sie mir angesehen. Dort liegen jede Menge Haare herum. Die Frau, die die Umkleidekabinen unentgeltlich putzt, ist schon alt und sieht nicht mehr gut. Jeder kann die Haare dort aufsammeln.

Ich habe die Spurensicherung auf den Parkplatz an der Aude geschickt. Vielleicht finden sie die Kugel, die Johannes getroffen hat.

Dein Verdacht hinsichtlich der Brüder Renoir ist unsere einzige vielversprechende Spur. Aber im Moment: Sackgasse. Es ist gleich Mittag, wir sollten ins Krankenhaus fahren.

Marie, geh du zuerst zu Johannes, ich spreche mit dem Arzt. <

Johannes saß auf seinem Krankenbett und löffelte ein Fruchtjoghurt. Sein Kopf war mit einem Turban aus Verbandsmaterial geschmückt, aber er sah schon wieder lebendig aus. Als sich die Tür öffnete und Marie eintrat, fingen seine Augen an zu strahlen.

> Johannes, ich hatte geglaubt dass ich sterbe, als ich dich verletzt neben dem Wohnmobil fand. Jetzt könnte ich die ganze Welt umarmen, weil du am Leben bist. Wie geht es dir? <

> Ich habe schon wieder Appetit, aber in meinem Kopf habe ich das Gefühl als würde sich dort ein ganzer Schwarm Hornissen streiten. <

> Ich habe dagegen ein gutes Mittel. <

Marie beugte sich über ihn und küsste ihn, sie wollte gar nicht mehr aufhören.

> Marie, du bringst ihn noch um, er bekommt ja keine Luft mehr. <

Thierry war eingetreten, niemand hatte auf sein Klopfen reagiert.

> Johannes, das ist mein Kollege Thierry Omeyer, Thierry, das ist Johannes. <

Sie gaben sich die Hand. Thierry schaute Johannes lange an.

> Marie, ich glaube, du solltest ihn festhalten. Für den Rest deines Lebens, meine ich. Mit ihm hast du einen guten Fang gemacht. Du brauchst jetzt nicht rot zu werden.

Der Arzt sagte mir, dass du ihn übermorgen mit nach Hause nehmen kannst. Er kann sich bei dir auskurieren.

Sofern du ihn nicht erstickst < neckte er sie.

Dann wurde er ernst.

> Johannes, dein Vater ist verschwunden. Ich habe schon zweimal kräftig an das Wohnmobil geklopft, aber niemand hat geantwortet. <

Johannes drehte sich langsam um und holte den Wohnmobilschlüssel aus der Schublade neben seinem Bett.

> Papa hat mir den Ersatzschlüssel gegeben. Sieh bitte nach. <

Omeyer nahm den Schlüssel und verließ das Krankenzimmer.

> Marie < begann Johannes langsam und machte eine Pause, wobei sein Gesichtsausdruck ernst wurde, > ich habe zuhause in Papa´s Schlafzimmer die Diagnose seines Arztes gelesen, deshalb habe ich Himmel und Hölle in Bewegung gesetzt um noch ein paar Tage hier mit ihm verbringen zu können. Er hat Krebs im Endstadium, ich glaube, dass er nicht mehr leben will, obwohl er es mir gegenüber nie zum Ausdruck gebracht hat. Er war mir immer ein guter Vater. Meine Mutter lebt seit einigen Monaten nicht mehr. Ich muss zukünftig allein klar kommen. <

> Du wolltest mir, uns, eine Chance geben? <

> Ja, das will ich. <

Er legte seine Hand an Marie´s Wange. Sie beugte sich wieder über ihn und es wurde still im Zimmer, ziemlich lange, bis Omeyer zurückkam.

> Auf dem Tisch im Wohnmobil lag eine Nachricht. Er wollte zur Festung hochgehen und in der Nacht einen längeren Spaziergang machen. Das Bett ist nicht benutzt. Keine Spur von ihm. Es tut mir leid. <

Er gab Johannes den Wohnmobilschlüssel zurück, der ihn wieder in der Schublade verstaute.

> Johannes, wir müssen zurück aufs Revier, wir haben

Arbeit. Ich komme heute Abend wieder vorbei. Erhol dich gut. Laut Thierry werde ich dir heute Abend wieder die Luft abstellen. <

Marie küsste ihn zum Abschied.

> Albert, schau mal. Da vorne ist eine kleine Grasfläche, ich glaube von da aus haben wir einen wunderbaren Blick auf die alte Festung Montségur. <

> Ja, du hast Recht. <

> Halt, Albert < schrie sie auf, > da liegt ein Mensch, halt an! <

Albert bremste den alten VW-Bus mitten auf der Straße abrupt ab und stellte den Motor ab. Vor lauter Aufregung vergaß er beinahe die Handbremse anzuziehen.

> Mein Gott, das ist ein Mann und er ist blutüberströmt. Albert, das ist ja der nette ältere Mann, den wir in St. Guilhem kennen gelernt haben. Hol das Handy und ruf die Notfallnummer an. Wir sind schätzungsweise zwei Kilometer nördlich von Montségur. Ich hole unsere Picknickdecke mit der Alukaschierung und noch eine andere Decke aus dem Bus und decke ihn zu, damit er nicht auskühlt bis ein Rettungswagen kommt. <

Sie riss die Seitentür des Busses auf, kramte die Decken heraus und deckte sie über den Mann.

> Was ist da nur passiert? Weit und breit kein Auto und kein anderer Mensch. Und auf der Straße sind keine Bremsspuren zu sehen. Albert, halt mich fest! <

Es dauerte fast eine halbe Stunde bis ein Notarztwagen neben Ihnen hielt. Der Notarzt sprang mit selnem Koffer aus dem Auto. Er schloss nicht einmal die Autotür. Er schlug die Decken zur Seite und prüfte den Puls des Verletzten. Danach untersuchte er den blutüberströmten Kopf und verband die Kopfwunde. Als er den Körper weiter nach unten abtastete, fluchte er leise.

> Wählen Sie bitte noch einmal die Notrufnummer und geben Sie mir dann Ihr Handy. <

Albert wählte erneut und reichte dann das Handy an den Notarzt weiter.

> Wir brauchen hier einen Rettungshubschrauber. Er muss einen schwer verletzten Mann in die Klinik nach Perpignan fliegen. Ganz schwacher Puls, schwere Kopfverletzungen, gebrochene Rippen. In der Klinik sollen sie den OP für eine Notoperation vorbereiten. Ich bleibe solange hier vor Ort. Ich kann hier aber nicht viel ausrichten, ich kann nur versuchen seinen Kreislauf zu stabilisieren. <

Er gab nochmals den Standort durch und wandte sich an das junge Paar.

> Haben Sie ihn zugedeckt? <

Beide nickten.

> Sehr gut gemacht. Fahren Sie bitte Ihr Auto zur Seite, damit der Hubschrauber landen kann. Fahren Sie bitte auch mein Auto zur Seite. <

Der Hubschrauber landete nicht ganz zwanzig Minuten später. Zwei Sanitäter und ein Arzt stiegen aus. Während die vier Männer den Körper vorsichtig auf eine Bahre hoben, festschnallten und in den Hubschrauber schoben, informierte der Notarzt kurz seinen Kollegen. Dann stieg der Hubschrauber auf und verschwand hinter den Bergen.

> Ich habe eine Bitte an Sie. Fahren Sie bitte nach Carcassonne zur Polizei, fragen Sie nach Kommissarin Kermeur. Sie ist für dieses Gebiet hier zuständig. Der Mann ist schwer verletzt worden, vermutlich mit einem Stahlrohr oder einem anderen metallischen Gegenstand. Geben Sie dort bitte alles zu Protokoll was Sie gesehen und hier vorgefunden haben. Ich danke Ihnen, Sie haben diesem Mann vielleicht das Leben gerettet. Ich muss jetzt weiter. Alles Gute

für Sie. <

In der Klinik in Perpignan kämpften die Ärzte um mein Leben. Eine erste Röntgenuntersuchung zeigte einen Bruch des Schädelknochens und verschiedene Holzsplitter in der Kopfwunde sowie drei gebrochene Rippen, angebrochene Oberschenkelknochen und diverse Prellungen. Die anschließende Computertomographie des Kopfes und des Oberkörpers bestätigte die Röntgenbefunde. Zum Glück fanden sie im Gehirn keinerlei Blutgerinnsel. Sie reinigten die Kopfwunde, schnitten die Haut über dem Schädelknochen auf, klappten die Haut beiseite und entfernten drei lange und zwölf kleine Holzsplitter. Dann nähten sie die Haut mit sechzehn Stichen zusammen und verbanden die Kopfwunde. An den gebrochenen Rippen legten sie einen Stützverband an. Die angebrochenen Oberschenkelknochen erhielten einen Gipsverband. Vor allem aber konnten sie meinen Kreislauf stabilisieren.

Albert und Annika fuhren auf den Hof der Polizeistation in Carcassonne. Marie saß mit Thierry in ihrem Büro.

> Wir haben bei Montségur einen schwer verletzten Mann gefunden und den Notarzt verständigt. Er hat ihn mit dem Hubschrauber in die Klinik nach Perpignan fliegen lassen. Wir sollen uns bei Ihnen melden um ein Protokoll aufzunehmen. <

Es lief Marie auf einmal eiskalt den Rücken hinunter. Sie öffnete die Bilddateien auf ihrem PC und zeigte Ihnen ein Bild, mein Bild.

> Ja, das ist der schwer verletzte Mann. Wir haben ihn vor einigen Wochen weiter im Norden kennen gelernt. Er war wahnsinnig nett und hat uns viele Tipps für unsere weitere Reise hier im Süden gegeben. <

> Thierry, wir müssen nach Perpignan. Ruf bitte einen

Kollegen, der mit dem jungen Paar das notwendige Protokoll aufnimmt. <

Sie wandte sich an das junge Paar.

> Wir brauchen auch ihre Heimatadresse. Vielen Dank, dass Sie gekommen sind. Wir beide müssen jetzt dringend nach Perpignan. Alle Gute. <

Thierry saß schon am Steuer eines Dienstfahrzeuges als Marie die Beifahrertür öffnete und er fuhr los, bevor sie die Tür schließen konnte. Mit Höchstgeschwindigkeit raste er zur Autobahn Richtung Narbonne und bog dann südlich nach Perpignan ab. Die Polizeisirene auf dem Dach verschaffte Ihnen freie Fahrt und ließ so manchen fluchenden Autofahrer zurück. Vor dem Haupteingang der Klinik bremste er auf dem Bürgersteig und stellt den Motor ab. Marie war schon aus dem Auto gesprungen und rannte auf die Eingangstür zu.

> Wo ist der Mann, der mit dem Rettungshubschrauber eingeliefert wurde. Bitte schnell, Kriminalpolizei, hier ist mein Ausweis. <

> Im OP, erster Stock, den Gang rechts ganz bis zum Ende. <

Für ein „Danke" blieb keine Zeit.

Sie rannten beide zum Fahrstuhl, die anderen Besucher wichen ängstlich zur Seite. Der Fahrstuhl kroch quälend langsam nach oben. Sie rannten nach rechts zum Ende des Ganges. Ein Arzt versperrte ihnen den Weg.

> Sie können hier nicht hinein. Der OP ist steril. <

> Wie geht es dem Mann aus dem Rettungshubschrauber? Lebt er? Können wir ihn sprechen? Entschuldigung, Marie Kermeur, Kriminalpolizei Carcassonne, mein Kollege Omeyer. <

> Sie müssen sich gedulden, er ist noch im OP. <

> Wie lange schon? Können Sie uns etwas sagen? <

> Hier in diesem Haus steht das Wohl unserer Patienten an erster Stelle, alles andere muss warten, auch die Kriminalpolizei. Setzen Sie sich hier auf die Stühle und gedulden Sie sich. Sie können jetzt ohnehin nichts ausrichten. Ich kann Ihnen zum Zustand des Patienten keine Auskunft geben. Sie müssen abwarten bis der Chefarzt aus dem OP kommt. Und machen Sie bitte hier keinen Lärm. <

Marie war so aufgeregt, dass sie sofort wieder aufstand und nervös hin und her ging. Omeyer versuchte sie zu beruhigen, hatte aber nicht viel Erfolg.

Nach mehr als zwei Stunden, die Zeit schien für Marie nicht vorbei zu gehen, öffnete sich die Tür zum OP und ein grün gekleideter Mann trat heraus.

> Sind Sie der Chefarzt? Kommissarin Marie Kermeur, mein Kollege Omeyer. Wie geht es dem Patienten? Kommt er durch? <

> Wollen Sie ihn verhaften? In seinem Zustand ist das unmöglich. <

> Nein, Herr Doktor, ganz im Gegenteil. Er hat uns in den letzten Wochen bei der Aufklärung eines Falles geholfen und war plötzlich verschwunden. Wann können wir mit ihm sprechen? Aber vor allem, wie ist sein Zustand <

> Er hat eine sehr schwere Kopfverletzung, wir haben einige Holzsplitter aus seiner Kopfwunde entfernt. Wir haben ihn stabilisiert. Ein Neurochirurg muss noch seinen Befund zu seinem Halswirbeltrauma und seiner Kopfverletzung abgeben. Er hat auch einige gebrochene Rippen und angebrochene Knochen, die sind kein Problem, und eine ganze Reihe Prellungen. <

> Herr Doktor, wir müssen mit ihm sprechen, es ist unheimlich wichtig. Können Sie ihm nicht eine Spritze geben, damit wir nur fünf Minuten mit ihm reden können? Bitte, er selbst würde zustimmen. <

> Das kann ich nicht verantworten. Sein Zustand ist zu kritisch. <

Marie und Thierry kämpften, bettelten und flehten, bis der Arzt seine Zustimmung gab.

> Auf Ihre Verantwortung. Sollte die Spritze irgendwelche negativen Folgen haben, werde ich Sie zur Rechenschaft ziehen. Und ich will dabei sein. <

Sie folgten dem Arzt in die Intensivstation, in die man den Patienten durch eine andere Tür geschoben hatte. Der Arzt bat die Krankenschwester vom Bett wegzutreten.

> Ich hole nur schnell die Spritze. <

Marie sah auf das Häufchen Elend, auf mich, herab und streichelte zärtlich über die blau gefärbte und blutunterlaufene Stirn. Der Arzt trat von der anderen Seite an das Bett, stach die Spritze in die Vene des linken Armes und presste langsam den Kolben hinunter. Einige Minuten tat sich nichts. Dann öffneten sich die Augenlider ein wenig und flatterten. Marie beugte sich hinunter.

> Ewald, ich bin es, Marie, können Sie mich verstehen oder etwas sagen? <

> Kapelle…… Heiliger…… Martin,…Krypta,…geheime Tür,…gefangene Tochter Dubois…… <

Der Kopf sank auf die Seite.

Der Arzt schob beide auf den Gang hinaus.

> Was bedeutet das? <

> Eine junge Frau wurde entführt, schon vor zwei Wochen. Wir müssen Sie schnellst möglich finden. Wie Ewald den Aufenthaltsort erfahren hat, ist jetzt nicht wichtig. Herr Doktor, ich werde Sie jeden Tag anrufen und fragen wie es ihm geht. Bitte, er darf nicht sterben, er wird wahrscheinlich mein Schwiegervater. Tun Sie bitte alles um ihn am Leben zu erhalten. Sein Name ist Ewald Karstens. <

> Ich werde ohnehin um sein Leben kämpfen, das ist

mein Beruf. Lassen Sie sich von der Schwester meine Karte geben und rufen Sie morgen Nachmittag wieder an. Bis dahin weiß ich sicher mehr. <

Der anfängliche Widerwillen des Arztes war Mitleid und Wohlwollen gewichen.

> Auf Wiedersehen und vielen Dank, auch im Namen meines Kollegen. <

Sie stiegen wieder in ihr Auto und Omeyer raste mit der gleichen Geschwindigkeit nach Carcassonne zurück wie auf dem Hinweg. Marie wählte auf ihrem Handy die Nummer der Polizeistation.

> Kermeur hier. Ich brauche in einer Stunde sechs Mann, den Notarzt und einen Rettungswagen an der Kapelle zum Heiligen Martin. Alle sollen warten bis wir da sind. Wir benötigen zudem einige starke Lampen. <

Sie war aufgewühlt, freudig erregt, zugleich voller Angst. Aber ihre Polizeiausbildung gewann langsam wieder die Oberhand über ihr Handeln.

> Thierry, ich bete, dass Ewald mit dem Leben davon kommt. <

Dann fiel ihr ein, was Johannes ihr über die Diagnose des Arztes in Deutschland gesagt hatte und sie konnte die Tränen nicht zurück halten. Als Omeyer es bemerkte und nachfragte, informierte sie ihn.

> Marie, das alles ist im Moment eine riesige Belastung für dich, aber es wird schon alles gutgehen. Ich spüre es. <

Vor Carcassonne bog Omeyer auf eine schmale asphaltierte Straße ab, die hangaufwärts führte. Er musste die Geschwindigkeit drosseln um auf der kurvenreichen Straße nicht die Böschung hinab zu stürzen. Ein nur wenige Meter breiter, geschotterter Seitenweg bog nach rechts von der Straße Richtung Kapelle ab. Auf dem sandigen Platz vor und seitlich der Kapelle standen vier Autos, drei Polizeifahrzeuge und ein Rettungswagen. Neun Männer standen dicht gedrängt davor.

> Die entführte Tochter des Museumsdirektors wird hier irgendwo festgehalten. Zwei Mann untersuchen die Umgebung der Kapelle, zwei das Innere und zwei kommen mit uns in die Krypta. Wo sind die Lampen? <

Marie und Omeyer hasteten auf die Tür der Kapelle zu und winkten den Polizisten mit den Lampen ihnen zu folgen. Der Inspektor drückte die zweiflügelige Holztür nach innen auf und trat in den halbdunklen Raum. Mit schnellen Schritten ging er über den mit rotem Marmor belegten Boden bis zum Ende des Raumes und lief die schmale Treppe zur Krypta hinunter. Marie und zwei der Polizisten mit den Lampen folgten ihm auf den Fersen.

> Hier in der Krypta muss eine verborgene Tür sein. Gebt mir und Marie je eine Lampe. Verteilt euch und sucht. Marie sieh dir diese Holzvertäfelung an der Stirnseite an. Die ist ganz offensichtlich aus Eichenholz und dem Aussehen nach bestimmt mehrere hundert Jahre alt. Eine Holzvertäfelung in einer Krypta ist absolut ungewöhnlich, ich habe so etwas noch nie gesehen. Ihr zwei untersucht die gemauerten und die aus dem Fels gehauenen Wände und den Steinboden. Wir beide übernehmen die Vertäfelung. <

Marie lief mit einer Lampe bis ans Ende der kleinen Krypta und fing an die Vertäfelung abzuleuchten und abzutasten. Omeyer folgte ihrem Beispiel, die beiden Polizisten verteilten sich und untersuchten die Fels und gemauerten Wände und den Boden. Bei dem diffusen Licht, das über die Treppe nach unten fiel, konnten sie nur mit Hilfe der Lampen etwas erkennen. Dann kam ein Polizist mit seiner Lampe herbei und leuchtete vor Marie auf den Boden.

> Hier sind Schleifspuren, ich konnte sie von der anderen Seite des Raumes gegen das Licht Ihrer Lampe ganz

schwach erkennen. <

> Wo ist der Riegel für die Tür? <

Omeyer drückte auf alle kleineren Holzkassetten, er zog, dann drückte er auf einen kleinen, geschnitzten und aus der Holztäfelung hervor stehenden Kopf. Eine massive Tür öffnete sich nach innen. Sie stürmten in den Raum. Auf einer Matratze lag, zusammengekauert, in schmutzigen Kleidern und zerzausten, verfilzten Haaren eine junge Frau. Bei dem Anblick der hereinstürmenden Menschen richtete sie sich auf und fiel ohnmächtig auf die Matratze zurück.

Omeyer nahm sie auf seine starken Arme und trug sie nach draußen zum Rettungswagen. Marie und ihre Kollegen sahen sich in dem Raum um: jede Menge Kartons mit Lebensmitteln und Mineralwasser, Teller, Bestecke, Handtücher, Papiertaschentücher, Dosenöffner, vier Campingtoiletten, Toilettenpapier, Kerzen, Streichhölzer und die Matratze. Ansonsten war der Raum leer.

> Rufen Sie die Spurensicherung. Sie sollen alles als Beweismittel einpacken und aufs Revier bringen. Sie bleiben mit Ihrem Kollegen solange hier vor der Tür stehen. Wenn die Kollegen mit der Beweissicherung fertig sind, verschließen Sie den Raum wieder. <

Draußen hatte Omeyer sein Bündel auf die bereit gestellte Trage gelegt und dem Notarzt übergeben, der die junge Frau sofort untersuchte.

> Keine offensichtlichen Verletzungen. Kreislauf stabil, Puls normal, keine Anzeichen von Dehydrierung. Sie wird bald wieder aufwachen. Ich lasse sie zur Beobachtung ins Krankenhaus bringen. Sie wird psychologische Betreuung benötigen. <

> Thierry, lass bitte ihre Mutter in Toulon ausfindig machen und bitte sie hierher zu kommen. Ich glaube, die junge Frau wird sich über ihre Mutter freuen. Mir ist ein Stein vom

Herzen gefallen, dass wir sie gefunden haben.

Thierry, ich fahre jetzt zu Johannes. Kannst du bitte mit den Kollegen zurückfahren? <

10

Sie öffnete die Tür zu Johannes` Krankenzimmer, es war ihr nach Heulen zumute. Sie küsste ihn zur Begrüßung.

> Hast du wieder das Heilmittel gegen die Hornissen dabei? <

Er sah in ihr trauriges Gesicht.

> Was ist passiert, Marie? <

> Dein Vater wurde gefunden, schwer verletzt, weit schwerer verletzt als du es warst. Ich war mit Thierry in Perpignan in der Klinik. Er hat uns noch einen Hinweis auf den Aufenthaltsort einer entführten jungen Frau geben können bevor er wieder das Bewusstsein verlor. Ich werde morgen wieder in die Klinik nach seinem Zustand fragen. <

Johannes zog Marie an sich und legte seine Arme um sie. Sie schwiegen beide. Marie konnte ihre Tränen nicht zurückhalten. Johannes hielt sie fest und ließ sie weinen.

> Ich hole dich morgen Abend aus dem Krankenhaus ab. Ich möchte, dass du bei mir wohnst, zumindest so lange bis du wieder nach Hause zurückkehrst. Da kann ich dich besser pflegen und gleichzeitig auf dich aufpassen. <

> Nur zu gerne < erwiderte er und küsste sie.

> Johannes, wir wissen immer noch nicht was mit deinem Vater geschehen ist als er die zwei Tage verschwunden war. Er wurde bei Montségur halb tot aufgefunden. Ohne seine Aussage hängen wir in der Luft. Und ich weiß nicht wie lange noch. Wir gehen jedem noch so kleinen und unwahrscheinlichen Hinweis nach, aber ich fürchte, wir werden nichts erreichen. Dein Vater ist der Schlüssel zur Auf-

klärung.

Am liebsten würde ich dich schon heute Abend mitnehmen, ich muss endlich wieder einmal ausschlafen. An deiner Seite fühle ich mich geborgen. Ich muss wohl noch einen Tag warten. Gute Nacht. <

Der Kuss dauerte ziemlich lange. Sie stand auf und ging.

Der nächste Tag verging für Marie quälend langsam. Bei dem Anruf in der Klinik in Perpignan erfuhr sie, dass Ewald von dem angeforderten Neurochirurgen nochmals gründlich untersucht worden war. Der Spezialist war mit der durchgeführten Behandlung sehr zufrieden. Ewald war fast durchgehend bewusstlos, nur unterbrochen von ganz kurzen Wachphasen. Weitere Untersuchungen stünden noch aus. Sie solle am nächsten Abend wieder anrufen.

Am Abend holte sie Johannes aus dem Krankenhaus ab. Er war noch etwas wacklig auf den Beinen. Sie verfrachtete ihn in ihr Auto und fuhr zu ihrer Wohnung.

> Jetzt wirst du mal das essen, was ich zubereite. Wehe, du isst es nicht. Du musst dich langsam an meine Speisenzubereitung gewöhnen und du musst wieder zu Kräften kommen. <

Der gemeinsame Abend wurde von der lähmenden Ungewissheit beeinträchtigt. Sie gingen früh schlafen, Marie kuschelte sich an ihn und schlief so tief wie schon lange nicht mehr.

Am nächsten Tag diskutierte Marie mit Thierry stundenlang die Ereignisse der vergangenen Wochen vor dem Hintergrund, dass die Brüder Renoir Täter und Mittäter waren.

> Thierry, die Brüder sind für mich eindeutig in die ganzen Straftaten verwickelt. Unser Problem ist, dass wir ihnen trotzdem nichts beweisen können. Aber wer ist oder war der Kopf hinter allem? Den Brüdern fehlt dazu die notwendige

Intelligenz. Aber wo sind sie jetzt? Gibt es Spuren in der Kapelle? Die Kapelle ist in einem hervorragenden Zustand, Dach, Wände, Innenraum und Holzvertäfelung in der Krypta, jemand muss sie ständig unterhalten und bei Bedarf Reparaturen ausführen. Die Form der Kapelle mit der in den Fels gehauene Krypta, der dahinter liegende Raum, der ebenfalls aus dem Felsen gehauen wurde, ist absolut ungewöhnlich. Wie alt ist sie? Vielleicht finden wir über die Kapelle eine beweiskräftige Spur?

Ewald wurde bei Montségur gefunden, in der Nähe der Höhle. Wie kam er dort hin? War er in der Höhle? Wir beide waren beim Öffnen der Höhle viel zu weit entfernt um erkennen zu können wie die Höhle geöffnet wird. Ewald hat uns nicht darüber informiert, was zum damaligen Zeitpunkt auch nicht erforderlich war. <

> Die Spurensicherung hat nur DNA-Spuren der Brüder Renoir in dem Raum hinter der Krypta gefunden. Damit können wir ihnen ihre Mittäterschaft an der Entführung wahrscheinlich nachweisen, obwohl auch das nicht eindeutig bewiesen ist. Ein guter Anwalt haut uns unsere Beweise um die Ohren. Sie könnten schon vor der Entführung in dem Raum gewesen sein. Es gab keinen Auftrag an die Brüder in die Kapelle, vor allem aber in die Krypta und in den Nebenraum, zu gehen. Das kann nur im Rahmen der Entführung geschehen sein. Oder sie haben die Kapelle und die Krypta privat besucht. Woher wussten sie dann von dem Raum hinter der Krypta? Aber ohne die Brüder kommen wir nicht weiter. Außerdem fand man an einer Campingtoilette den Abdruck einer Hand. Wir haben dazu und von den zugehörigen Fingerabdrücken in unserer Datenbank keinen Treffer   .

Marie, wir haben in den letzten Wochen viele Überstunden abgeleistet. Ich fahre nach Hause zu meiner Familie.

Da kann ich entspannen, eventuell habe ich dann einen Geistesblitz. <

> Ja, geh nach Hause. Ich fahre zu Johannes.

Nachher am Abend rufe ich noch wegen Ewald an. Bis morgen. Versuche bitte morgen im Laufe des Tages die Tochter von Dubois zu befragen. Eventuell hat sie weitere Hinweise für uns. <

> Hallo, Herr Doktor, Kommissarin Kermeur. Ich möchte mich nach dem Zustand von Herrn Ewald Karstens erkundigen. <

> Eigentlich darf ich Ihnen am Telefon keine Auskunft geben. Zuerst etwas anderes: haben Sie die entführte junge Frau gefunden? <

> Ja, das haben wir glücklicherweise. Sie war körperlich unversehrt, wenn auch ziemlich mitgenommen. Sie ist im Krankenhaus zur Beobachtung und in psychologischer Betreuung. Wir haben ihre Mutter verständigt und gebeten zu kommen. <

> Das beruhigt mich. Also, wir haben die Untersuchungen von Herrn Karstens am Vormittag abgeschlossen. Wussten Sie, dass er am Magenausgang Krebsgeschwüre im fortgeschrittenen Stadium hat? <

> Sein Sohn hat es mir vorgestern Abend mitgeteilt. Er hatte in Deutschland die schriftliche Diagnose seines Arztes gelesen. <

> Wir haben uns nach vielen Diskussionen aufgrund seines Zustandes und hinsichtlich der Erfolgsaussichten und der Sinnhaftigkeit entschlossen ihn morgen früh nochmals zu operieren. Morgen Abend kann ich Ihnen mehr mitteilen. Guten Abend. <

Deprimiert und traurig betrat Marie ihre Wohnung. Johannes hatte das Abendessen vorbereitet.

> Heute wirst du das essen, was ich zubereitet habe <
wollte er sie necken, schwieg aber als er Maries Gesichtsausdruck sah. Er nahm sie in die Arme und hielt sie fest.

> Du hast mit der Klinik in Perpignan telefoniert? Marie,
Papa hat gewusst, dass er Krebs und nur noch wenige Tage oder Wochen zu leben hat. Er hat das akzeptiert. Nach
dem Tod meiner Mutter hat er sich stark zurückgezogen.
Sie hat ihm immer gefehlt, er hat sich aber in den wenigen
Wochen nach ihrem Tod nie etwas anmerken lassen. Er
war überglücklich, dass ich dich getroffen habe und ich in
Zukunft nicht allein sein muss. Eine Schwiegertochter wie
dich hat er sich immer gewünscht. Du musst stark sein, wir
beide müssen stark sein. <

Sie klammerte sich an ihn wie eine Ertrinkende.

> Johannes, er wird mir fehlen. <

> Mir auch, Marie. Bevor er in den Süden Frankreichs
fuhr, sagte er mir, dass ich mein eigenes Leben gestalten
müsse, auch ohne ihn. Er wird mir immer fehlen. Lass uns
zu Abend essen und danach spazieren gehen. Wenn ich
früher aus irgendeinem Grund deprimiert war, ging er auch
immer mit mir spazieren. Die Bewegung und die frische Luft
haben mich jedes Mal wieder beruhigt. <

Nach dem zweistündigen Spaziergang klammerten sie
sich aneinander, die ganze Nacht hindurch.

> Thierry, ich habe mir noch einmal die Kapelle angese-
hen. Der Innenraum sah aus als hätte jemand ganz sorgfältig alles gereinigt. Ich habe nachgefragt, die Spurensicherung hat außer den uns bereits bekannten keine weiteren
verwertbaren Spuren gefunden. Die Lebensmittel stammen
aus dem Supermarkt, da lässt sich nichts zurückverfolgen.
Die Kerzen sind von verschiedenen Herstellern aus Spani-
en, Deutschland und Osteuropa. Wo sie gekauft wurden

und von wem, werden wir wahrscheinlich nie herausfinden. Die Streichhölzer kannst du an jeder Ecke kaufen. Die Campingtoiletten sind bis auf eine schon mehrere Jahre alt, gebraucht und anscheinend irgendwo zusammengesucht, möglicherweise von Campingplätzen oder aus entsorgtem Müll von entsprechenden Geschäften gestohlen. Ich habe einige Beamte darauf angesetzt. Die Matratze ist schon ziemlich alt, aber kaum benutzt. Vielleicht stammt sie vom Sperrmüll. Der Matratzentyp wird schon seit Jahren nicht mehr hergestellt. Es ist frustrierend. Wir haben kaum Hinweise und die wenigen können wir zu niemandem zurückverfolgen. <

> Die Befragung der Tochter von Dubois hat auch keine weiteren Erkenntnisse gebracht. Sie kam spät abends von einem Vortrag nach Hause. Vor der Haustür hat ihr jemand plötzlich einen Sack über den Kopf gestülpt und ihr angedroht, sollte sie schreien, würde er ihr in die Wirbelsäule schießen, wonach sie den Rest ihres Lebens gelähmt wäre. Vor lauter Angst hat sie sich nicht gewehrt. Vor ihrem Gefängnis wurde ihr der Sack vom Kopf gezogen, nachdem ihr verboten worden war, sich umzudrehen. Es war dunkel. Dann hat jemand sie in den Raum gestoßen. Sie weiß nur, dass es zwei Männer waren, das hat sie durch die Griffe an ihre Arme gespürt. Diese Männer hatten sie in einem alten Transporter zu ihrem Gefängnis gefahren. Das Motorengeräusch war für sie ziemlich eindeutig, ein Fabrikat konnte sie nicht ausmachen. Sie ist ziemlich gefasst, sie ist innerlich stärker als ich zuerst annahm. Ihre Mutter ist bei ihr. Sie wird nach ihrer Entlassung aus dem Krankenhaus wahrscheinlich zu ihrer Mutter nach Toulon ziehen. Ich habe mir vorsorglich noch einmal Adresse und Telefonnummer ihrer Mutter geben lassen. <

> Ich weiß nicht mehr wo wir noch ansetzen sollen. Ich

setze alle Hoffnung auf Ewald. Er wird heute noch einmal operiert. Hoffentlich kommt er durch. Der Chefarzt wird mich heute Abend informieren. Morgen weiß ich mehr.

Hast du von der Präfektin gehört? <

> Sie hat sich in ihrem Büro vergraben und nimmt nur noch die Termine wahr, die sie nicht umgehen kann. Anscheinend glaubt sie, dass ihre Karriere am Ende ist. Dieses Problem muss sie allein lösen. Ich komme heute Abend bei dir vorbei, ich möchte dabei sein, wenn du mit der Klinik telefonierst. Bist du einverstanden? <

Marie nickte.

> Hallo, Herr Doktor, Kommissarin Kermeur. Wie geht es ihm? <

> Ich habe eine gute und eine schlechte Nachricht. Wir haben ihn operiert. Er ist ganz schwach. Während der Operation ist sein Kreislauf zusammen gebrochen und sein Herz stand still, aber wir konnten ihn reanimieren und stabilisieren. Wir haben das Geschwulst am Magen und einen Teil des Magens entfernt. Dieser Bereich sieht gut aus. Zur Sicherheit haben wir die Wucherung zur Untersuchung eingeschickt. Wir haben ihn in ein künstliches Koma versetzt, das wir nach eingehender Beratung mindestens zwei Wochen aufrechterhalten wollen. Er muss sich später noch einer Chemotherapie unterziehen, aber er wird bestimmt noch dreißig Jahre am Leben bleiben. <

> Vielen, vielen Dank, Herr Doktor, mir fällt ein Stein vom Herzen. Ich werde in zwei Wochen wieder anrufen und mich nach seinem Befinden erkundigen. <

11

Mit einem lauten Freudenschrei warf sie zuerst Johannes und dann Thierry die Arme um den Hals und weinte vor Freude. Die beiden, die ja nichts gehört hatten, sahen sie fragend an. Sie schilderte ihnen, was sie von dem Arzt erfahren hatte. Das zauberte auch ihnen ein Strahlen der Freude ins Gesicht.

> Marie, mein Chef hat mich heute auf dem Handy angerufen. Ich werde übermorgen nach Hause fahren. Ich muss meinen Urlaub abbrechen. Du wirst mich über den Zustand meines Vaters auf dem Laufenden halten? <

Zuerst wollte Marie schon wieder traurig sein, dann kam ihr eine Idee.

> Thierry, wir kommen mit dem Fall im Moment nicht weiter. Kannst du mich zwei Wochen lang vertreten? Mit unserem Chef werde ich schon klären können, dass ich zwei Wochen Urlaub brauche.

Könntest du inzwischen versuchen alle Informationen über die Kapelle zusammen zu tragen? Wem gehört sie, wer unterhält sie, wer besucht sie regelmäßig oder unregelmäßig, wer hat sie renoviert und wann? Eventuell ergibt sich daraus eine Spur. Ich werde dich alle zwei Tage anrufen. <

> Selbstverständlich, Marie, fahr mit Johannes mit. Ich werde diesen und weiteren Fragen oder Hinweisen nachgehen. <

> Du kannst wohl Gedanken lesen? <

> Nein, ich kenne dich. Los, fang schon an zu packen. Ich

fahre nach Hause, meine Frau wird sich mit euch beiden freuen. Bis morgen. <

Marie und ihr Kollege verbrachten den ganzen folgenden Tag damit alle bekannten Fakten noch einmal zu besprechen und zu dokumentieren, mögliche Szenarien zu entwickeln und eventuelle weitere Täter oder Mittäter zu identifizieren. Ohne Erfolg. Am späten Nachmittag brachen sie frustriert ab. Thierry bot an sie nach Hause zu fahren, was sie gerne annahm.

Ich saß auf meinem Krankenbett, aufgerichtet in meinen Kissen, als Marie zur Tür hereinkam.

> Hallo, Marie, du siehst deutlich erholter aus als beim letzten Mal. <

Ich betrachtete sie von oben bis unten.

> Ich habe schon geglaubt du hast mich vergessen. <

> Ewald, wie geht es dir? Wie könnte ich dich vergessen nach all dem Stress, den du mir in den vergangenen Wochen aufgeladen hast. Ich werte es als deutliche Verbesserung, dass du nicht mehr auf der Intensivstation liegst. Seit wann? <

> Heute Morgen bin ich verlegt worden, nachdem ich vor zwei Tagen aus dem Koma zurückgeholt worden war, zwei Tage früher als ursprünglich vorgesehen. Ich stehe aber weiterhin unter ständiger Beobachtung. <

Ich wurde ernst und traurig.

> Marie, auf welchem Friedhof habt Ihr Johannes beerdigt? Ich will sein Grab besuchen, so schnell ich überhaupt kann. <

> Ewald, Johannes ist nicht tot. Es war nur ein Streifschuss. Nur eine Winzigkeit tiefer und es hätte keine Hoffnung mehr gegeben. Er wird für den Rest seines Lebens eine Narbe behalten, aber daran werde ich mich gewöhnen.

Ich war zwei Wochen lang bei Johannes in Deutschland. Ich bin heute Mittag aus dem TGV gestiegen und habe anschließend mit meinem Vorgesetzten telefoniert. Ich werde in drei Monaten meinen Arbeitsvertrag für zwei Jahre aussetzen lassen und zu Johannes ziehen. Wir wollen ausprobieren ob wir auf Dauer zusammen bleiben können. Entweder kündige ich dann oder ich kehre nach Carcassonne zurück. Aber ich bin überzeugt, dass wir heiraten werden. Ich habe mich sofort in sein Haus verliebt und kann es gar nicht mehr erwarten dort einzuziehen. Er hat auf meinen Wunsch schon verschiedene Möbel umgestellt, was ihm dann auch gefallen hat. <

> Marie, ich könnte vor Freude an die Decke springen, aber ich bin noch zu schwach dazu. Ich freue mich, wenn du meine Schwiegertochter wirst. <

Stillschweigend waren wir beide zum > du < übergegangen.

> Ich habe aber eine Bedingung. <

Sie sah mich erschrocken an.

> Ich will Enkelkinder haben, mindestens zehn. <

> Nur zwei, maximal drei. Nur wir, Johannes und ich, werden diese Entscheidung treffen. <

Ich seufzte, musste mich aber fügen. Sie hatte ja Recht, aber zwei sind besser als gar keins.

> Der Chefarzt hat mich heute ausführlich über meinen Gesundheitszustand informiert. Ich bin dem Sensenmann noch einmal entkommen. Die Wucherungen am Magen sind entfernt und werden keine negativen Folgen haben. Nach der Chemotherapie dürfte der Krebs am Magen endgültig beseitigt sein. Die Untersuchungen haben auch ergeben, dass der Krebs noch nicht gestreut hat, alle Lymphdrüsen sind unbelastet. <

Ich verstummte für einige Minuten und schaute zur Decke, während Marie mich ansah.

> Marie, in meinem Kopf ist eine Gedächtnislücke. Meine Erinnerung hört in dem Moment auf, als ich Johannes blutend neben dem Wohnmobil fand und einen Schlag auf den Kopf erhielt. Der Chefarzt hält aufgrund meiner Kopfverletzungen eine Amnesie, oder eine Teilamnesie, für wahrscheinlich. Niemand kann garantieren, dass die Erinnerung wiederkehrt oder wann. <

Ich hielt wieder ein Weilchen inne.

> Informierst du mich bitte kurz, was mit mir geschehen ist? <

> Ein junges deutsches Paar, mit den Vornamen Albert und Annika, hat dich bei Montségur gefunden und den Notruf gewählt. Der Notarzt hat dich mit dem Hubschrauber hierher nach Perpignan fliegen lassen. Ich habe dir nach der ersten Operation eine Spritze zur Stimulierung verabreichen lassen, in der Hoffnung Informationen zu erhalten. Der Chefarzt hat sich zuerst strikt geweigert, Thierry und ich haben ihn aber überreden können. Du konntest mir noch mitteilen wo wir die Tochter von Dubois finden würden. Es ist ihr nichts geschehen, sie ist gesund. Woher weißt du ihren Aufenthaltsort? <

> Es war richtig mir diese Spritze verpassen zu lassen, ich werde es dem Oberarzt mitteilen, aber diese Information....? In meinem Gedächtnis ist nur ein schwarzes Loch. <

Ich suchte in meinem Gedächtnis, vergebens. Ich schüttelte langsam den Kopf.

> Wir haben sie unverletzt gefunden und geborgen. Viele Indizien deuten auf die Brüder Renoir als Täter oder Mittäter, aber die Beweise sind mehr als dürftig. Die Brüder sind verschwunden. Die Kollegen der Spurensicherung haben mit einem Metalldetektor die Kugel gefunden, die den Kopf von Johannes gestreift hat. Sie passt zu der Kugel, die

Dubois getötet hat, sie hat das gleiche Kaliber und die gleichen Merkmale. Wir haben aber keine Pistole dazu und keinen Schützen.

Ewald, du wirst noch einige Wochen hier im Languedoc bleiben müssen, bis dein Zustand ausreichend stabil ist. Außerdem musst du baldigst die Chemotherapie anfangen, die kannst du dann aber in Carcassonne fortsetzen. Dort kann ich besser auf dich aufpassen. <

> Kann ich vor deiner Wohnung oder auf dem Gelände der Polizeistation mein Wohnmobil abstellen? Meine eigene Matratze ist wesentlich bequemer als die Matratze hier im Krankenhaus. Alle Knochen schmerzen mich. <

> Ich muss zurück nach Carcassonne und morgen meinen Dienst wieder antreten. Du hast meine Handynummer. Wenn es Probleme gibt, ruf mich an. Ich werde mich um deinen Schlafplatz kümmern, so dass ich dich unter Beobachtung habe. Johannes hat übrigens mit dem Ersatzschlüssel dein Wohnmobil auf das Gelände der Polizeistation gefahren, bevor er nach Deutschland zurückgekehrt ist. Auf Wiedersehen. <

Sie gab mir zum Abschied einen Kuss auf die Wange.

> Daran kann ich mich gewöhnen. <

Sie lachte nur.

Am Abend rief ich meinen Sohn an. Wir beide waren erleichtert und glücklich, dass wir noch am Leben waren und noch viele Jahre zusammen verbringen könnten. Ich gab ihm die Nummer des Telefons in meinem Krankenzimmer und er rief mich jeden Abend an. Auch mit Marie telefonierte ich fast täglich, und sie besuchte mich an jedem Wochenende.

> Hallo, Marie. Wie war es in Deutschland? Schön, dich wieder hier zu haben. <

> Thierry, ich werde in drei Monaten meinen Arbeitsvertrag für zwei Jahre stilllegen und zu Johannes ziehen. Wenn wir heiraten werden, wovon ich überzeugt bin, werde ich kündigen. Du musst dann die Arbeit hier ohne mich erledigen, es wird aber sicher einen Ersatz für mich geben.

Konntest du über die Kapelle etwas erfahren? <

> Selbstverständlich. Als ich auf dem Grundbuchamt war und den Namen des Besitzers erfuhr, fiel mir manches wieder ein. Die Kapelle liegt auf einem kleinen Grundstück, das an das Weingut von Daniel Paroisse grenzt. Er hat vor etwa zwölf Jahren das Grundstück mit der verfallenen Kapelle erworben. Das geschah einige Jahre vor deiner Versetzung von Toulouse hierher. Sein Weingut gehört zu den größten hier im Languedoc und sein Wein verkauft sich hervorragend, vor allem in den Vereinigten Staaten. Er hat ein unheimlich dickes Bankkonto in Frankreich, vermutlich hat er noch weiteres Geld in Andorra oder in der Schweiz geparkt. Das ist aber nicht unser Problem. Er hat die Kapelle komplett auf seine Kosten wieder aufbauen lassen. Da das Bauamt nur bedingt eingebunden war, weiß niemand ob dieser Raum hinter der Krypta schon vorher vorhanden war oder ob er ihn hat herstellen lassen. Er musste keinerlei Abrechnungsunterlagen vorlegen. Nur die Denkmalbehörde hat die Gestaltung der Außenfassade, des Daches und die Ausführung des Innenraums begleitet und entsprechende Forderungen gestellt. Er hat sie ausnahmslos und zur vollen Zufriedenheit der Behörde erfüllt. Um die Holzvertäfelung haben sie sich nicht gekümmert, sie war angesichts ihres Alters in einem hervorragenden Zustand. Er hat sie von einem Restaurator zusätzlich konservieren lassen. Die Behörde war von seiner Bereitschaft zur Zusammenarbeit begeistert.

Er unterhält die Kapelle auf seine Kosten. Dafür hat er eine ältere Witwe eingestellt, die einmal im Monat das Innere der Kapelle und die Krypta reinigt. Auf seine Bitte kontrolliert einmal im Jahr ein Mitarbeiter des Bauamts die Kapelle auf bauliche Schäden.

Ich konnte ihn nicht erreichen. Nach Auskunft seines Verwalters ist er nur selten auf seinem Weingut. Er hat bei Montpellier eine Villa, in der er einige Zeit im Jahr lebt. Zurzeit soll er verreist sein. Niemand kennt seinen Aufenthaltsort und die Dauer seiner Abwesenheit. Er hält sich oft und lange in den Vereinigten Staaten auf um seinen Wein zu verkaufen. Sein Verwalter konnte ihn auf dem Handy nicht erreichen, er versucht es aber auf meine Bitte weiterhin.

Er lebt allein. Seine Ehe hielt nur vier Jahre. Seine Exfrau, die er anscheinend großzügig unterstützt, lebt als Künstlerin auf einem Hausboot auf dem Canal du Midi bei Olonzac. In dem Ort besitzt sie auch ein Haus, das sie aber nur kurzzeitig im Winter bewohnt.

Gelegentlich spendet er dem örtlichen Museum größere Geldbeträge, immer in Verbindung mit dem Ankauf eines Exponates.

Ich habe ihn zwei, dreimal bei Vernissagen im Museum gesehen und auch einmal kurz mit ihm gesprochen. Ich kann mich vor allem an seine exzentrische Armbanduhr erinnern. Wie ich gehört habe, hat er sie selbst entworfen und in der Schweiz anfertigen lassen. Er ist etwa fünfzig Jahre alt, ein bisschen exzentrisch, aber nicht arrogant. Er ist groß, dunkelhaarig und sieht gut aus. Für viele Frauen ist er sicher anziehend, dennoch lebt er allein. <

Er holte tief Luft und goss sich aus der Kanne eine Tasse Kaffee ein.

> Nach Aussage der Witwe, die die Kapelle reinigt, ist in den vergangenen Jahren immer wieder mal einer der Brüder Renoir an oder in der Kapelle gewesen. Sie hat sie alle drei anhand der Fotos aus den Personalunterlagen eindeu-

tig identifiziert. <

> War bei ihren Besuchen noch eine andere Person dabei? <

> Nein, sie waren immer allein. Ich weiß schon, worauf du abzielst. Aber wir haben kein Glück, und die Witwe ist völlig außer Verdacht. <

> Also haben wir außer dem Bezug zu den Brüdern Renoir wieder nichts in der Hand. Der gelegentliche Besuch der Brüder in der Kapelle könnte auch deren dortige Spuren erklären. Es gibt auch keinen Hinweis, der diesen Daniel Paroisse mit den Brüdern, den Morden und dem Diebstahl in Verbindung bringt. <

Sie schenkte sich ebenfalls eine Tasse Kaffee ein, stützte den Kopf in beide Hände und versank in Gedanken. Plötzlich schreckte sie auf und sah ihren Kollegen an.

> Thierry, haben wir etwas übersehen? Was haben wir übersehen? Lass uns alles von Anfang an nochmals durchgehen. Sprechen wir den Ablauf hinsichtlich jeder beteiligten Person noch einmal durch. Wie hätte jeder Beteiligte handeln können, wenn er der Täter oder Mittäter wäre? Wie könnte jede einzelne Person in Zusammenarbeit mit den Brüdern Renoir gehandelt haben? Gibt es neben dem immensen Wert des Schatzes noch ein weiteres Motiv für die Durchführung der Taten? Wir haben vor meinem Urlaub schon einmal alles durchgekaut, aber vielleicht hat der zweiwöchige Urlaub etwas Abstand geschaffen, sodass wir beide einiges aus anderer Perspektive sehen.

Ich will auch anfangen meinen Bericht des Falles niederzuschreiben, das muss ich ohnehin tun. Vielleicht finde ich dabei einen Hinweis. <

Für den Rest des Tages und in den nächsten Tagen spielten sie alle möglichen Szenarien bis ins kleinstmögliche Detail durch. Sie kamen keinen Schritt weiter. Immer endeten ihre Überlegungen bei den Brüdern Renoir und bei meinem Gedächtnisverlust. Frustriert beendeten sie jeden Tag ihren Dienst.

Marie lenkte sich jeden Abend ab, indem sie anfing ihre Habseligkeiten, die sie behalten wollte, in Kisten zu verpacken. Sie verschenkte den Rest oder warf ihn auf den Müll. Sie hatte bei ihrem Dienstantritt in Carcassonne ein möbliertes Appartement gemietet und noch keine Zeit investiert eine größere Wohnung zu suchen. Außer ihren Kleidern blieben ihr nur wenige Habseligkeiten. Jetzt war sie darüber erleichtert. Sie telefonierte jeden Abend mit Johannes und mit mir in der Klinik in Perpignan. Jedes Wochenende fuhr sie in die Klinik um ihren zukünftigen Schwiegervater zu besuchen. Sie verbrachte immer den ganzen Tag mit mir.

Nach fünf Wochen holte sie mich am späten Nachmittag in der Klinik ab und brachte mich nach Carcassonne auf das Gelände der Polizeistation, wohin Johannes mein Wohnmobil gefahren hatte.

Am Vormittag des darauf folgenden Montags saßen wir drei zusammen in Marie´s Büro. Die beiden informierten mich abwechselnd und detailliert über die Geschehnisse während meines Krankenhausaufenthaltes.

> Ich habe mir in den letzten Wochen in der Klinik ständig den Kopf zerbrochen, was während der Zeit meines Verschwindens geschehen ist. Es tut mir leid, aber die Erinnerung will nicht zurückkommen. Ich möchte doch auch wissen, wer die zwei Männer umgebracht und Johannes angeschossen hat und wo der Schatz geblieben ist.

Ich möchte nachher noch zum Einkaufen in einen Supermarkt, ich benötige vor allem Mineralwasser. Ich lade euch, Sie, heute Nachmittag nach Dienstschluss zu einem Glas Rotwein in mein Wohnmobil ein. Einverstanden? <

Beide nahmen die Einladung an. Gegen achtzehn Uhr klopften sie an die Tür und traten ein. Wegen der brütenden Hitze hatte ich alle Fenster und die Dachluken geöffnet um frische Luft einzulassen und einen leichten Durchzug zu erzeugen. Der Stellplatz unter einem großen, belaubten Baum auf dem Gelände der Polizeistation spendete ein wenig Kühle, aber die Hitze war dadurch nicht zu mildern.

> Ich habe den Fahrer und den Beifahrersitz umgedreht, so dass wir alle bequem sitzen können. Thierry, wir haben beide in den letzten Wochen zusammen so manches erlebt. Ich finde wir sollten uns duzen. <

Thierry streckte mir als Antwort nur die Hand hin. Ich ergriff und schüttelte sie.

> Thierry, nimmst du bitte auf dem Fahrersitz Platz? Marie kannst du mir noch ein bisschen helfen. Die Gläser habe ich auf dem Tisch schon bereitgestellt, der Rotwein steht im Kanister unter dem Tisch. Du könntest aus dem Kühlschrank noch den Käse holen und in Würfel schneiden. Frisches Baguette habe ich da oben neben das Regal gelegt, ein Messer liegt daneben und zwei Teller für Käse und Baguette stehen auch schon auf dem Tisch. <

> Gerne, Ewald, ich muss ja nun ein wenig auch für dich sorgen. <

Marie öffnete den Kühlschrank und bückte sich um den Käse heraus zu holen. Dabei rutschte auf ihrem Rücken das T-Shirt ein wenig nach oben und gab über dem oberen Rand ihres Hosenbundes den Teil einer Tätowierung frei. Irgendeine Erinnerung schoss mir durch den Kopf. Ich bückte mich ebenfalls, griff nach ihrer Hose und zog ihren Hosenbund nach unten. Zum Vorschein kam eine tätowierte Rose.

Wie eine Furie richtete sich Marie auf, fuhr herum und knallte mir eine Hand an die Seite meines Kopfes, an der ich die Verletzungen erlitten hatte. Der Schlag war so hart, dass mein Kopf, an der unverletzten Seite, an die Ecke der Nasszelle prallte. Ich sah nur noch Sterne. Einen Moment später lag ich auf dem Boden. Marie war fürchterlich erschrocken, Thierry ebenfalls. Beide bückten sich nach mir, halfen mir auf die Beine und setzten mich auf den Beifahrersitz. Ich hatte meine Verletzungen und die Chemotherapie noch nicht vollständig überwunden, ich war noch nicht wieder im Vollbesitz meiner Kräfte.

> Ewald, es tut mir furchtbar leid. Bitte, bitte verzeih mir, ich wollte das nicht. <

Ich hob abwehrend beide Hände, atmete mehrmals tief durch und nahm den Kopf in beide Hände. Der Schlag und der Aufprall hatten in meinem Kopf einen Schalter umgelegt.

> Lasst mir bitte ein wenig Zeit. Ich muss erst wieder einen klaren Kopf bekommen. <

Ich schüttelte mehrmals langsam den Kopf. Sie setzten sich beide und sahen mich mit einer Mischung aus Angst, Ratlosigkeit und Erwartung an. Schließlich hob ich meinen Kopf.

> Marie, ich bitte dich in aller Form um Entschuldigung. Ich hätte deinen Hosenbund nicht herunter ziehen dürfen, auch nicht um nur einen einzigen Zentimeter, auch nicht wenn ich dein Schwiegervater werde. Aber als ich den oberen Rand deiner Tätowierung sah, schoss mir im Kopf eine Erinnerung wieder an die Oberfläche. <

Ich rieb mir den immer noch schmerzenden Kopf .

> Thierry, schenk mir bitte ein Glas Rotwein ein. Das brauche ich jetzt. Danke. <

Ich leerte das Glas mit großen Schlucken.

> Marie, du hast auf deinem unteren Rückenbereich eine Rose tätowiert. Das wusste ich vorher nicht. <

> Ich wusste es. Ich habe die Rose zum ersten Mal gese-

hen, als ich mit meiner Familie und Marie einen Tag am Meer verbrachte und Marie einen Bikini anhatte. Meine beiden Söhne nennen Marie deshalb manchmal Tante Rose,... wenn sie nicht anwesend ist. <

> Das ist mir neu. Ich muss mit deinen Söhnen mal ein ernstes Wörtchen reden. <

Sie lachte.

Ich rieb mir wieder meinen schmerzenden Kopf.

> Marie, du kannst verdammt hart zuschlagen. Hast du das bei der Polizeiausbildung gelernt? Johannes tut mir jetzt schon leid. Er wird in Zukunft sicher öfter mit blauen Flecken oder einem blauen Auge herumlaufen. <

> Wie kannst du nur so etwas sagen. Ich werde Johannes nie, nie, nie, nie schlagen, niemals < entrüstete sie sich bis sie mein Feixen sah. Sie hob scheinbar drohend ihre Hand und brach dann in ein Lachen aus.

> Du kannst mich wieder auf den Arm nehmen, es geht dir also wieder gut? <

Ich nickte bestätigend.

> Dein Schlag und der Aufprall meines Kopfes an die Kante der Nasszelle haben mir meine Erinnerung wiedergebracht. Ich kann mich wieder erinnern was mir zugestoßen ist, bevor die beiden jungen Leute mich gefunden haben. Ich werde es euch in aller Ausführlichkeit schildern. <

Thierry griff nach seinem Handy und rief seine Frau an um ihr mitzuteilen, dass es spät werden würde.

> Mein Schwägerin ist mit ihren Kindern bei uns, ich werde nicht vermisst werden. <

In allen Einzelheiten berichtete ich beiden, was sich zugetragen hatte während ich vermisst war. Wie lange ich von der Höhle bis zur Straße gekrochen war, wusste ich nicht. Bedingt durch die Nacht und infolge meiner Verletzungen war mein Zeitempfinden nicht mehr vorhanden gewesen.

Aber das war nebensächlich. Beide hörten mir gebannt zu ohne mich auch nur einmal zu unterbrechen. Als ich geendet hatte, schwiegen sie einige Minuten. Thierry brach als erster das Schweigen.

> Der vierte Mann in der Höhle heißt Daniel Paroisse, ich muss wohl besser sagen, hieß. Denn nach mittlerweile etwa acht Wochen sind sicher alle in der Höhle verdurstet. Er war der Besitzer der Kapelle, in der die Tochter von Dubois festgehalten wurde. Er hat meines Erachtens die notwendige Intelligenz um den Diebstahl zu planen und durchzuziehen. Und er hatte die Möglichkeit einen Lastwagen zur Verfügung zu stellen. Der Mörder von Dubois und Fassbender ist also Paul Renoir, er ist ebenfalls für den Mordversuch an Johannes verantwortlich. Die Morde sind geklärt obwohl der Mörder und seine Helfer sich nicht mehr vor einem Gericht verantworten werden. Wir hätten ohnehin zu wenige Beweise gehabt um sie ihrer Taten zu überführen. Sie waren zu vorsichtig und zu schlau. Nach den Beschreibungen der Museumsdirektoren von Florenz und Lyon könnte es Paroisse gewesen sein, der sich jeweils mit einer Pistole in der Hand die historischen Dokumente aushändigen ließ. Wir müssen unbedingt ein Foto von ihm in diese beiden Städte schicken.

Es bleiben aber weitere Fragen:
- erstens, wo ist der Schatz?
- zweitens, wer sind der fünfte und der sechste Nachkomme von Simon de Montfort, sofern die Abstammungslinie tatsächlich vorhanden ist?
- drittens, waren diese Personen in die Verbrechen eingebunden und können wir das beweisen? <

Er machte eine längere Pause.

> Ewald, gibt es noch etwas, eine kleine Information, ein Detail, das Ihnen, Entschuldigung dir, noch nicht eingefallen

ist und das uns weiterhelfen könnte? <

> Ich habe meine Erinnerung erst vor etwa einer Stunde wiedererlangt. In meinem Kopf ist noch nicht alles wieder an seinem Platz. Vielleicht fällt mir noch ein Detail ein. Lasst mir noch Zeit bis morgen oder übermorgen. Wenn ich geschlafen habe, wird es in meinem Kopf möglicherweise klarer sein. <

In dieser Nacht schlief ich gut, viel besser als in dem Krankenhausbett mit der harten und durchgelegenen Matratze. Der Rotwein half mir ebenfalls, zumindest beim Einschlafen. Ich war früh wach und grübelte. Irgendeine Bemerkung von diesem Weingutsbesitzer ging mir im Kopf herum. Marie klopfte sehr früh an meine Tür, mit frischem, knusprigem Baguette. Sie kannte inzwischen einige meiner Vorlieben.

Beim Kaffeekochen kam mir blitzartig eine Bemerkung in den Sinn.

Laut sprach ich vor mich hin:

> Sie spielt die Wächterin. <

> Wer spielt die Wächterin? Was bedeutet das? <

> Marie, als ich in der Höhle diesen Paroisse nach dem Versteck der Tochter von Dubois fragte, warf er so ganz beiläufig diese Worte hin: > und sie spielt die Wächterin. <

Ich interpretiere das so, dass der Schatz in der Kapelle oder bei der Kapelle versteckt ist und die Tochter von Dubois, ohne es zu wissen, neben dem Schatz untergebracht war.

Heute Nacht hatte ich noch einen Gedanken. Die ehemalige Frau dieses Paroisse wohnt doch in der Nähe. Kann man sie nicht nach der Tätowierung befragen? Vielleicht weiß sie wer noch eine derartige Tätowierung hat? <

Marie grinste mich an.

> Kaum bist du wieder unter den Lebenden, fängst du erneut an Detektiv zu spielen. <

> Daran ist nur meine zukünftige Schwiegertochter schuld … und mein Altersstarrsinn. <

> Du bist ein ganz kleines bisschen zu spät. Thierry ist bereits auf dem Weg zu ihr.

Schenkst du mir bitte Kaffee ein oder willst du deine zukünftige Schwiegertochter verdursten lassen? <

Nach dem Frühstück nahm Marie ihre Arbeit auf. Ich setzte mich auf den Beifahrersitz, den ich in normale Position gedreht hatte, schob ihn ganz zurück, legte die Füße auf das Armaturenbrett und grübelte. Kurz vor Mittag fuhr Thierry auf den Parkplatz vor dem Polizeigebäude und trat ein. Ich folgte ihm sofort in Marie´ s Büro. Marie sah mich missbilligend an, ich übersah es geflissentlich.

> Thierry, was hast du erreicht? <

> Es war nicht schwer die ehemalige Frau von Paroisse zu finden. Sie führte mich zuerst durch ihr Hausboot und zeigte mir anschließend, womit sie sich beschäftigt: Töpferarbeiten, Gemälde, Gestecke aus Trockenblumen und vieles mehr, alles künstlerische Tätigkeiten.

Sie war nur vier Jahre verheiratet gewesen. Die Ehe war gescheitert, weil sie beide nach ihrer Aussage letztendlich zu verschieden waren. Bei ihrer Trennung gab es keinen Rosenkrieg. Er war großzügig gewesen, hatte ihr das Hausboot und das Haus gekauft und er bezahlt ihr eine monatliche Abfindung, mit der sie sehr gut auskommt. Die Tätowierung ist ihr sehr wohl bekannt, sie hatte auch Fotos davon, hier ist eines. <

Er legte das Foto auf Marie´s Schreibtisch.

> Ja, genau so sah die Tätowierung aus, die Philipp Renoir auf seinem unteren Rückenbereich hatte und die auch alle anderen Beteiligten haben sollen. <

> Meine Frage ob sie diese Tätowierung bei noch jemand anderem gesehen hätte, bejahte sie. Bei einer jungen Frau und einem Mann im Alter ihres früheren Ehemannes. Das war vor etwa zwanzig Jahren gewesen, als sie in ihrer Villa bei Montpellier am Pool lagen. An die Namen der Frau und des Mannes konnte sie sich nicht mehr erinnern, sie hatte sie auch nur dieses eine Mal ziemlich kurz gesehen. Sie war sich aber auch sicher, dass ihr Mann sie mit dieser Frau nicht betrogen hatte.

Ich war schon enttäuscht, weil sich anscheinend wieder eine Sackgasse auftat. Dann fiel ihr ein, dass sie an dem damaligen Nachmittag Fotos geschossen hatte. Sie hat fast eine Stunde lang gesucht und hat mir dann dieses Foto gegeben. Leider zeigt es die Frau und den Mann nur von hinten. Beide hatten sich in dem Moment umgedreht, als sie den Auslöser drückte. Weitere Fotos der beiden Personen gibt es nicht und sie wollte damals nicht aufdringlich erscheinen. <

Wieder legte er ein Foto auf den Schreibtisch. Marie griff nach einem Vergrößerungsglas und betrachtete das Bild und vor allem ein gezacktes Muttermal im Nacken der Frau.

> Ein derartiges Muttermal habe ich schon einmal gesehen. Nur ganz kurz. Aber ich kann mich nicht mehr erinnern wann und bei wem das war. <

Ich hatte noch einige Hinweise:

> Es gibt verschiedene Probleme, die wir noch lösen müssen.

Erstens: Wo ist der Schatz versteckt? Ich werde heute Nachmittag zu dieser Kapelle fahren und sie und die Umgebung genau unter die Lupe nehmen. Paroisse hat diese Bemerkung nicht ohne Grund fallen lassen.

Dieser Paroisse oder sein Vater, vielleicht auch sein Großvater, müssen eine Unmenge Zeit und Geld in die

Ahnenforschung gesteckt haben um sich und die anderen als direkte Nachfahren von Simon de Montfort identifizieren zu können. Seine Bemerkung, dass der Sohn von Montfort in dieser Kapelle ehemals geheiratet hätte, muss ebenfalls durch irgendwelche historischen Aufzeichnungen belegt sein. Im Grunde ist es für die Lösung unserer Probleme aber ohne Belang, wo und wie diese Abstammungslinie zustande kam und ob sie überhaupt vorhanden ist.

Zweitens: In der Höhle bei Montségur liegen noch vier Leichen, die geborgen werden müssen. Außerdem sind noch drei Truhen mit Dokumenten und Schriftstücken sicher zu stellen. Das Wissen über die Katharer ist gemäß der historischen Literatur ziemlich dürftig und es stammt fast nur aus den Berichten ihrer Verfolger und der Inquisition. Bis jetzt sind keine Dokumente dazu aufgetaucht wie die Katharer gelebt und wie sie sich selbst gesehen haben. Ich hoffe, dass die Historiker mithilfe dieser Dokumente mehr Licht in diese Glaubensrichtung und das Leben der damaligen Gläubigen bringen können. <

> Ewald hat Recht, Marie. Ich werde heute mit ihm zur Kapelle fahren. Die Leichen in der Höhle können auch noch einen Tag warten. Wir müssen ohnehin erst die Kollegen der Spurensicherung und einen, besser zwei Pathologen mit den jeweils erforderlichen Fahrzeugen anfordern.

Ich könnte morgen mit Ewald zur Höhle vorausfahren und zuerst einmal die Truhen bergen bevor du uns mit der Spurensicherung und den Pathologen folgst. Wir könnten die Truhen vielleicht im Wohnmobil transportieren. Dann wird vorerst niemand davon erfahren. Bist du einverstanden, Ewald? <

> Ja, die Leute der Spurensicherung und die Pathologen müssen diese Truhen nicht sehen. Bei ihrer geringen Größe kann ich sie gut im Wohnmobil unterbringen. Wenn die Lei-

chen abtransportiert sind und die Höhle leer ist, werde ich den Mechanismus so zerstören, dass niemand mehr die Höhle betreten kann. Es sei denn, jemand kennt die genaue Lage und sprengt den Eingang frei, worin ich dann eigentlich keinen Sinn mehr sehe. <

Ich machte eine kleine Pause.

> Obwohl es mich in der Seele schmerzt die fantastische Arbeit des Mechanikers und des Steinmetzes endgültig zu zerstören. <

> Ihr erstattet mir heute Nachmittag oder Abend Bericht über eure Suche? <

> Zu Befehl, Frau Kommissarin. <

Ich grinste sie an. Als Antwort drohte sie mir mit der flachen Hand und lachte.

> Wir sollten mit dem Wohnmobil zur Kapelle fahren, damit die Begehung keinen offiziellen Charakter hat und wir sollten zwei starke Lampen mitnehmen. Außerdem würde mir Thierry dazu ohne Uniform besser gefallen. <

Das Wohnmobil fuhr langsam die gewundene und schmale Straße den Hang hinauf. Zum Glück kam uns kein Fahrzeug entgegen, wir hätten einander kaum passieren können. Nach Anweisung von Thierry bog ich den schmalen Weg zur Kapelle ab und parkte rechts an den Büschen. Wir stiegen aus, ich schloss ab und mit den Lampen in den Händen gingen wir auf die Eingangstür der Kapelle zu.

> Die Kapelle ist in einem hervorragenden Zustand. Paroisse hat hier nicht gespart.

Soweit ich erkennen kann, führt von diesem kleinen Parkplatz kein mit einem Lastwagen befahrbarer Weg weiter. Auf Pferde oder Esel haben sie den Schatz sicher nicht umgeladen. Gehen wir hinein? <

Thierry ging voraus, er war schon einmal hier gewesen. Im Vergleich zu der brütenden Hitze im Freien war es in der

Kapelle und vor allem in der Krypta angenehm kühl. Die Durchsuchung des Kapelleninnraums war schnell beendet. Die Polizisten hatten schon gründlich nach einer Tür gesucht. In der Krypta zeigte mir Thierry den kleinen hölzernen Kopf, mit dem sich die verborgene Tür zu dem dahinter liegenden Raum öffnen ließ und öffnete. Mit Hilfe der Lampen untersuchten wir hier die Wände Zentimeter für Zentimeter, den Boden und auch die Decke. Wir fanden keine Fugen und auch keine noch so schwachen Schleifspuren oder Kratzer auf dem Boden. Wir kehrten zurück in die Krypta und schlossen die verborgene Tür. Hier war die Suche nicht ganz so sorgfältig gewesen, weil einer der Polizisten sehr schnell die schwachen Schleifspuren auf dem Boden vor der Holzvertäfelung entdeckt hatte. Also untersuchten wir hier die Wände einschließlich des Restes der Holzvertäfelung aufs Sorgfältigste. Nichts, kein Hinweis.

> Wir haben nicht nachgedacht. Sonst hätten wir uns die Untersuchung des Raumes hinter der Krypta ersparen können. Die Brüder Renoir haben die Tochter von Dubois vor Beginn des Diebstahls entführt und hier untergebracht. Wenn sie den Schatz hier irgendwo versteckt hätten, hätte die junge Frau das sicher mitbekommen. <

Thierry nickte zustimmend.

Wir schlossen die Tür der Kapelle und sahen uns draußen sorgfältig um. Keine noch so schwachen Spuren eines Lastwagens. Das umliegende Buschwerk war so dicht und mit Dornensträuchern bewachsen, dass sich nur Tiere hindurchwinden könnten.

> Wo führt die Straße, von der wir abgebogen sind, eigentlich hin? <

> Ich weiß es nicht, ich war noch nie weiter als bis zur Kapelle. Sehen wir nach und laufen ein Stück. <

Wir folgten der schmalen Straße um zwei enge Kurven,

die sich durch das dichte mit nur wenigen Stieleichen durchsetzte Buschwerk schlängelten. Hinter der zweiten Kurve bog ein schmaler, mit Gras bewachsener Weg nach rechts ab und führte um einige große zerklüftete Kalkstein-felsen herum. In der flimmernden Hitze mussten wir durch Schwärme kleiner Fliegen hindurch laufen. Zwei Eichelhä-her flogen auf und kreuzten unseren Weg. Eine Hundert-schaft Grashüpfer mit blauen oder hellroten Flügeln startete vor unseren Füßen ihren Flug und landete wieder, nur we-nige Meter entfernt. Auf dem Weg stand das vertrocknete Gras bis fast in Kniehöhe und der Weg sah unbenutzt aus. In einer Vertiefung, die nach Regenereignissen bestimmt eine unangenehm tiefe Pfütze war, waren schwache Abdrü-cke von breiten Reifen zu erkennen. Hinter den Felsen standen wir vor einem großen, aus massiven Steinquadern gebauten Schuppen. Der Zugang war mit einem zweiflüge-ligen Holztor verschlossen, das sehr robust und ziemlich neu aussah. Genauso massiv und ebenfalls neu war das Vorhängeschloss. Wir versuchten den Schuppen zu umrun-den und mussten feststellen, dass er an der rechten und der hinteren Seite direkt an die Felsen gebaut war.

> Soweit ich mich orientieren kann, steht der Schuppen fast direkt an der Rückseite der Kapelle. Können wir ir-gendwo in den Schuppen hineinschauen? <

Thierry sah sich um und wandte sich dann an mich.

> Nach den Abmessungen des Schuppens und des Tores kann ein Lastwagen bequem hineinfahren. Komm, ich habe eine Idee. <

Wir kletterten langsam an den zerklüfteten Felsen entlang bis fast an die Rückseite des Schuppens, so weit hinauf, bis meine Brust in die Höhe der Traufe reichte. Das Dach war mit den alten, langen und halbrunden Ziegeln, wie in der Provence üblich, gedeckt. Thierry sah mich an, ich nickte und er begann die nur lose verlegten Ziegel abzudecken und zur Seite zu legen. Nach nur vier Ziegeln war das Loch ausreichend groß um mit den Lampen hinein zu leuchten. Drinnen stand ein großer geschlossener Lastwagen in Kastenform mit der seitlichen Aufschrift „Chateau Paroisse". Wir sahen uns nur an.

> Thierry, noch ein paar Ziegel und die Öffnung ist groß genug für mich schmales Handtuch um hinein zu klettern. Ich kann mich problemlos auf das Dach des Lastwagens hinunterlassen und über das Führerhaus bis auf den Boden gelangen. Mal sehen ob ich die hintere Tür des Lastwagens öffnen kann. <

Thierry half mir auf das Dach und ich ließ mich zwischen den Balken und den Dachlatten hindurch auf das Fahrzeugdach gleiten. Ich war zwar ein alter Knacker und durch die Verletzungen und Operationen noch geschwächt, aber meine Gelenke und Muskeln waren noch ausreichend beweglich. Kurz darauf war ich auf den Boden geklettert und umrundete zuerst einmal den Lastwagen. Auf dem Erdreich seitlich des Fahrzeugs lagen einige große Kisten aus Holz und auch eine Holzleiter. Ich untersuchte auch die Wände des Schuppens. Sie waren alt und soweit sie nicht aus Fels bestanden, aus massiven Natursteinen gemauert. Die zweiflügelige Tür zur Ladefläche des Lastwagens war ebenfalls mit einem dicken Vorhängeschloss versperrt.

> Thierry, ich werde im Führerhaus nach dem Schlüssel suchen. <

Das Führerhaus war zwar seltsamerweise nicht verschlossen, aber meine gründliche Suche hatte keinen Erfolg. Ich verließ das Führerhaus und ging wieder zurück zur Hinterfront. In Erinnerung daran wo Baufirmen früher oft die Schlüssel ihrer Bauwagen versteckt hatten, begann ich die Trägerprofile des Lastwagens unterhalb der Türen abzutasten und hatte Erfolg. In der linken Ecke lag ein Schlüssel. Ich hob ihn hoch und zeigte ihn Thierry. Er bestätigte mit hoch gerecktem Daumen. Ich probierte, er passte in das Vorhängeschloss und ich schloss auf. Ich zog den rechten Türflügel auf. Thierry, der mit seiner Lampe von oben in den Laderaum leuchtete, stieß einen leisen Ruf der Befriedigung aus. Ich schaute ebenfalls hinein und war nicht erstaunt. Ich hatte nichts anderes erwartet. Die Ladefläche war bis oben hin voll mit Truhen und weiteren Kisten. Von der Seite des Schuppens holte ich eine der Kisten als Trittstufe und kletterte in den Laderaum. Viel Bewegungsfreiheit fand ich nicht. Sie reichte aus um den Deckel einer der Truhen zu öffnen. Sie war gefüllt mit Goldstücken, Silberbarren und Schmuckstücken. Wir hatten den Schatz gefunden.

Ich klappte den Deckel der Truhe wieder zu, kletterte von der Ladefläche herunter und verschloss den Lastwagen, legte die Kiste ebenso wie den Schlüssel zurück und sah mich für den Rückweg um. Von der anderen Seite des Schuppens holte ich die Holzleiter. Ich lehnte sie an den Lastwagen, sie reichte über die Oberkante hinaus. Ich stieg auf das Dach und ließ die Leiter zwischen dem Lastwagen und der Schuppenwand auf den Boden fallen. Thierry half mir mich durch die Balken und Dachlatten zu zwängen und auf das Dach zu klettern. Er hielt mich fest, damit ich auf dem steilen Felsen Halt fand. Sorgfältig legte er die Ziegel wieder zurück an ihren angestammten Platz. In aller Ruhe gingen wir den Weg und die Straße zurück zur Kapelle.

> Der Schuppen steht unmittelbar hinter der Kapelle. Vielleicht steht er teilweise oder sogar ganz über dem versteckten Raum am Ende der Krypta. Der Felsen am Ende des Schuppens war in natürlichem Zustand, es gibt vom Schuppen aus zu dem Raum hinter der Krypta keine Verbindung. Wir haben auch in dem Raum keine Öffnung in der Decke

gesehen. Vielleicht war sie einmal geplant.

Thierry, falls unser unbefugtes Eindringen irgendwelche Konsequenzen nach sich ziehen sollte, dann war nur ich es, der eingedrungen ist. Du warst auf meine Bitte hin zur Kapelle zurückgekehrt um dahinter zu suchen und hast nichts gesehen und weißt von nichts. Ich habe dich nur nachträglich informiert. Und nun zurück zu Marie. <

Wir hatten nicht bemerkt, wie schnell die Zeit vergangen war. Marie wollte gerade die Berichte aus Florenz und Lyon noch einmal durcharbeiten, als wir wieder auf das Gelände der Polizeistation fuhren. Wir informierten sie kurz. Sie war nicht sonderlich erstaunt.

> Ich schlage vor, dass du mit Thierry morgen in aller Frühe, vielleicht gegen sechs Uhr, zur Höhle fährst. Ich habe die Kollegen der Spurensicherung und zwei Pathologen sowie zwei Fahrzeuge für acht Uhr zur Polizeistation bestellt. Bis wir an der Höhle ankommen, könnt ihr die drei Truhen längst geborgen haben.

Thierry, lass bitte an der Zufahrt zu diesem Schuppen und vor dem Schuppen verborgene Kameras mit Bewegungsmeldern, einem Videoband und einen Sender installieren. Wenn die Bewegungsmelder ansprechen, soll ein Anruf auf unsere Handy`s erfolgen. Dann müssten wir ausreichend Zeit haben zu dem Schuppen zu fahren, aber ohne Blaulicht und Sirene. Lass unter dem Dach, da wo Ewald eingestiegen ist, ebenfalls eine Kamera mit Bewegungsmelder und Videoband, installieren, falls die Geräte an der Zufahrt aus irgendeinem Grund nicht ansprechen sollten. Wir müssen auf Nummer Sicher gehen. Ich werde mir noch schnell die Erlaubnis des Staatsanwalts einholen. Habe ich etwas vergessen? <

Wir beide, Thierry und ich, überlegten eine Weile und schüttelten den Kopf. Thierry ging in sein Büro und fing an zu telefonieren. Marie rief den Staatsanwalt an. Dann verließ Thierry die Polizeistation und fuhr zu dem Weg hinter der Kapelle. Ich lud Marie für den Abend zum Essen ein und sie nahm gerne an.

Der Rest des Nachmittags verging ganz zähflüssig. Marie hatte jede Menge andere Arbeit zu erledigen, also nahm ich meinen Fotoapparat und ging in die Stadt.

An diesem Abend sprachen wir weder von den Toten, noch vom Schatz, sondern nur von dem Leben, das Marie in Deutschland erwarten würde.

Thierry war am nächsten Morgen pünktlich zur Stelle. Die Straßen waren so früh am Morgen noch fast leer und wir kamen schnell voran. Thierry kaufte unterwegs in einer Bäckerei frisches Baguette. Der Platz vor der Höhle war, wie nicht anders zu erwarten, menschenleer. Ich stellte das Wohnmobil möglichst nahe am Höhleneingang ab und öffnete die Höhle. Ich bat Thierry vorsichtshalber mit einem Balken und einem Stein den Eingang offen zu halten, wie ich es vor Wochen auch getan hatte. Der Geruch, der aus der Höhle drang, reizte uns zum Erbrechen. Thierry hatte eine Gesichtsmaske mitgebracht und betrat allein die Höhle. Nacheinander holte er die drei Truhen heraus und stellte sie in die Heckgarage des Wohnmobils. Danach fuhr ich das Wohnmobil mehrere Autolängen weiter und verschloss anschließend wieder die Höhle. Der Verwesungsgeruch wollte nicht aus unseren Nasen weichen. Ich hatte das Bedürfnis nach einem Schnaps, Thierry lehnte auch nicht ab. Danach kochte ich Kaffee, wir frühstückten und warteten auf Marie mit ihren Begleitern.

> Thierry, meine Entführer haben ein Auto gehabt. Wo ist es? Sie haben es sicher irgendwo versteckt, wo es von der Straße aus nicht zu sehen ist. Wenn Marie hier ist, gehen

wir es suchen. Es kann nicht weit sein. <

Wir mussten kaum mehr als eine halbe Stunde warten bis die Fahrzeugkolonne eintraf. Marie hatte ihre Kollegen der Spurensicherung unterwegs informiert, dass die vier Männer die Höhle nicht mehr hatten verlassen können. Ich öffnete die Höhle wieder. Die Pathologen und die Männer der Spurensicherung begannen ihre Arbeit, nachdem sie für ausreichend Beleuchtung und Frischluftzufuhr in die Höhle gesorgt hatten. Wir informierten Marie und gingen auf die Suche nach dem Auto. Im nahe liegenden Wäldchen war das Geländefahrzeug schnell gefunden. Es war verschlossen. Wir gingen zurück zur Höhle und Thierry bat einen Pathologen die Taschen der Toten nach dem Autoschlüssel zu durchsuchen, der bei Paroisse gefunden wurde. Thierry holte das Fahrzeug herbei, ein Mitarbeiter der Spurensicherung begann mit der ersten Untersuchung des Fahrzeugs. Er fand ganz schnell eine versteckte Pistole mit Schalldämpfer und steckte sie in einen Plastikbeutel. Thierry wollte das Fahrzeug zur weitergehenden Untersuchung später nach Carcassonne fahren. Marie, die einen Blick in die Höhle geworfen und den Verwesungsgeruch ebenfalls eingeatmet hatte, war ganz blass im Gesicht. Ich bot auch ihr einen Schnaps an, den sie dankbar annahm, trotz Alkoholverbot im Dienst.

Die Untersuchung in der Höhle dauerte bis zum späten Nachmittag. Ein Pathologe wandte sich an Marie.

> Kommissarin Kermeur, nach den ersten Untersuchungen sind alle infolge von Schussverletzungen gestorben. Mit dem Wissen, dass sie die Höhle nicht mehr würden verlassen können und vor Durst sterben würden, hat anscheinend einer die drei anderen jeweils mit einem Schuss in den Kopf getötet und dann mit einem Schuss durch den Mund Selbstmord begangen. Darauf lassen die Eintrittswunden

schließen. Ich konnte keine Austrittswunden finden. In der Pathologie werde ich die Kugeln aus den Köpfen herausholen und mit den Kugeln der bisherigen Opfer vergleichen. Wir haben auch die verwendete Waffe sichergestellt. Wir fahren mit den Leichen zurück, die Spurensicherung wird auch bald ihre Arbeit vor Ort abschließen. Ich schicke Ihnen baldmöglichst den Bericht. Auf Wiedersehen in Carcassonne. <

Die Männer der Spurensicherung benötigten in der Höhle noch zwanzig Minuten.

> Herr Karstens, können Sie uns bitte noch eine Speichelprobe geben, damit wir die Blutspuren in der Höhle, an der Pistole und an dem spitzen abgebrochenen Ast vor der Höhle zuordnen können? <

Ich ließ mir mit einem kleinen Stäbchen im Mund etwas Speichel entnehmen. Nachdem mir alle bestätigt hatten, dass die Arbeit in der Höhle beendet sei, ging ich allein zur Höhle, entfernte Balken und Stein, legte die zwei Steinplatten wieder frei und zur Seite und bewegte die Stange. Das Felsentor schloss sich langsam und lautlos. Ich zog mit aller Kraft an der Stange. Meine Kraft reichte nicht. Ich winkte Thierry herbei, der mit einem heftigen Ruck die Stange aus dem Mechanismus herausriss. Ohne eine Sprengladung würde niemand mehr das Felsentor öffnen können. Die Arbeit des genialen Mechanikers war zerstört, aber sie hatte ihren Sinn erfüllt. Mit Erde und Steinen aus dem zerfallenen Haus verschloss ich die Nische unter den Steinplatten, die Steinplatten warf ich, zusammen mit der Stange, an zwei verschiedenen Stellen in das alte Haus. Thierry fuhr den Geländewagen nach Carcassonne, Marie fuhr mit mir im Wohnmobil zurück zur Polizeistation. Hier luden wir die Truhen aus und lagerten sie in einem abschließbaren Kellerraum. Der Schlüssel wurde in Marie´s Schreibtisch deponiert. Niemand würde die Truhen stehlen wollen, denn niemand außer uns dreien wusste von ihrer Existenz. Meine kleine Truhe, den Dolch und die Goldmünze lud ich in mein Wohnmobil.

Ich lud Marie zum Abendessen ein, ich wollte noch einmal das wundervolle Cassoulet genießen. Anschließend begleitete ich Marie nach Hause. Ich stellte mein Wohnmobil wieder auf einem Parkplatz neben Ihrer Wohnung ab.

In dieser Nacht schlief ich wieder hervorragend, auf meiner eigenen Matratze.

12

Die nächsten Tage schlichen für mich unendlich langsam dahin. Ich verbrachte viel Zeit am Ufer der Aude und des Canal du Midi, beobachtete die Penichettes der Urlauber, die langsam den Kanal entlang schipperten, genoss die Ruhe und Wärme unter den Platanen und erholte mich langsam immer mehr. Endlich fand ich Zeit eines der mitgenommenen Bücher zu lesen. Meine innere Anspannung und Ungeduld vermiesten mir jedoch das Lesevergnügen. Marie wollte ihren Bericht der ganzen Ereignisse schreiben, ihre Dienstzeit würde bald enden und sie hatte nicht die Absicht am Ende ihrer Dienstzeit in Zeitdruck zu geraten. Außerdem hatte sie noch verschiedene andere Arbeiten abzuschließen. Die Abende und die zwei folgenden Wochenenden verbrachten wir gemeinsam und gingen spazieren oder unternahmen verschiedene Tagesausflüge. Einmal fuhren wir mit Thierry und seiner Familie ans Meer, ich verstand mich sofort sehr gut mit seiner Frau und seinen beiden Söhnen.

Ich beantwortete in diesen Tagen Marie´s viele Fragen über das Leben in Deutschland.

Das Handy klingelte. Auf dem Display konnte Marie erkennen, dass Thierry der Anrufer war. Sie drückte die Empfangstaste.

> Hallo Marie, hast du schon ausgeschlafen? <

> Ja, ich wollte Ewald gerade zum gemeinsamen Frühstück abholen. <

> Die Bewegungsmelder am Grasweg hinter der Kapelle

haben ausgelöst. Ich bin in fünf Minuten bei dir. <

> Ich warte vor dem Haus auf dich. <

Es dauerte nicht einmal fünf Minuten bis Thierry neben ihr bremste. Sie sprang in das Auto und Thierry fuhr sofort los. Sie rasten so schnell wie möglich die schmale Straße hinauf und stellten ihr Dienstfahrzeug am Anfang des mit Gras bewachsenen Weges neben einem Cabrio mit offenem Verdeck ab. Sie hasteten ganz leise zu dem Schuppen, dessen rechter Torflügel offen stand. Thierry ging rechts, Marie links um den Lastwagen herum. Beide Türflügel der Ladefläche standen weit offen, davor lag eine Kiste, vermutlich als Trittstufe. Auf der Ladefläche stand, mit dem Rücken zu ihnen, eine Frau. Sie hatte zwei Truhen geöffnet und nahm aus der einen Truhe immer wieder eine Handvoll Goldmünzen und ließ sie in die Truhe zurück rieseln. Sie war so in ihre Tätigkeit vertieft, dass sie die beiden Polizisten nicht bemerkte.

Marie bedeutete Thierry sich nicht bemerkbar zu machen. Sie beobachteten die Frau, minutenlang, die immer wieder Goldmünzen und Edelsteine durch ihre Finger rieseln ließ. Irgendein Instinkt ließ sie plötzlich die Gegenwart anderer Menschen erahnen. Sie zuckte zusammen und drehte sich um.

Sie wurde zuerst puterrot, dann leichenblass im Gesicht. Den beiden Beamten fiel vor Erstaunen fast der Kinnladen herunter. Diese Person hatten sie nicht erwartet. Es war die Präfektin Nicole Peyrod.

Thierry forderte sie auf aus dem Lastwagen herunter zu steigen und legte ihr Handschellen an. Sie wehrte sich nicht und ihre Schultern sackten nach unten. Beinahe begann sie zu weinen. Während Thierry zuerst die Truhen und anschließend die beiden Türen zur Ladefläche schloss, das Vorhängeschloss zudrückte und den Schlüssel in seine

Tasche steckte, beobachtete Marie die Präfektin. Ihre Schultern hingen nach unten und sie war richtiggehend grau im Gesicht. Marie schob ihr im Nacken die Haare zur Seite und sah das Muttermal. Dann fiel ihr ein, dass die Präfektin vor einigen Jahren einmal die Haare kurz geschnitten getragen hatte, wobei Marie das Muttermal gesehen hatte.

Sie verließen den Schuppen, Thierry ließ sich von der Präfektin den Schlüssel für das Vorhängeschloss und für ihr Auto aushändigen und verschloss das Tor. Auf dem Rückweg zu den Autos schlurfte die Präfektin wie eine alte Frau, stolperte immer wieder und fiel mehrmals beinahe hin. Ihr Lebenswille war gebrochen. Thierry rief über Handy einen Streifenwagen und beauftragte einen Beamten das Cabriolet der Präfektin zur Polizeistation zu fahren. Anschließend ließ er die Präfektin auf dem Rücksitz des Streifenwagens einsteigen, setzte sich neben sie, und sie fuhren voraus zur Polizeistation. Marie folgte ihnen im Dienstfahrzeug.

Sie führten die Präfektin ins Vernehmungszimmer, wo Thierry ihr die Handschellen abnahm und sie aufforderte Platz zu nehmen. Marie las ihr ihre Rechte vor und belehrte sie, dass das ganze Gespräch auf Band aufgenommen würde. Sie zeigte keine Reaktion und verzichtete auf einen Anwalt. Die Beamten warteten mehrere Minuten und betrachteten sie. Sie schien am Boden zerstört zu sein.

Auf Marie`s Frage, wie die ganze Geschichte begonnen habe und wie sie da hinein geraten war, fing sie an zu weinen. Thierry holte ihr einen Kaffee. Nach einigen Schlucken begann sie stockend zu erzählen, wobei sie sich wie eine Ertrinkende an der Tasse festklammerte.

> Vor fast fünfundzwanzig Jahren hat Daniel Paroisse mich angesprochen und um ein Gespräch gebeten. Er lud mich in sein Haus bei Montpellier ein. Er war zu diesem

Zeitpunkt frisch verheiratet. An dem Gespräch nahm auch ein anderer Mann teil, dessen Namen ich vergessen habe und den ich auch nie wieder zu Gesicht bekam. Paroisse informierte uns beide darüber, dass sein Vater und seit kurzem auch er sich intensiv mit der Geschichte der Katharer beschäftigt hatten. Irgendwie war sein Vater bei seinen Recherchen darauf gestoßen, dass sie direkte Nachfahren von Simon der Montfort seien, weiterhin auch drei junge Männer. Zu diesen wollte er sich nicht näher äußern. Seine Frau sei über die Abstammungslinie nicht informiert. Um unsere Zusammengehörigkeit und die Abstammung von Simon de Montfort zu dokumentieren, sollten wir uns tätowieren lassen. Er zeigte uns dazu eine Skizze. In meinem jugendlichen Leichtsinn habe ich mich, ebenso wie der andere Mann, dazu überreden lassen. Paroisse konnte überaus überzeugend argumentieren. Um unsere gesonderte Stellung, wie er sich ausdrückte, zu unterstreichen, hat er uns jedes Jahr aus seinem Weingut ein gewisses Kontingent an Weinen geschenkt. Nach der Tätowierung waren wir, ohne die drei jungen Männer, nur noch einmal kurz in seinem Haus zusammen getroffen. Bei diesem Treffen habe ich seine Frau gesehen, vielleicht für eine halbe Stunde. In den folgenden Jahren habe ich ihn nur alle paar Jahre bei offiziellen Anlässen, etwa im Museum, gesehen. Nach meiner Ernennung zur Präfektin, wonach ich an vielen gesellschaftlichen Ereignissen teilnehmen musste, häuften sich die Begegnungen.

Eines Abends, vor etwa einem Jahr, hat er mich zu Hause aufgesucht und mir mitgeteilt, nach seinen weiteren Studien unserer Abstammung wäre ihm klar geworden, dass wir als Nachfahren von Simon de Montfort ein Anrecht auf alle Besitztümer aus dessen Nachlass hätten. Er wollte damit beginnen die Rituale und Traktate der Katharer in seinen Besitz zu bringen, da sie, nach seiner Überzeugung, unser Eigentum wären. Er wollte sich dafür der Hilfe der Brüder Renoir bedienen. Erst zu diesem Zeitpunkt habe ich erfahren, dass auch die drei Brüder direkte Nachfahren von Montfort seien. Anhand von Zeitungsberichten habe ich dann von den Diebstählen in Florenz und Lyon Kenntnis erhalten. <

> Wissen Sie wo diese Dokumente aus Florenz und Lyon versteckt sind? <

> Paroisse hat im Wohnzimmer seines Hauses bei Montpellier an einer Wand zwei Bilder mit historischen Motiven nahe nebeneinander an der Wand hängen. Sie sind an zwei horizontalen Schienen aufgehängt. Wenn man das rechte Bild zur Seite schiebt, kommt dahinter ein Tresor zum Vorschein. Er hat, wie er mir mitteilte, die Ziffernkombination auf der Rückseite des Bildes in umgekehrter Reihenfolge notiert. <

> Das ist aber unvorsichtig. <

> Er war sich dessen bewusst. Seine Begründung war, dass er nur selten den Tresor benutzt und befürchtete während seiner langen Aufenthalte in Amerika die Ziffernfolge zu vergessen. <

> Erzählen Sie weiter! <

> Dann tauchte dieser deutsche Tourist, Ewald Karstens, mit diesen Schmuckstücken bei der monatlichen Fragestunde in der Präfektur auf. Einerseits ein Glücksfall für uns, andererseits ein Problem. Hätte er mir diese Schmuckstücke in meinem Büro auf den Tisch gelegt, hätte ich den ganzen Rummel mit der Presse völlig unterdrücken können. So musste ich meine ganze Autorität aufwenden, den Fund nur in zwei kleinen Artikeln erwähnen zu lassen. Auch war es erforderlich den beiden zuständigen Redakteuren das Versprechen zu geben, ihnen zu einem späteren Zeitpunkt den ganzen Schatz zu zeigen, sie über alle weiteren Er-

kenntnisse auf dem Laufenden zu halten und ihnen Stoff für einen riesigen Artikel zu liefern. Paroisse hat mich von diesem Versprechen befreit. <

> Hat Paroisse auch den Dolch, das Diadem und die zwei Goldmünzen aus dem Tresor des Museumsan sich genommen? <

Die Präfektin rutschte nervös auf ihrem Stuhl hin und her. Sie bat um eine weitere Tasse Kaffee, die sie erhielt. Sie wollte nicht weiterreden. Thierry schlug so heftig mit der Faust auf den Tisch, dass die Kaffeetasse tanzte. Die Präfektin zuckte zusammen und zog den Kopf zwischen ihre Schultern. Eingeschüchtert fuhr sie mit leiser Stimme fort:

> An dem damaligen Abend habe ich Paroisse angerufen und ihn von dem Fund informiert. Er war schon von einem der Brüder Renoir informiert worden. Wir haben uns beide in meinem Appartement getroffen und überlegt, wie wir den Schatz in unseren Besitz bringen könnten. Ich wollte den größten Teil des Schatzes für uns haben und den kleineren Rest vor allem für meine weitere politische Karriere nutzen. Paroisse betrachtete es als Leichtigkeit Teile des Schatzes, größere und kleinere, zusammen mit seinen Weinlieferungen in die Vereinigten Staaten zu schmuggeln und dort an Sammler zu verkaufen. Illegal selbstverständlich. Er hätte schon entsprechende Kontakte. Dazu wollte er mir aber keine weiteren Angaben machen.

Ich erwähnte die alten Verliese unter der Präfektur als eventuelles Zwischenlager für den Schatz. Da teilte er mir mit, dass er vor einigen Jahren die Pläne der Grotten und Gänge unter der Stadt, die aus der Zeit der Katharer stammten, aus dem Rathaus gestohlen hatte. Er wollte sich diese Pläne genauer ansehen und am nächsten Abend wieder in mein Appartement kommen.

Am nächsten Abend berichtete er mir, dass er mit den

Plänen in die Grotten hinabgestiegen war und die alten Geheimtüren zwischen den Verliesen und dem Keller des Museums gefunden und geöffnet hatte.

Unser Problem war, dass wir den Umfang des Schatzes, den Karstens gefunden hatte, noch nicht kannten. Wir hatten jedoch bereits einen Weg gefunden den Schatz, oder zumindest einen großen Teil davon, beiseite zu schaffen.

Die Männer der Nationalgarde, deren Einsatz Karstens für die Bergung empfohlen hatte, würden nach der Deponierung in den alten Verliesen nichts mehr mit dem Schatz zu tun haben. Niemand würde sie zu einem späteren Zeitpunkt noch einmal danach befragen. Deshalb beschlossen wir nur einen ganz kleinen Teil in das Verließ direkt gegenüber dem Zugang zu schaffen. Der Großteil sollte auf die beiden Verliese rechts und links verteilt werden. Diese Handlungsweise sollte damit begründet werden, dass auf diese Weise eine einfachere Erfassung und Katalogisierung durch die Archäologen erfolgen könne. Paroisse wollte sich um den Abtransport des Schatzes aus dem linken und rechten Verließ kümmern. <

> Sie haben meine Frage nach dem Verbleib des Dolches, des Diadems und der zwei Goldstücke nicht beantwortet. <

Die Präfektin sank erneut in sich zusammen. Endlich hob sie wieder den Kopf.

> Ich wollte diese Fundstücke unter allen Umständen für mich haben, vor allem das Diadem, und ich habe sie mir aushändigen lassen. Paul Renoir hat sie mir eines Abends in einer kleinen Schachtel gebracht. Sie sind in meinem Appartement, unter einem Stapel Handtücher in meinem Kleiderschrank. Paroisse war der Überzeugung, dass auch sie uns gehören. <

> Wir werden sie sicherstellen. <

Marie atmete tief durch und holte je eine Flasche Mineralwasser mit Gläsern für Thierry und sich.

> Sie sind damit mitschuldig am Tod des stellvertretenden Museumsleiters Fassbender. <

> Ich wollte seinen Tod nicht. Ich habe erst Tage später von Paul Renoir davon erfahren. Niemand hat mich darüber informiert wer ihn so schwer verletzt hat. <

> Das Gericht wird in diesem Sachverhalt über Ihre Schuld urteilen. Fahren Sie fort. <

> Als Karstens bei Montségur die Höhle für den Abtransport geöffnet hatte, habe ich ihn beiseite gescheucht in der irrigen Auffassung, dass er damit den Umfang des Schatzes nicht erkennen könnte. Dabei hatte er ihn Tage vorher ausgiebig in Augenschein genommen. Ich war wie vom Donner gerührt, als ich den riesigen Umfang des Schatzes erkannte.

Ich habe mir sehr gut gemerkt, wo Karstens den Mechanismus zur Öffnung der Höhle betätigte und tat so, als hätte ich seine Worte nicht gehört, dass die Soldaten nicht alles finden würden. Ich habe beim Abtransport aus der Höhle die Truhen und Kisten gezählt.

Sofort nach meiner Rückkehr nach Carcassonne habe ich Paroisse angerufen. Er kam in mein Appartement und ich habe ihn über den Umfang des Schatzes, über die genaue Lage der Höhle und die Worte von Karstens vor der Höhle informiert. Er bekam ganz glänzende, fast fiebrige Augen. Über die Details des Abtransports hat er mich nicht eingeweiht. Er wollte mich mit solchen Details nicht belasten.

Am Tag nach der Rückkehr von Montségur habe ich in Paris angerufen und den Fund gemeldet. Ich habe erreicht, dass es mindestens eine Woche dauern würde bis Mitarbeiter des Finanzministeriums und Archäologen in Carcassonne eintreffen würden. Damit sollte Paroisse genügend Zeit bleiben den Großteil des Schatzes abzutransportieren. Der Teil des Schatzes, der im mittleren Verließ deponiert war, hätte für meine weitere Karriere mehr als ausgereicht. Die Leute des Finanzministeriums und die Archäologen hätten eben nur den kleineren Teil zu Gesicht bekommen und wären damit auch zufrieden gewesen. Sie hätten es nicht besser gewusst. Ich hatte die Verteilung bei der Einlagerung entsprechend gesteuert.

Aber Paroisse wollte alles haben. Der französische Staat sollte kein einziges Goldstück erhalten. Uns, als Nachfahren von Simon de Montfort, stünde alles zu. Er hat sich nicht an unsere Absprache gehalten. Ich glaube er ist nicht ganz richtig im Kopf und trotz seines riesigen Vermögens wahnsinnig raffgierig. Aus einem mir nicht bekannten Grund hat er die kleine Truhe mit dem einfachen Dolch und den einzelnen Goldmünze in dem Verlies gelassen – ich hatte ihm von Karstens Wunsch berichtet – vielleicht als sadisches Dankeschön für Karstens, den er allerdings nicht am Leben lassen wollte.

Am dem Abend des Tages, als die Staatsbeamten aus Paris vor leeren Verliesen standen, hat er mir den Ablauf des Abtransportes geschildert, den er mit Hilfe der Brüder Renoir abgewickelt hatte. Ich habe erfahren, dass er die Tochter von Dubois als Druckmittel hatte entführen und in der Kapelle unterbringen lassen um dessen Mitarbeit zu erzwingen und die Garage am Museum zum Abtransport nutzen zu können. Er hatte aus meiner Garage und von zwei Campingplätzen die tragbaren Toiletten stehlen lassen. Die Brüder Renoir haben die Diebstahlsanzeigen unterdrückt.

Sie hatten das ganze Wochenende über und auch in den Nächten, während sie die Verliese geleert hatten, Dubois in einem Lagerraum neben der Garage des Museums eingesperrt. Sie trugen, wenn Dubois außerhalb des Lagerraums war, Skimasken und Handschuhe. Es lief fast alles reibungslos ab, bis zum letzten Tag des Abtransports. Da hat Dubois die Uhr von Paroisse erkannt, weil der zu eitel war seine Uhr abzulegen. Irgendwie hatte Dubois eine Eisenstange in die Hände bekommen und schlug sie Philipp Renoir in einem Moment der Unachtsamkeit über den Hinterkopf. Sie haben dann irgendeine Story dazu erfunden um die Verletzung zu begründen. Wegen der Uhr und der Verletzung von Philipp musste Dubois sterben. An diesem Tag wurde mir bewusst, dass unsere, und auch meine Gier, unser Verhängnis sein würde.

Sie haben einen Lastwagen des Weingutes für den Abtransport verwendet und Paroisse hat ihn in der letzten Nacht des Diebstahls in diesen Schuppen gefahren. Er hatte vor Jahren diesen Schuppen zusammen mit der Kapelle herrichten lassen. Anschließend hat er jedem von uns einen Schlüssel für das Vorhängeschloss des Schuppens gegeben. Einen Schlüssel für das Schloss an der Tür der Ladefläche hat er unter dem Lastwagen deponiert.

Er wollte Karstens entführen und von ihm erfahren, was noch in der Höhle deponiert war. Eigentlich war das gar nicht notwendig, denn ich hatte ihm genau beschrieben wo der Zugang zur Höhle war und an welcher Stelle die Höhle geöffnet werden konnte. Die Höhle anschließend genau zu durchsuchen, wäre doch ganz leicht gewesen.

Seitdem habe ich ihn und die Brüder Renoir nicht mehr gesehen und nichts mehr von ihnen gehört. Ich war seit Wochen von Zweifeln hin und her gerissen und auch von meiner Begierde nach dem Schatz und bin deshalb heute Morgen zu dem Schuppen gefahren um den Schatz in meinen Händen zu fühlen…

Ich bin irgendwie erleichtert, dass jetzt alles für mich vorbei ist. <

Sie verstummte, sie hatte im Wesentlichen alles zu Protokoll gegeben, was sie wusste. Sie schlug die Hände vors Gesicht und begann leise zu weinen, die Anspannung fiel von ihr ab.

Thierry führte sie in eine Zelle und schloss ab. Er veranlasste den wachhabenden Beamten ihr ein Mittagessen zu besorgen und ließ sie dann allein.

Als er aus dem Keller zu den Büros zurückkam, telefonierte Marie gerade mit dem Staatsanwalt um ihn grob über die Ereignisse zu informieren und ihn um einen Durchsuchungsbeschluss für das Haus von Paroisse und das Appartement der Präfektin zu bitten.

> Thierry, kannst du dich bitte mit einem Streifenwagen zu dem Schuppen bringen lassen und den Lastwagen hier auf das Gelände der Polizeistation fahren? Du wirst den Lastwagen kurz schließen müssen. Eine unserer Garagen hier ist für den Lastwagen groß genug. Ich hole bei dem Richter den Durchsuchungsbeschluss für das Haus von Paroisse bei Montpellier und treffe mich dort mit der Spurensicherung der dortigen Kollegen. Ich will die historischen Dokumente sicherstellen und hierher bringen. Wir sehen uns später wieder im Büro. <

Marie informierte noch kurz ihren Kollegen in Montpellier und machte sich auf den Weg. Der Kollege in Montpellier und die dortige Spurensicherung erwarteten sie bereits. Sie brachen die Eingangstür auf und begaben sich ins Wohnzimmer. Marie schob das rechte der beiden Bilder zur Seite und fand den Tresor. Mit der Zahlenkombination auf der Rückseite des Bildes öffnete sie den Tresor und nahm die obere dicke Dokumentenmappe heraus. Zusammen mit ihrem örtlichen Kollegen und einem Mitarbeiter der Spurensicherung dokumentierten sie den Inhalt der Mappe. Eine zweite dicke Mappe im Tresor enthielt eine mehr oder weniger historische Dokumentation der Abstammung von Paroisse, Peyrod, der Brüder Renoir und des bisher unbekannten Mannes.

> Ich werde die beiden Mappen mit nach Carcassonne nehmen und sie dem Staatsanwalt vorlegen. Die gestohlenen historischen Dokumente werden wir anschließend nach Florenz und Lyon zurückgeben. Mit der zweiten Mappe kann sich dann ein Historiker beschäftigen und den Inhalt auf Echtheit prüfen. Gibt es von Ihrer Seite irgendwelche Einwände? <

> Ich habe keine Bedenken. Die Verbrechen sind im Bereich von Carcassonne begangen worden, also sollte alles in Ihren Händen bleiben. Das erspart mir zudem eine Menge Schreibarbeit. Ich bedanke mich, dass Sie mich bei Ihren Ermittlungen hier nicht übergangen haben. Ich werde nach Abschluss der Beweissicherung dafür sorgen, dass das Haus verschlossen wird. <

> Vielen Dank. Ich fahre jetzt zurück in meine Dienststelle in Carcassonne. <

Als Marie ihr Büro betrat, wartete Thierry zusammen mit dem Richter bereits auf sie. Sie zeigte den beiden die Dokumentenmappen und schloss sie in den Tresor ein.

> Kommissarin Kermeur, Inspektor Omeyer, sie haben hervorragende Arbeit geleistet. Lassen Sie bitte wegen des Lastwagens und seines Inhalts das Wochenende über einen zusätzlichen Beamten in der Zentrale Dienst schieben. Am Montag früh werden Sie bitte zusammen mit dem Staatsanwalt, den ich bereits verständigt habe, die weitere Vorgehensweise und die Klagevorbereitung besprechen. Sie werden kurzfristig einen detaillierten Bericht erstellen. Und jetzt gehen Sie beide nach Hause. Sie haben sich Ihren Feierabend mehr als verdient. Auf Wiedersehen. <

Am Samstag des dritten Wochenendes schlief ich lange. Ich kaufte Baguette und bereitete das Frühstück vor. Als ich zu Marie´s Wohnung ging um sie zum Frühstück zu holen, öffnete mir niemand. Ich rief sie auf dem Handy an. Es war ausgeschaltet. Unruhig ging ich zurück zum Wohnmobil und frühstückte. Nach dem Abwasch versuchte ich erneut sie anzurufen. Die Verbindung kam nicht zustande. Ich konnte Thierry nicht anrufen, ich hatte seine Handynummer nicht. Ich schloss das Wohnmobil ab und ging zur Polizeistation. Das Tor war verschlossen und niemand wollte mir öffnen. Notgedrungen suchte ich mir in der Nähe eine Bank am Ufer der Aude mit Blick auf die Polizeistation und wartete. Das Tor öffnete sich als ein Polizist in einem Cabriolet, ein Streifenwagen und anschließend ein anderes Fahrzeug auf das Gelände fuhr und schloss sich sofort wieder. Alle drei Fahrzeuge fuhren auf die Rückseite des Gebäudes, die ich nicht einsehen konnte. Ich musste lange warten. Marie verließ in einem Auto die Polizeistation und anschließend fuhr ein Streifenwagen ab. Zwei Stunden später sah ich einen Lastwagen mit der Beschriftung des Weingutes Paroisse mit Thierry am Steuer sowie einen Streifenwagen auf das Gelände fahren und in einer Garage verschwinden. Thierry schloss die Garage ab und begab sich ins Gebäude. Fast zwei Stunden später fuhr ein weiteres Auto mit einem mir unbekannten Mann und danach Marie auf das Gelände der Polizeistation. Erst bei Beginn der Dämmerung verließen der unbekannte Mann, danach Marie und Thierry die Polizeistation.

Thierry wollte nach Hause zu seiner Familie, aber Marie ließ sich nur zu gerne zum Essen einladen. Sie hatte den ganzen Tag nichts gegessen oder getrunken. Ich ließ ihr Zeit für das Abendessen.

Sie wirkte angespannt, aber auch erleichtert und irgendwie glücklich. Sie betrachtete mich mit amüsiertem Lächeln.

> Du kannst wohl gar nicht mehr erwarten den Bericht der neuesten Ereignisse zu hören, oder doch? <

Sie ließ mich schmoren, mit voller Absicht. Ich war wirklich überaus neugierig.

> Als meine zukünftige Schwiegertochter kannst du im Hinblick auf mein Alter und meine geschwächte Konstitution meine Neugier aber endlich befriedigen < schmollte ich, zumindest verhielt ich mich so.

Sie lachte schelmisch und ließ mich noch ein wenig schmoren. Nach einem langen, genießerischen Schluck Rotwein hatte sie Erbarmen mit mir und gab mir einen Kuss auf die Wange.

> Heute früh, kurz vor acht Uhr, rief mich Thierry an. Einer der Bewegungsmelder am Anfang des Grasweges hatte ausgelöst. Kurz darauf stand er mit einem neutralen Dienstfahrzeug vor meiner Haustür. Er hatte in den letzten Wochen darauf bestanden abends mit dem Dienstfahrzeug nach Hause zu fahren. Im offenen Schuppen, auf der weit geöffneten Ladefläche fanden wir ....die Präfektin Nicole Peyrod. <

> Was? Jetzt wird mir auf einmal klar, weshalb dieser Paroisse den Höhleneingang finden konnte und auch von den noch versteckten Truhen wusste. Sie hat es ihm mitgeteilt. Sie ist auch eine Nachfahrin von Montfort. Langsam fallen alle fehlenden Puzzleteile an ihren Platz. <

> Die Präfektin hat bei der Vernehmung alles gestanden. Sie hat uns im Wesentlichen alles so mitgeteilt, wie Paroisse es dir in der Höhle erzählt hat.

Wir haben im Haus von Paroisse die historischen Dokumente aus Florenz und Lyon gefunden und eine ganz umfangreiche Dokumentation der Recherche zur Abstammung dieser sechs Menschen. Mit letzterer muss sich noch ein

Historiker beschäftigen. Der Schatz ist in einer Garage der Polizeistation in Sicherheit. Montagfrüh werden Thierry und ich uns mit dem Staatsanwalt zusammensetzen um die noch ausstehenden Arbeiten zu koordinieren. Es bleibt noch viel zu tun bis Anklage gegen die Präfektin erhoben wird. Wir müssen auch das Finanzministerium in Paris verständigen. Auf mich wird eine Menge Arbeit zukommen, denn ich muss einen ausführlichen Bericht schreiben. Das ist etwas, was mir absolut keinen Spaß macht. Zum Glück habe ich in den vergangenen Wochen vieles schon in meinen PC eingetippt.

Wir werden die Präfektin in den nächsten Tagen noch ausführlicher verhören müssen. Dich werden wir, zusammen mit dem Staatsanwalt, ebenfalls noch einmal befragen.

Wir können der Präfektin die Beteiligung am Diebstahl und die Weitergabe von Dienstgeheimnissen nachweisen. Sie hat, nach ihrer Aussage, erst im Nachhinein vom Mord an Dubois, am Totschlag von Fassbender und an der Entführung der Tochter Dubois erfahren. Die Mitwisserschaft wird man ihr vielleicht auch zur Last legen. Eine direkte Beteiligung an diesen Verbrechen kann man ihr wahrscheinlich nicht nachweisen. Letztendlich müssen das die Geschworenen und der Richter entscheiden.

Die ganze Prozessvorbereitung wird sich noch einige Monate hinziehen. Ich werde als Zeugin bei der Gerichtsverhandlung aussagen müssen. Du wirst auch geladen werden. Wir können dann gemeinsam hierher fahren. Ich kann es gar nicht mehr erwarten endlich bei Johannes zu sein. Mit ihm jeden Abend zu telefonieren ist mir viel zu wenig.

Vielen Dank für das Abendessen. Und jetzt darfst du deine zukünftige Schwiegertochter nach Haus begleiten. Ich freue mich auf unser morgiges gemeinsames Frühstück. <

> Guten Morgen, Marie. Ich war schon unterwegs und habe Baguette für uns gekauft. Dir ist klar, dass es in Deutschland nicht so fantastisches Baguette gibt? <

> Ich weiß. In den zwei Wochen bei Johannes habe ich das deutsche Brot schätzen gelernt. Außerdem ist das Elsass nicht weit entfernt. <

Wir frühstückten gemütlich in völlig entspannter Atmosphäre.

> Ich habe gestern Abend seit längerer Zeit wieder mit meinen Eltern telefoniert und habe sie gebeten sich schon einmal über einen Flug von Toulouse nach Frankfurt zu informieren. Ich will ihnen schließlich Johannes vorstellen. Meine Mutter war skeptisch, dass ich in Deutschland leben will. Aber sie wird Johannes in ihr Herz schließen, da bin ich mir sicher. Mein Vater ist da offener und nicht so voreingenommen. Außerdem müssen sie auch dich kennenlernen. <

> Wenn sie so nett sind wie du, wovon ich ausgehe, werden wir uns gut verstehen. <

Sie verabschiedete sich sehr schnell, sie hatte ein volles Tagespensum vor sich. Am Abend gingen wir zusammen eine Stunde lang am Canal du Midi spazieren. Die Belastungen der vergangenen Wochen schienen ihr von der Seele gefallen zu sein.

> Ewald, ich habe heute mit meinem Chef geklärt, dass ich in drei Wochen meine Arbeit hier beenden kann. Glücklicherweise habe ich schon vor Wochen angefangen meinen Bericht zu schreiben, er ist bis auf Details nahezu fertig. Thierry hat das Geständnis der Präfektin anhand der Tonbandaufzeichnungen bereits geschrieben und sie hat es unterzeichnet. Ich habe jede Menge Überstunden, die ich abfeiern will. Außerdem stehen mir noch zwei Wochen Urlaub zu. In drei Wochen werde ich Johannes wiedersehen, ich kann es gar nicht erwarten. Thierry wird dann die noch er-

forderlichen Arbeiten beenden. Er wird befördert, was mich ungemein für ihn freut. Sollte es dann noch ungeklärte Fragen geben, können wir uns über Skype austauschen.

Anfang kommender Woche werden je ein Staatssekretär des Finanzministeriums und des Justizministeriums hierher kommen. Thierry und ich werden eine Belobigung erhalten. Wir haben den ganzen Schatz wiederbeschafft. Du bist auch eingeladen, du hast den Schatz gefunden. Dass du bei der Wiederbeschaffung geholfen hast, willst du ja nicht an die große Glocke hängen   .

Der Staatsanwalt möchte dich morgen Vormittag befragen um möglichst alle Geschehnisse aus deinem Mund zu hören. Was er alles fragen wird, weiß ich nicht. Kann ich den Termin bestätigen? <

> Selbstverständlich. Du hast mich auf mein Drängen mit in den Keller der Präfektur mitgenommen. Ich habe dir ein paar Tipps gegeben, aus meinen eigenen Überlegungen heraus. Und ich werde ihm sagen, dass du bei meinen Fragen nach dem Stand der Ermittlungen immer sehr zugeknöpft warst.

Ich freue mich auf unsere gemeinsame Fahrt nach Deutschland. Die letzten Chemotherapien kann ich mir auch in Deutschland verpassen lassen. Außerdem freue auch ich mich meinen Sohn wieder zu sehen. <

> Die Präfektin hat ihr Geständnis unterschrieben, das erleichtert uns vieles. Eventuelle Aussagen von Paroisse und den Brüdern Renoir sind nicht mehr erforderlich. Die Pistole, die wir bei Paul Renoir gefunden haben, versehen mit seinen Fingerabdrücken und der Vergleich mit den Projektilen, die bei Dubois und bei Johannes gefunden wurden, sind eindeutige Beweise. Damit ist der ganze Fall für mich eigentlich abgeschlossen.

Ich bin wahnsinnig glücklich. <

Vor Freude fiel sie mir um den Hals und gab mir einen dicken Kuss auf die Backe. Mir altem Knacker gefiel es ungemein von einer so jungen und so attraktiven Frau geküsst zu werden. Daran werde ich mich gewöhnen können.